青春写在大地上

墩苗书记故事

梁安贵　著

QINGCHUN XIEZAI
DADISHANG

Dunmiao Shuji Gushi

山西出版传媒集团　北岳文艺出版社
·太原·

图书在版编目（CIP）数据

青春写在大地上：墩苗书记故事 / 梁安贵著 . —
太原：北岳文艺出版社，2023.6
ISBN 978-7-5378-6712-2

Ⅰ . ①青… Ⅱ . ①梁… Ⅲ . ①长篇小说 - 中国 - 当代
Ⅳ . ① I247.5

中国国家版本馆 CIP 数据核字（2023）第 070335 号

青春写在大地上：墩苗书记故事

梁安贵◎著

出品人
郭文礼

选题策划
王朝军

责任编辑
王朝军

书籍设计
张永文

印装监制
郭　勇

出版发行：山西出版传媒集团・北岳文艺出版社
地址：山西省太原市并州南路 57 号　邮编：030012
电话：0351-5628696（发行部）　0351-5628688（总编室）
传真：0351-5628680
网址：http://www.bywy.com　E-mail：bywycbs@163.com
印刷装订：山西新华印业有限公司

开本：880mm × 1230mm　1/16
字数：248 千字
印张：18.5
版次：2023 年 6 月第 1 版
印次：2023 年 6 月山西第 1 次印刷
书号：ISBN 978-7-5378-6712-2
定价：68.00 元

第一章

冬日的夜晚，北风劲吹，料峭凛冽，刺骨的寒风像刀子一般。地处黄土高原腹地的汾东县，路上的行人都穿上了厚实的大衣，戴上了帽子，女人们更是包裹得严严实实。

汾东县古城镇大南庄村正在村委会议室召开村民代表会议，会议的主题只有一个，就是研究村委会换届选举。

大南庄是汾东县紧挨南山的大村子，是一个有上千年历史的古老村庄。最近，实行村居合并，附近的两个小村子——闫家堡、峪道沟合并过来，组成了现在新的大南庄村。这次换届选举是三村合并之后的第一次选举，上级领导非常关注，三个村的老百姓私底下也是议论纷纷。

村民代表会议已经开了两个多小时还没有结束。村民代表里面有几个计划竞选主任、副主任、委员的，临出门都装着几盒烟。几个人殷勤地散烟，烟瘾大的村民代表一根接一根地抽，每人都像一个烟囱，搞得满屋子烟雾缭绕，不抽烟的村民代表被呛得连连咳嗽。

参加会议的村民代表，偶尔有一个起来到外面上厕所，推开村委会的大门。外面的冷空气随着刮进来，憋在里面的烟就像一条白龙，毫不留恋地一股脑儿冲出屋子。

主持会议的村委主任王小栓，是一个六十出头的老汉，身材精瘦，花白头发，小眼睛，大黄牙。王小栓小名叫柱子，当了村支书以后，村里人对他的称呼改成柱哥，不管男女老幼，都唤他柱哥，县里镇上的下乡干部也跟上叫他柱哥。柱哥属于那种能力不强、人缘挺好，没有功劳也有苦劳的忙忙碌碌型干部。他干了好几届村主干，虽然村里的工作起色不大，江山不改，面貌依旧，但也是因为这，他没有得罪人，因此每次选举都能成功当选。今年换届选举，他超过当选农村两委主干的最高年龄，不再参选，被群众推选为这届村民选举委员会主任。镇党委周书记郑重地跟他谈话，要求他站好最后一班岗，协助党总支书记党新建选出新一届村两委班子。王小栓对领导安排的工作向来是说一不二。眼看自己要退下来，本来不想再管事了，一想起镇党委书记的嘱托，就又任劳任怨、尽心尽力地张罗起来。

眼看时间不早了，王小栓往上提了提他那件披在肩上、已经磨得有些发灰的黑棉袄，挺直身子，喝了一口水，清了清嗓子，然后大声喊道："大家都安静一下！还有一件事了，讨论一下！"

会场顿时安静了下来。前几天刚刚在党组织换届选举中高票当选为大南庄村党总支书记的党新建站起来，很真诚地看着大家说："各位村民代表，根据县委换届选举精神，要求农村支部书记、村委主任一肩挑。本来，我是一名下派的年轻干部，村里最好选一位村委主任。但是，上级领导要求下派墩苗支书参加村委主任竞选。镇党委周书记昨天跟我谈话，要求我参加竞选。我也没办法，只好硬着头皮上，还得仰仗各位父老乡亲支持我！"

党新建是一年前省农业农村厅下派的墩苗干部，年轻帅气，玉树临风，将近一米八的大个头，不仅身上穿的那件羊绒黑大衣与旁边老村委主任的棉袄形成鲜明对比，他那气宇轩昂的风度、气质，和在场的一堆人相比，就给人一种鹤立鸡群的感觉。

当农村墩苗支书前，拥有硕士学历的党新建已经是省农业农村厅的处级干部，一年前来到村里担任村党总支书记。虽然在村里与村民已经同吃、同住、同劳动了一年，但从小受大城市生活的熏陶，再加上大学文化的浸染，自然让党新建有了一种与村民完全不同的卓尔不凡的气质。

党新建向大家表达了他竞选大南庄村村委主任的意愿后，王小栓首先表态：“我今年六十二岁了，见好就收吧，不再竞选村委主任了！我本人同意党书记参加竞选！大家发表意见吧！”

党新建到村里一年来，给村里办了多少事，大家是看在眼里，记在心上，也得到了全村上上下下的拥护和爱戴。说实话，今天参会的代表们内心都赞成党新建当村委主任。但是，本村电工王志高已经放出话来要竞选村委主任，现在他作为村民代表就在会场，大家碍于面子，都不想开口。

穿着一件大红羽绒服的妇女主任翠英，对党书记的工作比其他人看得更清楚。她勇敢地站起来说道：“我觉得党书记完全能够一肩挑。大家想一想，党书记来村里一年，给我们办了多少事情？论实绩有实绩，要人品有人品，大南庄就需要这样的好领导！不选党书记，我们还能选谁呢？大家捂着良心说是不是？就说今年吧，在人家党书记的带领下，大南庄成了全县的先进村，家家户户都得到了实惠。你们说，党书记干得好不好？”翠英年轻时也是村里一朵花，心直口快，敢做敢当，现在虽然已经五十来岁了，干起工作来，仍然是红红火火，热情不减当年。

翠英的话音刚落，就有人站起来说话。

“我说两句吧！”屋角站起来了一个四十来岁的中年人，穿着毛领皮大衣，中等身材，小平头，方形脸。是早已放话竞选村委主任的王志高。

王志高本来有个乳名，因为小时候长得白胖白胖，像个小木墩，村里人就叫他“墩子”，大人给起的乳名反倒没有几个人记得了。墩子心灵手巧，自学电工技术。不仅当了本村电工，还成了镇电管站的合同工，在村里也是个人物。王家在村里是大户人家，墩子有四个亲兄弟，加上表兄弟、堂兄弟有近二十个。要说这么大的家族，选举应该是没有一点问题。坏就坏在墩子平时办事太过于强势，谁家电费推迟几天，他二话不说，爬上电线杆就将电线给铰了。有一次，他父亲家电费轮到他二哥出，因为没有按时交电费，照样铰了他父亲家的电。他的霸道行为，不仅引起群众的不满，就是他家自己人也有看法。这也是他以前两次竞选村委主任接连失败的原因。

王小栓超过六十周岁不再参加竞选，党新建是下派支书，不可能当村委主任。思谋来思谋去，墩子觉得这是他竞选村委主任的绝好时机。没想到，县委根据上级精神，要求村支书参加村委主任选举。

这次村民代表大会就是通过蹲苗书记党新建的参选资格。党新建来到大南庄一年时间，做出了不俗的业绩，老百姓是看着眼里、记在心上。墩子心里非常清楚，党新建只要参选，自己当村委主任的梦想就怕实现不了。为此，他好几天睡不好觉。

墩子下定决心想要说服村民代表支持他。他面带笑容走到会议桌前，谦卑地说："党书记是好党员、好干部，也是我的好兄弟。年纪轻轻，就是省里的大干部，可以说前程似锦，前途无量。人家下来镀镀金，哪天说走就走了，难道咱们大南庄就不能选出个本村自己的村委主任吗？人家党书记是'飞鸽牌'人才，咱自己才是'永久牌'。我墩子生在大南庄，活在大南庄，将来死了，埋也要埋在大南庄。今天，我就毛遂自荐，选我当大南庄村委主任！"

村民代表中有几个跟他要好的就大声喊："说得对，选墩子！选墩子！"但大部分村民代表却没有表态。

见王志高站出来要求选自己，王小栓又往上提了一下旧棉袄，慢条斯理地说道："墩子啊，党书记来村里工作了将近一年，又刚刚当选为党总支书记。按照法律规定，完全有权参加村委主任的竞选。党书记兼任村委主任，对村里发展有好处。至于你参加竞选，大家也是欢迎的。本村人当村委主任，也很好。谁当谁不当，还需要全体选民投票决定，今晚也定不了。今天只是通过党新建的参选资格。"

王小栓一辈子就是老好人，左也行，右也行，上也好，下也好，就是不得罪人。会场上有人就起哄：“柱哥，说清楚，你到底支持谁？”

“我支持党书记和墩子。”王小栓语气平缓地说。

村民代表们听了柱哥的回答，哄堂大笑。他们对王小栓太熟悉了，永远说模棱两可的话。有的代表显得很不耐烦，大声喊：“不要瞎扯了，举手表决吧！”

说到这儿，墩子也无话可说。

最后，村民代表对党建新同志参与村委主任竞选一事举手表决，参会代表 24 人，20 票同意，1 票反对，3 票弃权。

第二天一早，村会计王二小将全村选民名单交给了大队门卫贾老师，让他将名单用毛笔写在大红纸上，贴到村委会大门口的公示栏内。

贾老师上过县中学，当过十几年民办教师，因为超生二胎被辞退。做过泥瓦工，跑过销售，年纪大了，村里考虑其能写会画，让他看了村委会大门兼任广播员，还捎带写写标语什么的。每个月工资两百元，加上偶尔给外来的小商小贩广播一下，还能挣点外快。一年也能挣上几千块。接到任务后，贾老师到小卖部买上大红纸和墨汁，让老伴儿按住纸角，一笔一画地写了起来，整整写了一天半才完工，又仔细地查对了一遍。用铁锅熬了点糨糊，一张一张地贴在墙上。

党新建报名参加竞选村主任的告示，也写在红纸上贴了出去，墩子的竞选承诺也贴上了墙，其他副主任、委员的竞选人名单也都公布在了公示栏上。

竞选主任的是党新建和墩子，竞选副主任的是王二小和闫家堡的老唐，竞选委员的除了翠英，还没人报名。据说，峪道沟会计和妇女主任哪个报名还没定下来。

全村热闹起来了，每天在公示栏前观看的人川流不息，村委办公室、超市、活动室、棋牌馆，凡是有人员聚集的地方都在议论这件事。各个小家庭也在议论。

墩子及其爱人、父母、几个兄弟已经开始挨门逐户地拉票了。墩子这次是孤注一掷。他每天除了拉票，还分次分批地请人吃饭，或三五人，或七八人。推杯换盏，喝得面红耳赤，临走还给每人装上一包好烟。有一次喝完酒后，他狂妄地说："这次就算倒背上一只手，我也能选上村主任！"

汾东县是南高北低，东高西低的地形，县城位于汾河谷地，南山和太行山一脉相承。大南庄是南山脚下丘陵地区最大的村，人口 1809 人，闫家河离大南庄不远，直线距离也就两千米，是个 507 人的小村庄。峪道沟就是南山里的一条小沟，两山夹一沟，中间蜿蜒流淌着的是一条无尾河，全长十八公里，人们叫它"十八里河"。在峪道沟十八里河两侧的山窝里，藏着归峪道沟村管理的八个自然村，户籍人口 713 人，实际居住的不足百人。十八里河七拐八弯地冲出峪道沟，一路向下，将下游的闫家堡、大南庄与峪道沟串在一起。

就投票人数来说，可以说谁当选村主任，大南庄人民说了算。王志高正是基于这一点才鼓足了信心。

村两委班子向镇党委汇报了村里的动向。镇党委也高度重视，派出以人大主席李向东为组长的工作组进驻大南庄村。李主席五十来岁，从电影放映员干起，基层工作就干了三十多年，农村工作经验十分丰富。他带领工作组进村后，和竞选人员逐一谈话，讲清换届选举"十要十不要"的工作纪律，组织竞选人签订《换届选举遵守纪律承诺书》，刹住了请客喝酒送烟送礼的不良风气。

村民们对工作组的同志说："党书记来到村里，人变瘦了，脸变黑了，他一年办的事比其他人十年办的也多。环境变美了，经济发展了，老百姓得到了好处。如果能刹住花钱买票的歪风邪气，党书记百分之百当选。”

党新建不去跑票，每天还是忙于工作。果品公司收购苹果，几乎每天都有麻烦事，需要他去解决。为博大集团整体开发策划的同济大学专家团队正在村里工作，他还要去解释沟通，常常讨论到深夜。朋友们劝他将工作先放一放，亲自到村民家跑跑票。他连连摇头：“跑什么票！平时不烧香，临时抱佛脚，顶啥用？让大家选吧！”

其他的党员干部、村民代表，只要不是墩子的近亲，都私下和自己人打招呼，让支持党新建。村民戴月香、王晓强，几个贫困户和平时受过墩子气的村民，更是公开表示支持党新建。大南庄的风向逐渐变了，村民们将自己的一票与大南庄未来发展联系起来，仔细斟酌。大部分人虽然表面上默不作声，但都暗暗地做着选择。

眼看选举的日子越来越近，墩子跑票的频率也加快了，但不安和危机感却悄然增加了很多。闫家河和峪道沟，他也去了好几次。叫上他的同学和亲戚拉票，但效果很不理想，村民们都对他打着哈哈，虚与委蛇，所以他心里没有一点儿底。就连大南庄的情况也与他原想的不一样了，有部分村民开始在公共场合为党新建争取选票。据他的铁杆兄弟反映，几个有七八张选票的大户，本来已经十拿九稳，但最近的态度却又变得模糊起来，几个远房亲戚看他的眼神也躲躲闪闪。如今他亲小舅子也劝他别竞选了，特别是有几个村民到镇里反映他机井灌溉费用比其他村高的问题后，就连自家的叔叔兄弟们也婉转地劝他放弃竞选。

墩子情绪有些低落，走在街上看到两旁的树都不顺眼。看到有人在街上交谈，就怀疑他们在说他的坏话。不想见任何人，却又不得不见，还得挨门逐户地跑票，进门先笑。出了门，就自己骂自己孙子。可为了当村主任，只能忍气吞声地讨好别人。

这不，今天在本家一个大爷家里坐了一个多小时，愣是没得到一句肯定的回答，他心里憋了一肚子火，刚出门就碰到去镇里告他的村民二狗。本来想躲开，不料二狗先开了腔：“墩哥，你可不要嫌我告你，只要将水费降到和周围村的一样，我就选你！”

水井可是墩子的命根子，宁肯丢了媳妇儿也不能让人打这个主意。村委主任当不当还是其次，要是让他降低水费，那比要了他的命还难受。所以，他听二狗这么一说，顿时气不打一处来，这几天的窝囊气都发泄在二狗身上，对着二狗就是一顿拳打脚踢。要是以往遇到这个情况，挨打的人只能悄悄咽下这口恶气。今天不知怎么了，二狗不仅不怕，反而和他扭打在一起，在他脸上抓了一道大口子。随后来的人把还在撕扯的两人拉开。墩子觉得脸上无光，径直回了家，几天都没有再出门。

二狗被打后，不仅没退缩，反而找了几个人在村委门口算起了账。不算不知道，一算吓一跳。经过对比算账，墩子每年比邻村多收了二十多万元。一传十，十传百，村民们心里都算清了账，心中的天平更加向党新建倾斜，希望党新建能够拨乱反正。

墩子在村里也算个人物，能软能硬，会当爷爷，能装孙子。离选举的日子越来越近，他心里越来越发虚。他放下身段主动约党新建喝酒。喝了一杯酒后，他说：“党书记，你是吃国家饭的，又是省里的大干部，前面是金光大道，锦绣前程。我就是一块土坷垃，村委主任就是我一辈子的最高目标。你就高抬贵手，给我让条路吧！党书记，我求你了！”说完就从口袋里掏出两万元现金塞给党新建。党新建将钱推住不要，对他说：“这不是让不让的问题。我现在就是处级干部，选不选村委主任并不重要，但县委和镇党委要求我参选，我就不得不选。”

党新建看见他还是不理解，就继续做工作：“墩哥，我一个外来人，不可能一辈子待在这里。这一届，你配合我做好工作，我走后，你不就有机会了吗？”对党新建的解释，王志高根本听不进去，拿上钱就气呼呼地走了。

选举前两天，竞选人在大戏台进行公开竞选演讲。

墩子一身藏青色西装，还打了一条鲜红色领带。他站到戏台上，给全村人做出三点承诺：一是每年打两眼深井，二是全村水费降低百分之二十，三是每户每年发放一桶色拉油。

党新建紧接着上台演讲。党新建上穿一件黄色羽绒服，下穿一条灯芯绒裤子，脚蹬休闲皮靴，一身平常走访群众的行头。他的演讲承诺有四点。一是高标准完成标准化果园工程，启动十八里河小流域治理工程，发展壮大博大文化旅游园；二是筹措资金，将原来三个村拍卖的水井收归集体统一经营，收费比现在降低百分之五十，不足部分由村委会集体补贴，以此调动大家种粮的积极性；三是发展壮大集体经济，让村民变股民，让集体变公司，每年兑现分红，保证股民收益逐年提高；四是村集体新增收入分配向七十岁以上老人、贫困户、低保户倾斜，不让任何一户返贫，不让任何一个孩子失学，保证老人安度晚年。

准备宣布散会时，人群里一名长得比较黑瘦，年纪有五十多岁的妇女喊了一声："等一等，俺有话说！"只见她连走带跑冲上了戏台，特别激动地说道："乡亲们，俺是戴月香，墩子是俺家那口子的大侄子。作为家族长辈，俺理应支持墩子当选。但是俺要选党书记。不说别的，就说给俺家办事，党书记又求人又贴钱。俺觉得大家应该选党书记！"村委会院里的人先是惊愕，后是兴奋，一阵阵口哨声、欢呼声此起彼伏，人们的手掌都拍肿了，还不停歇。

选举前一天，人大主席李向东带领镇工作组的同志早早来到村委会，和选委会的同志们一项一项检点。选票票箱、监记票员、代笔员、大红纸、封条、糨糊、剪刀、话筒都过了一遍，责任到人，做到万无一失。

上午十点多，村委门口吵吵闹闹，墩子和他一家足足二十几号人，来到村委讨要说法。他们一路嚷嚷，吸引了不少看热闹的人。

李主席不慌不忙，与王小栓在大会议室接待他们。

首先开腔的是墩子老婆，她穿着绿呢子大衣，围着红围巾，带着哭腔说道：“各位领导，本来今年老主任不干了，俺家墩子有十足的把握当选村委主任。谁曾想省里下派一名年轻人来当,你们说这是啥道理呢?上级一直说是村民自治，从来都是本村人当村干部，轮到俺家咋就不行了？当然上级下派书记还可以，选村主任就不合适了吧？我们想不通，一万个想不通！”

一个戴眼镜的秀气小伙子咬文嚼字地说道：“国家还是港人治港，澳人治澳，俺们大南庄为啥从外面派呢？”

你一言我一句，越说越激动，越说越离谱。

有人说实在不行就上访，更有甚者，威胁明天的选举，说除了墩子，谁选打谁。整个会议室乱糟糟的。

王小栓实在听不下去了，站起来说道：“有事儿说事儿，不要瞎嚷嚷！”

立马有人站出来骂道：“王小栓，你这吃里爬外的东西，不为本村人说话，胳膊肘还往外拐。”

“狗东西，你骂谁呢？”王小栓家二儿子一下将骂人的那个中年男人揪住，屋里的干部赶忙拦下来。

气氛刚刚缓和，墩子家老婆又哭了起来，边哭边说：“这才欺负人呢，不让说话，不让竞选，纯粹是欺负人呢。”哭着哭着竟哭得背过气去了。大家慌忙掐人中，村医生过来，给扎了一针，她才又哭出声来，众人赶忙找辆车把她送回家。

李向东唇枪舌战一个多小时，从村民委员会选举法，到本村选举办法，从中央的政策到乡村实际，回答了九方面的问题。整个回答过程有条有理，合情合理，有理有据，说得在座的人都心服口服。墩子那边的人也一时间哑口无言，憋了半天，墩子说了一句话：“李主席，你嘴巴厉害，我说不过你，咱们明天再见吧。”

大南庄的选举受到全县的关注，李向东不敢有丝毫松懈。他刚送走王志高，马上召集镇干部开会。兵分三路，对三个自然村选举点都进行了检点，下午他又一个点一个点检查。顺便到竞选人家里进行了走访。特别是看到王志高老婆并无大碍，吊着的心才放下来。

选举当天，现场红旗招展，彩旗飘飘，工作人员统一佩戴工作证，提前到场。担任代写员的十名教师也在校长带领下按时报到。县委组织部、县纪委都派人员指导，公安干警也到位了。投票地点挂着“大南庄村民委员会选举大会”的横幅标语，入口、出口、验证处、发票处、秘密写票处、投票箱设计合理，标识清楚。监、计票员也已经到位，镇干部正在进行最后一次培训。

这一天太阳出来得特别早，风和日丽。一会儿，写着“支持王志高当选村主任”的红色大拱门一下子支起十几座。选举气氛瞬间高涨。为墩子支持声援的拱门从村口一直排到会场。党新建这边只站着五六个要好的朋友，显得有点势单力薄，不禁让人为他捏一把汗。

正说话间，开进来几辆货车和几辆小轿车，原来是全县的下派支部书记前来助威，带来了二十几个氢气球，每个气球悬挂一副写着“拥护党新建同志当选村委主任”的标语。一时间气球蔽日，标语林立。王志高的拱门儿就逊色多了。好戏还在后面，下派书记们果然不简单，他们迅速搭起了宣传棚，安装了大型显示屏，将党新建的竞选承诺做成宣传标语滚动播放，同时还发放各种宣传资料。

村民们的气氛立马活跃起来，兴奋地小声议论着：“选小党！”“选党书记吧！”到了写票处，不少人克服了家族观念，郑重地写上“党新建”三个字，有的墩子自家人也选了党新建。墩子尽管使出十八般武艺，在会场上跟选民们套近乎，拉家常，最后还要加一句：“选我一票吧！”

但形势似乎对他很不利。

选举进行得很顺利，大家自觉排队进入秘密写票处，投完票走人。无论是工作人员还是村民都佩戴口罩，自觉保持一米距离，虽然中间由于核对选民证和身份证发生两次小纠葛，但很快就解决了。

投票有几拨高潮，第一拨是上午十点，第二拨是中午十二点，第三拨是快结束的时候。不过选举的氛围还是很神圣的，村民投票时也表现得很慎重，对竞选各方都是笑脸相迎，眼神充满真诚，看不出到底选了谁，除了他们自己，谁心中都没数。

闫家河首先报来选举结果，王志高157票，党新建222票，这样的结果大家有点意外。原来以为闫家河党新建至少得票300张以上。怎么会这样？李向东马上与闫家河支部书记老唐通话，原来墩子找了个特别好的关系,在那里做了工作。这样的结果让所有人对党新建捏了把汗。

又过了半小时,峪道沟传来结果,党新建得450票,王志高得39票。

大南庄人多票多，还在组织选民投票。戴月香在选举现场为党新建拉票，墩子早就气坏了，让他弟媳妇润莲紧紧盯住戴月香。戴月香一不做二不休，跑到村民家里为党新建跑票。润莲也不是吃素的，到村里找不见戴月香，回来就守在村委门口。中午时分，戴月香过来投票。她手持选民证，正在排队领取选票，润莲跑过来，一把将戴月香手中的选民证夺过来撕碎。俩女人厮打在一起，墩子家人一拥而上，戴月香家的人也冲上去，选举现场乱成一锅粥，票箱也被人踢倒了，各种档案纸张乱七八糟散落在地上。幸亏公安干警及时制止，将当事人强行带离现场。

墩子眼看选举无望，恨不得搅乱会场，让选举失败。他亲自打开喇叭广播："有人打架，大家千万不要过来。"墩子一广播，在家里的村民反而全跑过来，围观看热闹的人越来越多，说什么的也有，吵翻了天。公安局乔副局长紧急调配警力，又来了两辆依维柯警车，上百名警察手拉手围成一圈，头戴钢盔、手持盾牌，严阵以待。选举工作人员仔细检查票箱，清点选票，反复核对准确无误后，决定继续选举。

下午三点整，选举准时结束，半小时后结果出来了，党新建比王志高多得两票。王志高得票 622 票，党新建得票 624 票。

村民选举委员会马上组织三个自然村选举点工作人员开会，汇总选举结果。

大南庄合并村共有选民 2275 人，参加投票选民 2156 人。弃权票 10 张，另选他人 32 张。最后党新建得赞成票 1296 票，王志高得赞成票 818 票。

党新建成功当选大南庄村村民委员会主任。

王二小、老唐当选为村委会副主任。

翠英、峪道沟会计当选为村委委员。

党新建同志拿到当选证书，登上一辆皮卡车，手拿话筒发表就职演讲："乡亲们，同志们，我作为下派干部来到大南庄工作将近一年，和大家结下了深厚的情谊。三村合一任务重，千斤重担一肩挑。乡亲们将神圣的选票投给我，我只有加倍努力工作，回报乡亲们的重托和厚望。大南庄，十八里河，我的第二故乡！"

第二章

一年前，“省农业农村厅墩苗下派干部动员会”正在召开。根据省委安排，全省选派十名厅级干部担任县委书记、县长，一百名正副处级干部担任乡党委书记、乡镇长，一千名科级干部担任村（社区）党组织书记。这项举措就是让年轻干部在吃劲儿岗位上墩苗历练。

“年轻干部墩苗下派在改革开放的前沿阵地，你们多经历风吹浪打，多碰烫手山芋，多当几回热锅上的蚂蚁，才能真心墩出经验，墩出能力，墩出心态。在打硬仗、扛重活、攻难关中练出真功夫。”

党新建听了厅领导讲话，心潮澎湃，热血沸腾，直接报了名。

报名后，他又有点后悔。爷爷已经到了耄耋之年，父母只有他一个独生子，他多年在外求学，全家刚团聚两年。特别是女朋友在美国留学，一直催他去陪读，他总是找借口拖着。想到这里他更是左右为难。

果不其然，回到家他刚跟妈妈说完报名农村蹲点这件事，妈妈的脸色立马晴转多云，转身坐到沙发上一言不发，跟他怄气。母子俩僵持了一会儿，爸爸买回一篓活蹦乱跳的大闸蟹，一进门就嚷：“今晚给你们吃大闸蟹。”话还没说完，他就发现家里气氛不对劲。放在平日，一家人忙碌一天，回家后不是聚在一块儿吃美餐，就是凑在一起看电影，其乐融融，温馨舒畅。但今天不一样，客厅里，母子俩对坐着，儿子垂头丧气，老婆脸色发青。

他急忙问道：“怎么了？”

老婆发泄道：“快看你的宝贝儿子，这么大的事儿，也不回家商量商量，自己就决定了！”说完就多云转小雨，起先是泪眼婆娑，越说越伤心，后来身体颤抖着，呜咽不止。

看妈妈哭得难受，党新建赶快拿起热毛巾，走过去搂着妈妈的肩膀，怯怯地说道：“妈，不要哭了，有话好好说。”

爸爸也赶忙劝解。

安慰了半天，妈妈的情绪总算稳定下来。

党新建给爸爸妈妈倒了杯水，和妈妈说道：“咱听听爸爸的意见吧！”妈妈就一五一十地将事情的来龙去脉说了一遍，然后跟党新建说：“你现在是厅里最年轻的副处长，再过几年就是正处。如果想下去锻炼可以到邻近县，当个县委副书记、副县长，干得好也许能提拔为县委书记、县长，干得不好还回省厅，有了基层经验，再上一个台阶，也有个好的理由。你的情况，早两天我还跟你段叔叔说过，他就在咱们老家当市长，过几年肯定是市委书记。你如果回老家，也有个照应，可你偏偏选择到一个村担任什么党支部书记。农村那个苦啊，根本没法说，还有乱七八糟的一大堆事儿等着！”

爸爸也叹口气说：“你妈说的都是实话！可别一时冲动，过了后悔！世上可没有卖后悔药的。”

妈妈立马站起来反驳：“这件事上，你可不能打马虎眼！我是一百个一万个不同意，坚决不能让儿子去村里！”

爸爸见老婆态度非常坚决，儿子低头不语，便使了一个缓兵之计，对娘俩说：“你们先好好商量，我还有个急事儿需要处理一下。要是实在不行，让你爷爷定夺吧！”说完起身走进书房，关上门躲清净去了。

妈妈看见儿子一脸不高兴，又恼怒又心疼，忙变了个口气：“新建，妈不是不支持你的工作，可你自小生活在省城，没有体会过农村那个味道。那年，我随你爸爸回了一趟老家，一天也待不下去。饭桌周围苍蝇到处飞，厕所又不卫生，还男女混用。就是每天山珍海味，咱也咽不下去呀！洗澡啊，文体活动啊，更是不敢奢想。儿子，我是怕你受不了那个罪。”

正说着，爷爷从外面打牌回来了，看见儿媳妇和孙子在闹别扭，打趣道：“新建，怎么惹你妈妈生气了？”

党新建就将经过简单地跟爷爷复述了一遍，爷爷听完点了点头说道：“把你爸爸叫出来，咱们开个家庭会议，我给你们唠叨唠叨。”

爷爷名叫党福生，从小没了爹娘，吃百家饭，穿百家衣，街坊大娘婶子拉扯大。十五岁参加了八路军，一年后，日本鬼子投降。在解放战争中，参加过上党战役、晋中战役和解放太原的攻城战斗。在子洪口战斗中挂了彩，至今还有一颗子弹留在腿骨上没取出来。以后又参加了抗美援朝战争。在部队干到团级干部，转业到地方工作，在地区、县里都担任过领导，离休前是省政府某厅厅长。

爷爷说：“我们那个时候是提着脑袋干革命，身边战友牺牲了成千上万，大家都没有一个怕字，冲锋号一响，就拼命往前冲！解放以后，我转业到地方工作，在县里、地区当领导的时候，还每天骑上自行车下乡，吃住都在老乡家，和社员们一起参加劳动。白天劳累一天，晚上还得组织社员开会，等到社员们休息了，才开始看文件办公。”爷爷喝了口水，将杯子重重地放在茶几上，加重了语气，“自改革开放以来，咱们住得宽敞了，穿得高级了，不缺吃，不缺喝，人也变得娇气了，吃不了一丁点儿的苦。你们想想，没有我们无数将士的鲜血和多少代人的辛勤汗水，哪能有今天的好日子？没有受不了的罪，只有享不尽的福！现在的年轻人，能像我们家新建这样的太少了，不愧是党家的后代！对他的抉择，我们应该举双手赞成！”

爷爷说到这儿，看了看党新建爸爸妈妈，和颜悦色地说道：“我知道你们心疼儿子，可你们没有听说过温室里的花朵长不大吗？让孩子在基层经风雨，见世面，对他成长是有好处的！”有了爷爷的支持，党新建也壮了胆，接住爷爷的话茬说道："爷爷真是飞机上挂暖瓶——水平高，有了您的支持，我到农村任职锻炼的决心就更加坚定了。人家习总书记还在梁家河插队七年，我咋就不能下乡呢？"

爸爸妈妈也不好再多说什么，但心里依旧是放心不下。

第二天早上，党新建还没醒来，远在美国的女友梁芷昀就打来电话，劈头盖脸地说："你不上进，你平庸，我能接受；你不出国，你孝道，我也能接受；你自甘堕落，你退步，我坚决不接受！"

党新建知道她一定是他妈妈搬来的救兵。任凭他再三解释，梁芷昀就是不松口。更要命的是，那天上班后，妈妈居然跑到厅里，以女朋友不同意的理由，要回了党新建的下乡申请。

人事处处长找党新建谈话，希望他做好父母的工作，否则不好办。

党新建被逼得实在没办法，只得将省委组织部的文件复印几份，并附上他的《决心书》，给了爸爸一份，妈妈一份，还给梁芷昀发了一份扫描件。做这一切的时候，党新建显得特别自信、刚毅、坚定，甚至有些倔强。党家血液里流淌着的是面对困难矢志不渝的基因，不撞南墙不回头的精神。这一刻，都在党新建身上表现出来。

爸爸妈妈见他态度坚决，只好妥协。

梁芷昀拗不过他，也只得松了口。

他给梁芷昀发了一段话："芷昀，感谢你对我的理解和支持，请相信，我是最棒的，山沟沟里也能产生马列主义。"

党新建被组织下派到离省城不到一百公里的汾东县，担任汾东县古城镇大南庄村党总支书记。

党新建驱车来到汾东县。汾东县离省城不远，走高速只用了一个小时多一点。一路上，他只顾开车，无暇欣赏景色。进了县城，灰蒙蒙一片，道路两旁的国槐叶子掉光了，作为美化景观的绿篱横七竖八地杵在那里，偶尔还会看到几只红红绿绿的塑料袋挂在上面。刚修的几栋高层住宅，总算给这座历史文化名城带来一点现代气息。

他一溜烟将车开到县委大院，找到县委组织部。组织部张副部长在简朴的办公室接待了他。张副部长热情地给风尘仆仆的党新建倒了一杯热茶，从文件柜里拿出一沓文件交给他。同时，安排组织部干事小董给党新建办好了各种交接手续。

张副部长给古城镇党委书记打了电话，才让小董陪同党新建到古城镇报到。

古城镇是县城南面的一个典型农业大镇，山区有树、丘陵产果、平川种粮，镇政府就设在古城村。

临来之前，党新建就做了功课，在省图书馆查阅了汾东县好几个版本的县志，翻看了近年来有关汾东县的文献资料，还搜索了古城镇和大南庄的信息。汾东县是人杰地灵、人才辈出的国家级历史文化名城，古城村就是一千年前的汾东县城。现如今，已经没有一点县城的影子，就是一个普通得不能再普通的农村小镇，甚至可以说就是一个大一点的村庄。

党新建开车十几分钟就到了古城镇。镇政府所在村和普通村庄一样，街道虽然是水泥路，但没有下水，路两旁歪歪扭扭栽着高约两米、树形又不好看的侧柏算是绿化吧！如果说是镇区的话，地标建筑就是村南有一条宽阔的大街，两旁都是清一色小二楼，有镇政府、派出所、医院、学校、信用社、税务所、运管站、兽医站，还有几家饭店和超市。这里就是全镇的政治、经济、文化中心。

镇政府是一幢坐北朝南的二层小楼房，白色瓷砖贴面，大门与办公楼中间是一个圆形国旗台。院子里停满了各色小汽车。党新建看了看，没有太好的车，以十万元以下的国产家用轿车居多，连有公车标志的车也是普通桑塔纳，他开的本田越野算是比较高档的。乡政府楼内也干净整洁，还有健身器材，办公桌椅也都是新的，每个办公室都配有电脑。

他不知道，这些设备都是近几年配置的，因为省委出台了《乡村治理二十五条》，要求市县财政向乡村倾斜，以改变以往镇政府破破烂烂的形象。不觉到了书记办公室，书记办公室面积不大，是一个单间，里面摆放着一桌一椅，一对沙发中间摆放着一个茶几，沙发旁边，还放着个饮水机。古城镇这次接受两名墩苗下派干部，除了党新建，还有下派到殷家堡的市委组织部的朱乃文。他俩报到时，已是午饭时分。书记下乡还没有回来,办公室主任请他们到食堂就餐。镇政府食堂虽然简陋一些，但饭菜还算可口，每人一碗面，一碟小菜。饭菜送进肚里，食堂师傅给舀了一碗面汤。原汤化原食，挺舒服的。

组织部小董吃过饭就回去了。

下午，党委书记周东方、包村领导、蹲点干部和他俩见面，互相认识，交流情况。党新建将任职大南庄村，该村的包村领导是党委副书记林凡。林凡是已经有两年乡村工作经历的年轻女同志，研究生学历，不到三十的年纪；蹲点干部小高是刚刚大学本科毕业一年的年轻人。

晚上，古城镇政府没有了白天的喧嚣，寂静得有点沉闷，几个值班人员都在宿舍里耍手机。党新建和朱乃文约定明天到村里报到，当晚就住在镇政府宿舍。既没有电视，也没有电脑，俩人聊天聊得实在没劲了，就出来在镇上逛街。街上也是冷冷清清，有几家小超市开着门，也没有啥生意，倒是饭店里面有些顾客，两人反正没啥事，就找了个看起来干净点的小面馆，点了两个菜，要了一瓶酒，一人倒了一杯，慢慢喝，随意聊。

老板娘是一位干净利落、风韵犹存的中年妇女，她负责接待、端菜，男人负责炒菜、做面，典型的夫妻店。客人少了，夫妻俩也炒了个菜，热了俩白面馒头，坐下来吃饭。

党新建和朱乃文尝试着和开饭店的夫妻两人闲聊，想了解一些当地的风土人情。男人很健谈，似乎对政府工作人员很不感冒，在他的印象中，政府工作人员就是白吃白喝，还说了个当地流传的顺口溜：县领导是“唱红歌，喝红酒，收红包”，乡干部是“说白话，喝白酒，打白条”。

党新建和朱乃文几乎同时问道：“镇政府在你这儿吃饭是打白条还是付现款？”

“别说了，打白条。以前几任书记欠了我四万多块。新来的书记不赖，陆陆续续还了一些，还剩不足一万块，估计不好要了！”老板无奈地说，“现在好了，我是一分钱也不记，全都是现金结算。”

“村干部又怎么说？”党新建好奇地问道。

男人张口就说：“村干部更是没有一个好的。”他女人怕他说出更难听的话，赶忙阻拦。男人直接反驳道：“怕什么？听不出这两位是外地口音！”

党新建和朱乃文好不容易碰上一个敢说真话的，不想放过机会，党新建跟朱乃文对了一个眼神，乘机又问：“村干部不是你们选出来的吗？”

“选举？那是哄他们这些当官的！你们到村里问问，有几个村主任不是花钱买的？”男人不屑地“哼”了一声，接着又说：“你们听过一句话吗？县长是花钱买来的，乡长是喝酒喝出来的，村主任是用棍子打出来的。”

听男人这么说，朱乃文忍不住问道：“那现在村里，是村主任说了算，还是村支书说了算？”

男人不屑地回答道：“当然是村主任说了算！现在好多村主任都是厉害人，一人说了算，支书屁用不顶！”

老板娘是个细心人，发现俩人一直问她男人关于村干部的事，觉得不对劲，赶快解释：“领导，别听他瞎说，喝得多了就会胡说八道！”

“酒后吐真言！”党新建赶紧笑着说。

“他就是这种德行，说话没有把门的，你俩可不敢相信！镇领导对我们那么好，这话要是传到人家耳朵里，多不好！”

老板娘说话的时候不停地看表。

党新建和朱乃文看出人家要打烊，又不好意思明说，就赶紧站起来，知趣地去结账。

党新建和朱乃文从小饭馆出来，时间已经是晚上十一点多，本来略有酒意，被晚上的冷风一吹，就感到头有点晕。两人相互搀扶着往回走，由于不熟悉地形，走错了方向，越走离镇政府越远。等他俩发现走错的时候，已经快走出镇区了。

党新建和朱乃文孤独地走在街上，街上路灯发出昏暗的光，只有他俩的倒影陪伴，心里有点紧张。分不清方向，也不敢走了。发现不远处有个饭店，就紧走了几步过去，打算进去问个路。

赶巧饭店出来几个人，可能是尿急得厉害，刚出门就掏出来撒尿，边走边尿不说，还像洒水车似的，互相比赛谁尿得远。

党新建和朱乃文站在那里正想开口问路，有一个人发现了他们，便用明显喝醉了的声音，冲他们大声喊叫："看什么？有啥好看的？"

党新建知道遇上了一群醉鬼，不想惹麻烦，一边解释，一边拽上朱乃文就走。

"揍狗日的，哪来的两个外地侉子？"走在前面的一个光头听出他俩是外地人，抬手就朝朱乃文肩部打了一拳，朱乃文被打得趔趄了几步。

党新建害怕吃亏，决定先下手为强，一把抓住光头领扣，将他死死顶在一堵墙上，大喊一声："有种的上来！"

光头一伙十来个人一下子就怔在那里。

饭店走出一位留着寸头的中年男人。他一出面，大伙儿喊道："墩哥，你咋出来了？"他耷拉着眼睛，看都不看他们一眼，训斥道："酒喝到狗肚子里了，给老子惹事！"

那几个人面面相觑，灰溜溜的。

党新建见此也松开手。

这人有什么背景，凭啥让那帮弟兄们言听计从。党新建还在琢磨的时候，只见被称为墩哥的中年人笑哈哈地说：“误会，误会，二位领导能否赏脸，到小店坐坐？”

党新建和朱乃文也想了解一下他们的来头，就做了一个顺水人情，进了这家饭店。

三个人坐在刚刚收拾干净的小包间，上来几个家常菜。中年人斟满三杯酒，说道：“二位领导，我墩子给您赔罪了。”杯中酒倒进嘴里，一饮而尽。

墩子义气豪爽，党新建二人都是谦谦君子。几杯酒下肚，前嫌尽释，称兄道弟，热乎起来。

原来，墩子是党新建将去任职的大南庄村的电工，大号“王志高”，现在是镇电管站的外勤组长。这个饭店是墩子和朋友合伙开的，凭他的关系，生意不错。刚才那伙人就是跟墩子干活的各村电工。

墩子得知党新建就是村里即将上任的党总支书记，心里暗暗侥幸。多亏自己多长了个心眼，要不然闯大祸了。他紧紧握住党新建的手，连连道歉：“党书记，大水冲了龙王庙，自家人不认识自家人，实在不好意思！”

“没什么，别往心里去！咱们是不打不相识。你是我认识的第一个大南庄人，以后仰仗你的时候还多了去了。”他对墩子的情况一无所知，只能轻描淡写敷衍几句。

墩子又将三个杯子倒满酒，党新建和朱乃文不胜酒力，一再推辞。墩子一脸诚意，恳求道：“领导，我墩子能与您二位大人物结识，真是三生有幸，蓬荜生辉。在古城镇范围内，有啥沟沟坎坎，找我墩子。我一定二话不说，全力以赴！”说着就一仰脸，将酒倒进口中，嘴咂巴两下，意思是我先干了，二位看着办。

朱乃文不胜酒力，满脸通红。党新建不想驳了墩子的面子，将两个人的酒倒在碗里，一饮而尽。

“佩服，佩服。党书记好酒量！”

党新建和朱乃文害怕再有啥差错，不管墩子的一再挽留，站起来匆匆离开小酒店，步行回到镇政府。

两人走了好远，墩子还站在门口嚷嚷：“党书记，朱书记，咱们到十八里河喝酒去！”

一宿无话。

第三章

第二天，党新建和朱乃文早早起来到镇政府大院里散步，在办公楼后面，二人发现了几棵还挂着柿子的柿子树，柿子红艳艳的，像一盏盏冰心笔下的小橘灯，给冬日显得有些萧条的镇政府大院增添了一点色彩。

镇党委统一安排，镇里包村蹲点的领导上午就分别送他们到下派村上任。党新建和朱乃文刚熟悉了，马上又要分开，不禁有些伤感，说了一番互相鼓励的话。

一位漂亮干练的年轻女干部过来找党新建，她就是在大南庄蹲点包片的古城镇党委副书记林凡。

林凡副书记高挑身材，薄皮细眼，齐耳短发，秀气的长相配上一身得体的休闲装，就给人一种浑身充满青春活力的感觉。

党新建了解到，林凡小自己两岁，今年二十八岁，家就在本地，父母都在县城工作。父亲是汾东县有名的外科大夫，妈妈是政府部门的一名普通公务员。一年前，林凡作为优秀大学生被省委组织部直接选调为古城镇副镇长，早一个月，刚提拔为镇党委副书记。今天由她和蹲点干部小高陪同党新建到大南庄村上任。

三人刚走出镇政府大楼，通讯员就追了上来："林书记，周书记叫你上去！"党新建跟着林凡又返回镇政府大楼。

周书记办公室坐着三个人，周书记、派出所所长和一位看起来六十多岁的农村妇女。周书记给党新建介绍说："这是大南庄的戴月香，由于非法上访，刚被派出所领回来。你们今天就带回去吧！做好稳控工作，熟悉情况后，争取早日解决她的问题。”

戴月香其实五十多岁，一头花白头发胡乱扎成一根辫子拖在脑后，黑瘦的长脸不高兴地耷拉着，好像谁欠她钱似的，穿着一身不合时宜的黑布衣服，气恼恼地坐在屋角的一把椅子上。

林凡和戴月香打交道多了，非常熟悉，拽上她就走。戴月香扭捏了一阵子，见拗不过林凡，她也只好说：“周书记，那我先回去。如果解决不了，我还得来找你，还要去北京告你们！”

周书记露出无奈的表情，摆了摆手说：“好了，先回去吧。”

党新建坐上林凡的车，戴月香也坐到后座上，还一个劲儿地说：“林书记，我要不是看在你的面子上，我今天就不回去了。”

林凡一边开车一边安抚着戴月香的情绪，对她说：“老戴，这位是省委派到咱村的党书记，你不要着急，等党书记熟悉情况后就给你解决。”

一会儿工夫，汽车拐下国道，从桥上驶过一条小河，进入大南庄村地界。

大南庄村口还留着“农业学大寨”建筑特色的大门。四根砖柱，一大两小砖砌拱门。大拱门中间是一个长方形的凹槽面，刻着毛主席手书体“农业学大寨”五个大字。两根柱子上刻的是毛主席草书体“四海翻腾云水怒，五洲震荡风雷激”。看起来多年未修葺，有几个字残缺不全，原来刷的油漆更是掉得斑驳陆离。

进了大门，是一条水泥路面的大街。村内还算平整，干净整洁。汽车进了一个挂着写有“党支部村委会”木头牌子的临街大门，在一排平房前停了下来。党新建看了看四周，正房是村小学校，二层小楼房，学校对面是戏台，戏台两边的平房就是村委办公室。

看到党新建迷惑不解的样子，小高告诉他，这是典型的村委会、学校、戏台三合一建筑模式，有不少村采取这种模式。

学校是近年危房改造政府拨款新建的，米黄色二层楼房，楼顶是太阳能光伏板，用来供电、供热水和取暖。

学校对面的戏台一看就是历经几十年的旧建筑，正中写着两个大字“艺坛”，左边写着“文艺为工农兵服务”，右边写着“百花齐放，百家争鸣”，字是用水泥刻出来的仿宋体阳文。整个立面经水刷石处理，配有红五星、向日葵、红旗等图案，典雅大方，端庄气派。

院子是一体多用，平时是学校操场，唱戏的时候是戏院子，不过每年唱戏也就几天时间,还是村民的活动场所。村委办公室分列戏台两侧。东侧是支部书记办公室、党建活动室、会计室、门卫兼广播室。西侧是村委主任办公室、治安调解室、计生服务室，还有一间库房。村委会修的时间也不长，砖灰色涂料外墙，铝合金门窗。办公桌椅、电视电脑都是县委组织部统一配备的。可能平时很少有人办公，办公桌椅上都是一铜板厚的灰尘。

进门之后，王小栓招呼门房贾老师将村委会桌椅擦抹一下。贾老师先用干抹布擦了一次，桌子上凳子上的灰太厚，抹不干净，反倒弄得尘土飞扬，又端了一盆水，用湿毛巾擦了一遍，桌子上成了山水画。妇女主任翠英来了，用半干不湿的毛巾又三下五去二擦了一回，地上洒上水，仔细扫了一遍，勉强才算干净。

大南庄、闫家堡、峪道沟三个村合并以来，仍然维持原来的运转模式。根据县里的建议，等到农村两委换届选举时健全班子，再进一步理顺关系。

三村合并后，虽然没啥动静，但三个村的主干们心里都打着自己的小九九。

大南庄是王小栓支书、主任一人担，峪道沟也是狗蛮支书、主任一肩挑，闫家堡明里是支书、主任两个人，实际上是村委主任三喜一个人说了算，支书是空架子。上级下派党新建过来担任党总支书记，他们心里是十二分别扭。

今天是党新建上任第一天。大南庄的王小栓，也就是大家口中的柱哥倒没什么，忙前忙后招呼，峪道沟狗蛮只是笑嘻嘻坐在那里，闫家堡主任三喜非常不满，干脆没来，支书奴小则开着电动三轮车过来了。

林凡副书记给村干部介绍了党新建，希望大家真心实意配合党总支书记的工作。这些村干部们都是大风大浪锻炼出来的老油条，心里想的和嘴里说的绝对不一样。虽然是各怀心思，还是正儿八经说了一堆好听的假话。

汾东县的方言保留了不少古语，和周围哪个县的方言也不同，大家叽里呱啦说了一通，党新建大都没有听懂。

见面会就这样草草结束了。

党新建看见戴月香还生气地坐在那里。

党新建就跟她说："老戴，你先回去吧，过两天给你解决。"

戴月香跑过多少次中央，省里市里县上更是常客，见过多少个领导，哪里将党新建这毛头小伙子放在眼里，马上回怼道："别说漂亮话，我问你，我的问题你什么时候解决？"

党新建应道："你放心，尽快解决。"

她继续追问尽快是什么时候，几月几日？连环追问下，党新建这才感受到这老上访户的厉害。

林凡见党新建下不了台，忙把话接过去："党书记今天刚上任，等熟悉上一个月行不行？"

"那可不行。"

"那十天以后好吗？"

"行，一言为定！"

说完，戴月香招呼也不打，径直出门回家了。

村干部们相视苦笑一下。王小栓说："这个戴月香多少年来根本不讲理，谁也解决不了。"

林凡说："两节期间先做好稳控，等党书记熟悉情况后再说。"

柱哥看了看妇女主任翠英，翠英倒是痛快："我盯住可以，但答应的工资要兑现。"说起来也不能怪人家，每次到了敏感时期，领导们就让人家住在戴月香家二十四小时看护，答应的工资却迟迟兑现不了。

林凡赶忙回答："放心，我催着办！你先给盯住，可不能再让她出去告状了！"

村委会平时也没有啥事儿，基本在家里办公。寒冬腊月，屋里虽然开了空调，也不济事，待了一段时间，都感到冷得受不住。王小栓说："散会吧！林书记，党书记，到我家坐会儿，吃了饭再走。"

林凡看党新建有点疑惑，告诉他，农村干部大多是在家里办公，只有开会或有大事，才来村委会。有了客人，都在支书主任家接待。

党新建问道："我听爷爷讲，以前工作人员下乡吃派饭，一家一家换着吃，吃完饭就将粮票和钱压在碗下面。"

林凡笑了笑说："那是什么年月的事儿了，现在根本行不通！老百姓也不愿意承担，下乡的干部也接受不了。县里的干部到农村工作，要么到干部家里吃饭，要么忍一忍回城里。"

王小栓听见他俩的对话，热情地说："党书记，你是第一天上任，我怎么也得给你接风洗尘吧。"

党新建赶紧笑着接话，"给你们添麻烦了，实在不好意思。"

林凡劝他："跟农村人打交道，就不要虚头巴脑的。咱们这儿有句俗话说得好，进了一家门，就是一家人。柱哥这人特别实在，咱就恭敬不如从命。"

"走吧，你们放心，咱又不花集体一分钱。"

村子也不算大，走了几分钟就到了王小栓家，阔气的大门，对面的照壁中间是鎏金福字，正房七间，东西房各五间，有六七分地，全院都是瓷砖贴面，广场砖铺地，正房前面三层台阶，整个院子十分宽敞气派。

屋子里也装修得很不错，取暖原来是烧锅炉，今年煤改电烧成空气能，卫生方便，太阳光透过玻璃照了大半个屋子，将寒意去掉大半。

党新建过去听说农村最好的房子不是支书家，就是村主任家，果然如此。

林凡、党新建坐在暖烘烘的客厅，继续聊了会儿村委的工作及戴月香家中的事。

党新建上任第一天，戴月香就给他来了个下马威。带着老上访户上任，真是今古奇观。陌生的环境，陌生的人，与原来认识的根本不属一个群体，从来没有听说过的事情，根本听不懂的方言，党新建脑袋里乱成一团麻。他有点无法面对，却又不得不去面对。

林凡虽然也同样年轻，但毕竟在乡镇锻炼了一段时间，又是当地人，面对农村工作要熟悉得多。她看见党新建那皱着眉头、苦着脸的样子，打趣道："党书记，我们待你不薄吧？戴月香，就是大南庄送给你这位大书记的见面礼！"

党新建忙对林凡说："林凡书记，我在大南庄的工作，你可得多帮忙啊。"

林凡笑着回答："我刚来这里的时候，也是这样，适应两天就好了。咱们先让柱哥给你安顿一下生活吧！"

王小栓是一位其貌不扬，但肚子里却有货的日能人。当了二十多年村干部，没有一点架子，瘦小的身子，长年穿着宽大的蓝色中山装，上面还有好几个烟头烧的小洞，猛一看多少有点邋遢。

村里有句俗话："穿得烂，走得慢，腰里揣着几十万。"其实说的就是王小栓这种人。表面看上去整天迷迷糊糊，其实人家是揣着明白装糊涂，很精明。王小栓要是没两把刷子，能在村里干这么多年村干部？

不过话又说回来，多少年来，王小栓也受过不少村民的气，也挨过不少领导的尅。他受的委屈，有谁受得了？不容易啊！

吃完饭以后，林凡说起党新建的住宿吃饭如何解决的问题，王小栓想了半天也没有好办法，无奈地说："村里也没有合适的地方，要不就吃住都在我家？"

"不行，不行！那太打扰了。"党新建连忙说道。

王小栓家四口人，老两口住中间一套。老大住东面一套，老二住西面一套，两个儿子都在城里买了房子，平时虽然不在家，可是周六日、节假日就带上媳妇儿、孙子回来住。显然不太方便。

最后商定从学校腾出一间房子给党新建住，中午饭和老师们在食堂吃，早晚自己解决。

党新建当天就住在村里。在王小栓的陪同下，他用了几天时间将三个村跑了一遍，对村情有了直观的了解。大南庄村是古城镇较大的村，人口一千八百人，属于典型的丘陵地区，是全县有名的苹果基地。

闫家堡是五百人的小山庄。支书闫贵章，小名奴小则，就是一个"老奶奶"，当家不主事，半天也说不出个一二三，等于是聋子的耳朵。村委主任三喜对下派村支书很抵触，党新建去了几次也没有见上面。有一次，林凡副书记给三喜打通电话，虽然回到村里和党新建见了一面，却是发了一通牢骚。

历史上闫家是晋商巨贾之一，在哈尔滨做边关贸易发家。明朝晚期，发财之后的闫家，建起了豪华气派的宅院，整条街两边都是深宅大院，门对门，院套院，明楼统楼、正院偏院、贴墙门楼、挑角门楼、拱形大门，组成了气派的老街，村口是带观望楼的巍峨堡门。关帝庙对面是全国保存最完整、规模比较大的古戏台，已经列入省级文物保护单位，省政府专门拨出来专项款修缮保护。闫家堡村今年又被国家住建部评为"传统古村落"。

峪道沟是一个七百多人的典型山区村庄，两山一条沟，沟不算深，也就是十来公里，但是故事很多。这条沟也叫半沟，沟里那条河就是十八里河，这是一条季节河，也是一条无尾河，蜿蜒而下，七拐八弯，沿着闫家堡绕了一个大圈，路过大南庄，下游孟家庄有个沙圪洞，十八里河水流到沙圪洞就没了下文。后来，在山口建了一个小型水库，修了河灌渠系，十八里河由水患变成滋润这片土地的真正意义上的母亲河。走进半沟，沿着河滩修的砂石路两侧都是山，沟的东面山势陡峭，怪石嶙峋。沟的西面地势平缓，连绵不断，顺着盘山公路走，就可以看见一块块不规则的梯田。全村占地两平方公里，人少地多。早几年，本村一位在省城经商的贾大发，通过土地流转，荒山荒坡拍卖，取得了山坡土地的使用权。他在山坡土地上种植了大片玫瑰，每年春季在县委政府的支持下搞了一个玫瑰节，有了一定知名度。

第四章

转眼间，来到大南庄工作已经十几天了。

党新建忙碌又充实，辛苦而喜悦。作为新来的党总支书记，他拿着花名表，一家一户地走访党员和贫困户。全村 83 名党员，他见了 59 名，剩下 24 名党员，有 17 名是在外地打工的年轻人，每年过年回来一趟，其他的都是年老体弱的老党员，常年随子女在外地生活。三个村共有贫困户 59 户 128 人。贫困户倒是都在村里居住。他每到一户，都详细了解这一家的经济状况、贫困原因，想解困办法。

下来之前，爷爷嘱咐他买一摞能够随身携带的笔记本。爷爷说："新建，你把这一摞笔记本记满了，那你这个支部书记就算当得差不多了。"短短的十几天，党新建就用了好几个笔记本。党员的谈话笔录记了两个小本子，贫困户的情况用了两个笔记本，三个村的基本情况、财务运转状况、干部工资、合同管理、机电灌溉、土地使用等情况，每个村记了满满一本子。

党新建就像刚刚开始采蜜的蜜蜂，对什么也感到新鲜，每天勤快地采蜜，至于如何消化理解，下一步怎么办？他每天都在思考。

一大早起来，窗户正对着的树上落了几只喜鹊，正在叽叽喳喳地叫，他就琢磨今天是不是有啥好消息。

党新建不知道，自从他下乡工作以来，爷爷每天念叨不知道他的小孙子情况如何。妈妈更是日思夜想，好几个晚上梦见儿子回来了，有时半夜醒来，一直熬到天明。真是应了那句古话"儿行千里母担忧"。

党新建爸爸党卫东是省博物院副院长，全省的文物旅游专家。利用双休日，他开着自家的帕萨特，拉着老婆到汾东县看宝贝儿子。

下了高速还没进县城，党新建妈妈就开始抱怨："这什么地方啊，环境太差了，灰蒙蒙一片！街道也不整齐，马路两旁绿化也是稀稀拉拉，东西乱堆乱放，怎么管理的？典型的杂乱差！"

让她没想到的是，等到了村里，才发现村里环境更差，可以用一个"惨"字来形容。房子几乎全是低矮的平房，不少院子还铁将军把门，看起来已经很久无人居住，门上的大铁锁也已经锈迹斑斑。从半倒塌的围墙看进去，房子早已破败不堪，院内更是枯草丛生，重要的是院里院外都蒙着一层灰，让人看着都感觉心情不舒畅。村内街道不宽，还是曲里拐弯，路面虽然经过水泥硬化，但大都破损严重，坑坑洼洼。街头坐着不少老年人，大多数都在七八十岁，满脸皱纹，灰头土脸，胡子拉碴，目光蒙眬。

党卫东连问带打听，终于把车子开进村委会院子，车一停，就赶忙给儿子打电话。

党新建和一早赶过来的林凡刚从戴月香家走访回来，就接到了父亲的电话，忙不迭从宿舍冲出来。看到正在四处张望的老妈，就兴奋地喊："妈，你和爸怎么来了？"

妈妈看见儿子，早忘了一路上对当地环境的那些埋怨，乐得眯眼笑："你爷爷每天想你，让我们过来看看。"

"爷爷怎么没有来？"党新建关切地问。

党卫东给儿子解释："你爷爷本来计划来看你，今早上起来觉得身上没精神，怕老人家车马劳顿，就让他留在家里休息。"

党新建爸爸穿着厚羽绒大衣，围着宽厚的围巾，站在院子里，也不觉得冷。他妈妈还像在省城一样穿着大红旗袍，虽然外面套了件呢子大衣，可还是无济于事，冷得直跺脚。

党新建看见妈妈跺脚，才发现已经在院里站了好一会儿了，赶忙请父母进屋。

宿舍里虽然有太阳能暖气，但由于供热面积大，也不算很暖和。窗帘是一块廉价的布料，房间里放着一张简易木制单人床，一张旧写字台，床头摆着一个老式的文件柜。在墙角的小木凳上放着一箱特仑苏牛奶、一箱康师傅方便面，还有一箱农夫山泉和一箱小面包。

妈妈刚进屋，看到如此简陋的条件，眼眶立马红了。看到儿子头发也长长了，胡子也没刮，脸也黑了，两只大眼睛深陷眼窝，妈妈紧紧握住儿子的手，心都碎了，泪流满面，哽咽着说："新建，我起初就不同意你下来，你看这条件，时间长了怎么能受得了？"

"妈，不用担心，您儿子棒棒哒。"党新建朝自己胸部捶了两拳，自信地说。

他又给爸妈介绍林凡："爸、妈，我给你们介绍一下，这是镇党委副书记林凡，我们村的包点领导，也是我的顶头上司。"

一直悄悄站在屋里的林凡赶忙欠欠身子，微笑着说："叔叔、阿姨好！我是小党的同事，很高兴见到二老。"

党新建爸妈只顾着儿子，居然没注意屋里还站着一位漂亮的大姑娘。

妈妈不愧是大学教授，反应快，赶忙接过话头说："哎呀！光顾着跟儿子说话了，不好意思。这闺女好漂亮呀！这么年轻就当领导了，你可得多帮帮党新建！他刚下基层，什么都不懂。"

林凡赶忙浅笑着回答："谢谢阿姨夸奖！小党的学识、见识都比我强，我向他学习还来不及呢！阿姨，接触这几天，我发现他身上的优点太多了，对我的帮助和启发很大。在以后的工作中，我们相互学习，共同进步吧。"

爸爸见林凡夸儿子，本来不善表达父爱的他心里也很舒服，忙插话道："新建，看看人家林凡书记多有水平，可得向人家好好学习呢。"

党新建看到羞红脸的林凡，介绍道："林凡书记人家是省委组织部的选调生，既是镇里的大美女，又是前途无量的后备干部。"急得林凡直瞪他，一屋子全笑了。

"你们赶紧坐吧，喝杯水！"林凡搬来椅子，用一次性杯子倒了两杯水，放在一个小木凳子上，不好意思地解释道，"条件太差了，只能让您二老凑合凑合。"党卫东夫妇连连摆手，示意不要紧。

林凡也侧身坐到床上。党新建搬个小马扎坐在爸爸妈妈的对面。妈妈对他的生活起居一项一项地询问，党新建也逐一回答。当了解到中午在教师食堂吃一顿三块钱的中午饭，早晚自己用方便食品解决时，妈妈心疼地说："这哪儿成啊？每天吃垃圾食品，身体绝对受不了！"

在林凡陪同下去了一趟厕所后，妈妈回来就和老公说："你想想办法，还是把孩子抽回厅里工作吧，这儿的条件实在是太差了，上厕所还得走几百米，更别说其他了。"

爸爸看了看林凡，跟老婆说："也不能这么讲，人家林凡书记一个女孩子，不也在乡镇工作吗？对儿子也不能太娇惯了！"说完他又补充道："不是有句古话说，穷养儿，富养女。男孩子受点苦怕啥！"

林凡坐到党新建妈妈身边解释道："阿姨，我们这儿是苦点儿，可小党对我们这儿很重要，让他多待一段时间吧！镇政府也给他留有一间宿舍，那边条件相对好一点儿。另外我也可以向镇领导反映一下，将这儿的条件再改善改善。"

党新建连忙哄他妈妈："您不要替儿子担心了，过两天就会好的。"

"小林书记，不怕你笑话，父子俩一个德行，都不能让人省心。"妈妈一边唠叨一边给儿子整理被褥，打扫卫生。

林凡看见他妈妈干活儿，咋好意思坐着不动，就赶紧站起来帮助整理，最后，林凡还勤快地将打扫出来的垃圾送到校园垃圾车上。

妈妈看到林凡干活儿非常麻利的样子称赞不已，张口夸道：“看人家林凡书记，要模样有模样，要水平有水平，会说话，干活儿也在行。”说到这儿，她扭头问儿子：“这姑娘是不是喜欢你？”

吓得党新建忙连连摆手道：“可别乱说啊，没有的事！人家林凡书记有对象，县长儿子追得可紧呢。”

妈妈却乐得摇头，接话说：“我的第六感觉告诉我，林凡这孩子喜欢你。说实话，要是在省城工作就好啦，这孩子比你结识的哪个也好。可惜啊！”

林凡倒垃圾回来了，妈妈转移了话题，又开始责备他爸爸：“你看你儿子，连自己也照顾不好，还当什么书记！我看早点回去吧，别再在这儿丢人现眼，让人家小林书记笑话。”

党卫东见她不停地唠叨，便怼道：“我儿子还不是你儿子？”

林凡忙劝道：“阿姨，小党在这儿干得挺好的。男孩子嘛，就应该是粗线条一点的，太心细了反而不好。我觉得，他一定能干好村支书，给他个机会吧！”

党新建妈妈无奈地笑了，说：“我就是出力不讨好，大事我也管不了。咱干点小事吧，小林书记能不能带我们去一趟县城，让党新建洗个澡，理理发，再买点东西。”

“行，听你的！看人家小林有没有时间。”爸爸沉稳地说。

林凡非常痛快地答应，开上她的车带路，党新建没有开车，坐在他爸爸的车里，握住妈妈的手，抱歉地说：“妈，让你和爸爸费心了。”

林凡找个地方停好车，找了家快餐店吃了午饭，让党新建去理发洗澡，她陪两位老人到附近一家茶叶店歇一歇。茶老板是位福建女商人，是林凡的老熟人。党卫东夫妇俩坐在沙发上，喝了杯茶，消了疲乏，精神了许多。

党新建回来时，头发短了，胡子刮了，洗澡后像变了个人似的，虽然消瘦，却精神焕发，英气十足。

爸爸接了个电话，问道：“汾东县有位朋友今天晚上请客，怎么办？”

妈妈笑了笑道：“也好，给儿子改善一下生活吧！顺便拉拉关系，在县里好有个照应。”

林凡熟悉情况，开着她的白色轿车在前面带路，党新建和妈妈坐在爸爸的车上紧随其后。一会儿车就停在一家豪华酒店门口。

整栋建筑金碧辉煌，霓虹灯上的“丹枫阁大酒店”几个字特别引人注目，一行人走进大旋转门，在身穿红色旗袍的服务员引导下来到一个大包间。

“党老师，欢迎光临。”包间门口站着一位中年男子，中等身材，浓眉大眼，国字脸，穿着考究，气宇轩昂，伸出双手紧紧和党卫东握在一起。这位中年男人，就是汾东县博大集团有限公司董事长马晓雄。他一边和党卫东握手，一边激动地说：“党老师，多少年，你还是第一次来我这儿，倍感荣幸！”

党卫东也一边乐着跟马晓雄握手，一边谦逊地接话：“给你添麻烦了！太感谢了！”

马晓雄豪爽地说：“都是自家兄弟，一家人不说两家话。”他边说边请客人到包间入座，招呼大家先坐下品茶。

这是豪华包间，里外套间用精致木质博古架隔开，里面放着一张实木八仙桌，外间是老船木茶台，茶台后面是丹枫阁的实木横匾。这个横匾是高仿品，几乎能以假乱真。原件现存于晋商大院。里间一面墙上是刺绣，内容是号称天下第四行书的“丹枫阁记”，是明末清初傅山先生的书法极品。包间里还有一位专门表演茶艺的茶艺师。

茶艺师是个漂亮女孩儿，身着白色绣花旗袍，面带微笑，手法娴熟。泡了一壶上等的陈皮白茶，每人喝了一小盏茶。顿觉茶气扑鼻，满嘴清香。不知心理作用还是真的有疗效，喝了一会儿茶，党卫东他们一路奔波的困乏消散了，觉得十分舒服。

党卫东一再交代，不要惊动县里任何领导。马晓雄也不敢违命，只是他夫妻二人，党卫东夫妻二人，林凡、党新建六人坐在八仙桌上吃饭。

菜就是汾东县的特色佳肴，八碗八碟。由于人少，怕吃不动上成了小份儿，这也是饭店执行光盘行动采取的一个措施，顾客也非常满意，饭店也很高兴，量少了不少，价格却差不了多少。

党卫东一行人今天就住在这里，房间也已经定好了。在马晓雄的忽悠下，大家都喝成了白酒，酒是本县酒厂生产的“地球仪”。这是二十世纪九十年代开发的高档酒，据说是纯高粱酒。已经有些年份，并且勾兑的茅台酒原浆。酒瓶是一个地球仪，净重一千克。

这种酒市场上已经几乎绝迹，二手市场已经上涨到每瓶五千元。

马晓雄爱人是一位典型的贤内助，一般不抛头露面，只有马晓雄的带家眷的客人过来,才会偶尔出面陪一陪。她给每人倒满了二两公道杯，让客人自己往各自的小酒盅里倒。一大公道杯能倒七八小盅。

马总热情地给党卫东一家介绍八碗八碟，原来八碗八碟是晋商巨贾在发家之后逐步发展最后形成的最具代表性的名菜。八碟是各色时令小菜，八碗是蒸的热菜，随着四季节令略有增减。

今天由于马总特别热情，在他的带动下，连一向不喝酒的党新建妈妈还喝了三小盅。马晓雄喝了两个公道杯。党新建也陪着马晓雄喝了四杯。马晓雄爱人陪喝了三小盅，可能酒力不支，脸通红。

林凡爸爸是县医院的外科大夫，号称“林一刀”，和马晓雄也是多年的好朋友。这么一介绍,关系又近了一步。林凡在马晓雄的盛情之下，不好推脱，破例喝了一杯。

林凡确实不胜酒力，一杯下去，面露桃色，双目朦胧，在灯光下显得风姿绰约。

一个地球仪喝得见了底，马晓雄又要开一瓶，党卫东赶忙拦住说：

“马总，已经酒美人和了，咱们就不要再喝了。上点儿特色的主食吧，让我们也解解馋。”

一转眼每人面前上了一小碗南瓜粥，一小碗拨烂子，吃得差不多了，每人一碗疙瘩汤，一小块起面饼子。

说实话，党卫东走南闯北，国内国外吃遍天下美食，还真没有今天吃得这么舒服，赞不绝口道：“多少年没有来过汾东县，饭菜精美可口，名不虚传！儿子，你要多了解一下当地美食和普通家庭的饮食文化。”

马晓雄忙说道：“党院长，请您一百个放心，我一定多多帮衬咱大侄子。”

党新建不好意思地说道：“谢谢马叔叔！我在这儿挺好的，有事儿我去找您。”

他妈妈说：“马总，这孩子来了十几天，就瘦了不少，我估计是吃不好睡不好。”

“小党啊，有啥事别不好意思说，给叔叔说，到底是咋回事？”

“吃饭无所谓，主要是睡不好，慢慢就习惯了。”

原来，党新建从来没有一个人住过一个院子，还是村委那么大一个院子。晚上周围黢黑一片，寂静得可怕。这倒也算，关住门，拉上窗帘，看会儿书就睡着了。年轻人觉重，只要睡着，哪管风吹浪打。可是北方的冬天，西北风刮得呼呼响，狗狂叫，一夜不得安生。最可怕的是有一天半夜，楼前高大的杨树上落下一只猫头鹰，就在党新建窗口，叫个不停。从来没有听过这个的党新建，吓得头皮发炸，浑身出汗，一晚上没有合眼，第二天脑袋还是昏昏沉沉。

他妈妈知道了这个情况，拉住儿子的手心疼得直哭。

党卫东和马晓雄商量如何解决。

马晓雄说：“住的问题好解决，我在县城有套房子一直空着，已装修好，家具齐全，拎包入住就行。要是不行，集团楼上有客房，都可以住。”

党新建一听要让他住县城，赶忙着急地说道：“那不行！墩苗干部就要住在村里，和农民打成一片。如果住到县城和镇里，墩苗就变味了，起不到墩苗的作用。”

“那怎么办？”他妈急切地问道。

党新建自己想了一个两全其美的办法。他还是住在现在那个地方，旁边再腾出一间房子，找村里的几个年轻人住下做伴，就什么问题也解决了。

“太好了，明天我过去给你安排安排！”一直没说话的林凡直接把话接过来，做了一个表态。

吃过晚饭。马晓雄提议到古城里面走一走，党卫东看了看爱人说，也行，到古城里面逛一逛，也顺便了解一下当地的风情。

党新建和林凡当然乐不可支，林凡主动当起了导游。

一行人驱车来到了古城入口处，只见古城门楼在灯光中金光闪闪，富丽堂皇，上面悬挂的牌匾是国学大师要老先生书写的。

古城广场，人来人往，热闹非凡。有一块大型照壁，镌刻着古城的简介。该古城可追溯到北魏时期，占地面积两平方公里。完整保留着明清时期一千余座古民居，全都是深院高墙，其中三分之一的民居是二层楼房，另外有三百多个门市，分布在四条大街、八条小街、三十六条巷子、一百多个胡同里。城里有三个 4A 景区，水家大院、汾东县衙、丹枫书院景区。

古城内是机动车禁行的步行街。虽然行人如织，却井然有序。孔府人家、渠氏客栈、丹枫书舍、五福堂等民俗客栈，都是大红灯笼高高挂，春风满面迎客来。

长玉川茶舍、永聚祥茶号、巨贞川茶舍，还有昌晋源茶庄都是高朋满座，热气腾腾。天禄园饭店、聚合园面铺、德泰全饭庄、各色风味面馆、小吃店更是人流如织，店家忙得脚不停歇。同样热闹的还有书业诚书店、大德通古玩城、义兴聚书画市场，以及各种杂货土产铺子。

他们边走边看，还听着林凡的讲解，走过号称一线天的胡同，来到大玉川茶庄，专门订了几种药茶，一边听茶艺师讲解，一边品茶。

药茶，苦中带香，饮后清凉，有其他茶种没有的味道。党新建似乎对药茶特别在意，没有听清的反复问，直到弄清为止。

逛完古城时间不早了。回到酒店，一家三口住一个大套间，洗漱完毕，很快入睡。

第二天十点党新建才睡醒，可能是昨晚喝酒有点多，头微微有些疼。

酒店的早餐已经停了，党卫东退了房，带全家人上街吃了特色小吃老豆腐泡耐咬咬，然后给马晓雄打了个电话，让党新建捎一盒法国干红给马晓雄，以表感谢。

在停车场，妈妈拉着党新建的手，叮嘱了又叮嘱，叮嘱得党新建都有点不耐烦了。

第五章

大南庄的三个村，呈品字形坐落在十八里河两岸。河流上游是峪道沟村，闫家堡村位于河的中游东岸，大南庄村在河的对岸。1972 年，县里组织民工在十八里河中游开始修建水库，用了两年时间竣工。因为这座小型水库处在南山口，就定名为“南山水库”。自从修了水库，闫家堡和大南庄等十几个村的人畜吃水和土地灌溉就有了保障。

80 年代，提出来“要致富，先修路”的口号。当时的汾东县委书记规划了南循环县乡公路。其中就有横跨十八里河的大南庄桥。兴建大南庄桥，祖祖辈辈想实现而未实现的愿望，在党的领导下实现了。老人们高兴得咧开嘴笑，后生们激动得喝起了酒，姑娘媳妇们则高兴得扭起了秧歌。

党新建走访村民时，他们给新来的党总支书记讲起这些，还是那样兴奋。自从修了大桥，附近几个村的苹果从每斤八毛涨到一块钱，你说高兴不高兴。

大南庄周围十来个村，地里全部是苹果树，连片规模三万多亩，是全省有名的优质红星苹果基地。这一带的农民因果而富，涌现出一批苹果土专家，还培养了好多个苹果收储专业户，活跃在市场的苹果经纪人也应运而生。

党新建走进果园，一边给修剪果树的果农打下手，一边和果农拉家常。他听到了不少专业术语，如摘心、剪枝、拉条、套袋，记住了一些谚语，诸如“上稀下密、外稀里密”“南不留上、北不留下”“去粗留细、去直留斜”。他还和果农一起给果树治疗腐烂病。

在大南庄，党新建认识了不少村民。他每天装上两包香烟，休息时，坐在地堰上，给男人们发烟，和他们一起抽烟、聊天，逐渐熟络起来，感情也越来越深。轮到吃饭时分，他们就把党书记拽到家里，炒上两个菜，拿出从酒坊打回来的纯粮食酒，每人喝上两杯。三蛋儿、小五则、铁圈、锁强儿等男人们，轮流叫党新建吃饭。

党新建和村民很快就打成一片，和他们一块儿劳动，圪蹴在地里休息，互相敬烟，腾云驾雾，相互斗酒，吆五喝六。到村民家里吃饭，还能从婆姨们口中听到更八卦的故事。他特别留心地打听了一下电工墩子。墩子在大南庄也算个能干人，家庭条件也很不一般。村民们对他的霸道不满，但不敢明里反对。

自从在古城镇打了交道，墩子找过党新建好几次。不凑巧，党新建每次都有事。墩子为了炫耀他的本事，在村里逢人就说，他和党书记是多年的老朋友。他也有事没事找党新建聊天。即使党新建不在村委会，他也要和门房贾老师喊上一嗓子："党书记到哪里去了？回来吱一声，我来找过他！"

终于有一天，两人都有空，约上到墩子家喝酒。墩子又将柱哥、王二小叫上。墩子媳妇长得白白胖胖，干活儿干脆利索，家里收拾得干干净净，东西放得井井有条。他们刚坐了一会儿，一大桌子菜就给整好了。

四个人喝了两瓶二锅头，都喝得晕乎乎的。每人吃了一碗桃花面，来到客厅侃大山。就在这时，墩子拿出事先准备好的机井灌溉承包合同，让党新建和王小栓签字。王小栓粗略地看了看，拿起笔就签下"王小栓"三个字。

墩子将笔和合同轻轻地放到党新建面前的茶几上，一脸谄媚地笑着说："党书记，您给签个字吧。"

党新建初来乍到，对机井灌溉毫不了解，况且谁也没有跟他说过这件事，这不是搞突然袭击吗？他心里有点不悦，脸上又不能挂出来，只是笑着说："墩哥，你还不够了解我。我有个原则，酒后从来不说公事。咱们还是抓紧喝茶吧！"

今天这个场合应付过去了，明天怎么办？党新建的脑子在飞快地转动。对墩子的霸气和机井灌溉的猫腻，村民们是怨声载道，敢怒不敢言。王小栓早就被墩子拿捏住了，高兴得办，不高兴也得办，让他去惹人，那是根本不可能的。

墩子绝对是聪明人，一眼就看出来党新建的心理活动。他心里咯噔一下，这个新来的党总支书记不是盏省油的灯，看来不是好对付的。他连忙说："党书记，那改天我专门给你汇报一次工作。"说话的时候，他让老婆拿出最好的茶叶泡上，大家啧啧称赞："好茶，好茶！"大伙儿喝得头上冒汗，脸上泛光。

其实，党新建在走访了解村情民意的同时，村里的党员、干部以及一般群众也在暗暗观察新来的书记。包括党新建抽什么牌子的烟、喜欢吃什么菜、在谁家吃饭、说什么话，包括脾气性格、酒量、爱好，都是这些村民关心的话题。村民们对这位年轻帅气的下派书记普遍有好感，觉得他有文化，修养好，又不摆架子。年轻小伙子多多少少在模仿党新建的行韵动静，姑娘们常常在一起说悄悄话，话题老要拐到帅气的党新建身上，小媳妇则不像姑娘家那样脸皮薄，拿党新建和自己家老公比，气得男人们直咬牙。

党员干部观察的重点可不是家长里短，儿女情长，他们更多的是从政治角度、大局观念上观察分析。王小栓不须说，他是和党新建接触最多的一个，感情自然好一点。他也一贯是多栽花少栽刺，除了和稀泥这个毛病，其他方面没说的。他积极配合党新建的工作，陪着这位年轻的党书记忙前忙后，东跑西跑。峪道沟的狗蛮就不一样。多少年来，他在峪道沟八个自然村树立起了强大的权威。这次合并到大南庄，对他来说就不是好事，意味着一手遮天的日子很快就要过去了。党新建下来担任书记，他心里更隔应。说实话，他是十二分的不舒服，他对这位年轻的书记横竖看不顺眼。但是，老奸巨猾的他，表面上绝对不会表现出来，见了面热情地打哈哈，一说事儿就是绕弯弯。

闫家堡的两位主干截然相反。三喜是一匹不服管教的骡子，工作方法就是爆粗口，对党新建文绉绉的工作方法看都不看。党新建给三喜打过几次电话，大部分是关机，有一次总算打通了，还没说两句，就说："现在有事，过会儿打吧。"直接挂断电话。后来打过去，又是关机。支书奴小则是个近乎窝囊的老实人，党支部好几年的一些开支都是他个人抵垫着，三喜不给报销。他老婆听说从省里新派来的书记非常好，就督促他找找党书记。他开上拉客人的电瓶车找了好几次党书记，总算见了一面，嘟嘟囔囔了半天，也没有说出口。

党新建来到大南庄，一心扑在工作上，很少去镇里，更不用说县里了。包村领导林凡隔三岔五过来，传达上级指示，检查工作落实情况。

有一天下午，两个年轻的知识分子谈到大南庄苹果发展的瓶颈就在于苹果深加工问题。这件事连续两届列入镇政府工作报告，均是由于上千万的投资落实不了，一直拖延至今。就在两个年轻人一筹莫展的时候，博大集团马总打来电话："小党啊，我是你马叔叔，在村里吗？我过去看看你，等我！"

刚挂了电话，俩人几乎同时说："财神爷到了！"

党新建马上将王小栓叫到村委，做了简单沟通。

马总说话间就到了。他给党新建送来一些生活用品，查看了工作生活环境，鼓励道："吃得苦中苦，方为人上人。我看小党肯定能成功。"

"谢谢马叔叔！我有个请求，您给我做做主，在村里吃顿饭。"

马总客气地说："情谊我领了，下次吧！"

党新建给王小栓使眼色。别看王小栓平时不吭不响，关键时候还有两下子，他说道："马总，要不是党书记的面子，您怎么会来我们这儿呢？今天晚上无论如何上我家里吃顿便饭再走！你要是就这么走了，我这老脸往哪儿搁呢？"

王小栓知道，马总在汾东县绝对是头面人物。博大集团旗下有玻璃厂、发电厂、加油站、加气站、房地产开发等，是全县的纳税大户，马总又是省人大代表。人家能来大南庄绝对是蓬荜生辉。

王小栓真心实意地挽留，党新建和林凡也一个劲儿地劝："马叔叔，你就在我们这儿体验一下生活吧！权当是忆苦思甜。"

马总不好驳大家的面子，便应承下来，打电话推掉早已约定好的酒局。

镇党委周书记和镇长张宗礼，在林凡微信上得到消息后，也很快赶了过来。大南庄难得有马总这样的大老板过来，书记、镇长一个劲儿地劝酒，林凡和党新建也积极表现，王小栓搭不上话，自个儿高兴得喝了个晕晕乎乎。

马总不愧是见过世面的人，见招拆招，加上本身酒量也很大，以一对四，虽然喝了不少，但分寸一点儿不乱。他和书记镇长打趣道："你们乡镇干部责任大，还有人编排各种顺口溜，诋毁污蔑乡镇干部，工作不好做吧？"

周书记笑笑说："马总，这几年党中央政策好，财政向乡镇倾斜，办公条件有了明显的改善，办公经费也能满足基本的日常需求。"

王小栓借着酒劲，连忙吐起了苦水："正好今天书记镇长都在，我干了二十几年，给村里垫了二十多万元，一直报销不了，害得老婆跟我吵过多少次。群众不说好也就罢了，还有人到处告我的状。哎，太难干了！"

马总酒兴正酣，端起杯子与大家共饮一杯说道："我老觉着企业家不容易，看来村干部才是真不容易。"

周书记接过话，借机发挥道：“马总，你可说对了。现在的村干部最难做了。硬办法不敢用，软办法不管用，新办法不会用。上面的要求越来越高，村民是越来越难管。村干部就是风箱里的老鼠，两头受气。”

王小栓家老婆送过饭来，听见周书记说到这儿，不由得插进话来：“周书记，老王干了多少年村干部，给村里搭进去二十多万，那可是我们起早贪黑卖下的苹果钱啊！你可一定给我们想想办法。”说到这儿，她眼眶发红，委屈地流泪。

周书记安慰道：“嫂子放心吧！镇里一定会统筹解决的。”

马总耳闻目睹了乡村干部的难处，深受感动。他站起来，激动地说：“周书记，这几年博大集团发展得也不错，有什么需要兄弟帮忙的，请领导尽管开口。”

周书记见火候已差不离，便开口道：“马总，小党在大南庄如果想要出点成绩，扭转落后局面，必须引进一个大项目，比如农副产品深加工项目。您方便的话，给帮个忙牵个线。”

马总问：“那这个项目需要多大的投资额呢？”

镇长插话道：“我们做过考察，也做过市场调研，有一个可行性的研究报告。嗯，大概一共要一千万到一千五百万元。”

“我对这方面不太熟悉，了解一下吧！”马总思索片刻说道。

“谢谢马叔叔支持！”党新建赶忙把话接过去提前表示感谢。

酒过三巡，菜过五味，时间已经不早，马总起身告辞，大家一直送出大门口。

周书记告诉党新建，既然和马总这边联系上了，一定要抓住机会，密切跟踪，切莫坐失良机。

党新建咬着牙说：“周书记，你放心，我会努力的。”

当天晚上，党新建照例做完笔记，躺在床上考虑了好长一段时间，包括前一阵子的得失，下一步的打算。他明确了思路，争取马总的投资和支持，横下心来做好村里的工作。

大南庄有两位大专毕业回乡的年轻人，一个叫魏一瑞，另一个矮胖一点的叫晓强。两人自幼光屁股一起长大，性情相投，一起搞了个微信平台，主要是推荐当地的名优产品。经过两年的发展，已经发展为电商，规模和效益都不错。党新建专门约他俩见面，通过交流，感觉对于未来的路该如何走，两人心里还没底。

魏一瑞有点儿犹豫地看了看党新建。党新建心里知道他们一定是有事相求，忙说："有什么事，但说无妨，我一定尽力帮忙！"

晓强看到党新建态度非常诚恳，就接过话头说："党书记，我们办了个微信电商，虽然发展得不错，可以说也是小有名气，但是由于水平有限，我们俩都是高职院校毕业的大专生，又缺乏资金设备，想再进一步发展就非常困难。您来到咱们村当支书是我们的福气。您的文化水平高，见多识广，又在省里上班，就给我们出出主意，帮帮忙吧！"

党新建也知道年轻人创业的艰难，他的不少同学原来豪情万丈，投身商海，后来却变得狼狈不堪。像他们两个大专生，没有任何的资源优势，发展到这个地步已经算是很不错了。自己在省厅工作，有一定的人脉和资源，很想出手帮忙，况且帮他们就是帮自己，他们的电商搞好了，能帮乡亲们打开苹果销路，增加村民收入。这也是村支书的分内职责嘛。

想到这里，党新建痛快地答应："这个忙，我一定帮！明天我跟省厅联系一下，晚上你们叫几个村里的年轻人过来，咱们坐一坐。"听到这话，晓强和魏一瑞兴奋不已，赶紧点头答应。

党新建又和他俩说："我一个人住在这么大的院子里，不是个事儿，你俩帮忙给打听一下，有没有年轻人晚上愿意来这儿睡觉的。"说完领上他们到隔壁屋里看了看，能住三个人，都布置好了，搬上铺盖过来就行。

魏一瑞当下答应："没问题！算上我俩！再找一个就行！"当天晚上，

魏一瑞和晓强就搬了行李过来，第二天，又叫过来村里另一位青年乔大有。自此，党新建再也不怕晚上有响动了。

第二天下午,晓强打电话过来问:“党书记,今晚上六点多您在吗？”听到肯定回答后，电话里就直接说：“我们几个兄弟过去看您啊，不见不散！”

林凡正好也在村里，她听说党新建晚上招待村里的朋友，也就留了下来。

时针刚指向六点，村里一帮年轻人就来到了党新建的小屋，晓强他们带来一壶当地的白酒,党新建早就准备好水果、熟肉、豆制品、花生米。

大家都动手，洗水果，切菜，安桌子，找凳子，七手八脚，一会儿就整好了。刚开始大家还有点拘束，后来看到党新建、林凡和大家有说有笑，也就开始吆五喝六的，甚至还有两个划起拳来。

党新建将晓强两人叫到一旁告诉他们，“今天我向省厅领导汇报，领导很重视，信息处可以资助一些电脑和打印机设备。厅里有这方面的项目支持，你们先写出发展规划和可研报告，我和你们跑一跑省里。我有位叔叔在商务厅工作，可以试一试。”

晓强很是兴奋，举起杯子对兄弟们说：“党书记来到大南庄工作，是我们的福气，兄弟们敬党书记一杯！”

说完他一饮而尽。又倒了一杯，大家伙儿叫林凡副书记也来一杯。林凡乡镇工作两年多了，还第一次遇到这种场面，内心很激动，再次被党新建的人格魅力征服。

酒也喝完了，菜也吃尽了，人也走得差不多了，留下几个有心人帮忙收拾屋子打扫卫生，林凡更是细心地擦拭干净。

收拾完毕，大家坐在桌子上，细细品着党新建刚泡的药茶，边喝边聊。主要是饶有兴致地讨论晓强他们的微信电商，你一言我一语，谈得热火朝天。后来又谈到村里的情况时，有个人说到了大南庄三大怪：“村里只有老人无小孩，苹果园里丑八怪，浇地价格下不来。”

党新建知道村里只有老人小孩是普遍存在的社会问题，一时难以解决。苹果园的浇地价格是大南庄的个性问题，也是群众反映最强烈的突出问题，应当解决也必须解决，但不是一朝一夕就能解决的。所以他听到这些话，一时也没有表态。

时间不早了，林凡要回镇政府休息。两个没有喝酒的年轻人自告奋勇开车去送她，党新建不放心，执意亲自去送。俩年轻人一人开车，一人坐副驾驶座，林凡和党新建坐在车后座，到了镇政府，党新建一直将林凡送到宿舍，俩人这才依依不舍地分别。

第六章

……

我的乡亲啊，
农民难啊娶妻难，
天价彩礼十几万，
等到媳妇娶进门，
我的乡亲啊，
一夜回到解放前哪嗳嗨哟！

……

农民难啊养老难，
养个儿子被媳妇管，
衣食难保脸难看，
我的乡亲啊，
风烛残年谁人怜哪嗳嗨哟！

宿舍里拉着窗帘，开着灯，音响在反复播放着《农民十三难》。党新建坐在椅子上听着，神色凝重，一言不发。唐老汉家的悲剧让他内心隐隐发痛。

党新建也是一位文艺青年，典型的音乐发烧友，在大学里参加过各种文艺汇演，还曾进军过《星光大道》。在省农业农村厅组织的元旦晚会上，他就唱过著名音乐家正华自编自唱的《农民十三难》，由于他模仿得惟妙惟肖，博得全场观众的热烈掌声，他也很有满足感，时不时地哼上两句。

但是今天晚上再听正华的《农民十三难》，却和以前有了绝对不一样的感觉。

来到大南庄工作以后，党新建吃在农村，住在农村，和乡亲们坦诚相见，日夜厮守，零距离沟通。党新建对农村、农业、农民的实际困难有了更真切的了解，也真正与这首歌产生了共鸣。他想起了给朱镕基总理写信说“农民真苦、农村真穷、农业真危险”的乡镇党委书记李昌平。第二天，他就将李昌平写的两本书《我向总理说实话》《我向百姓说实话》买回来仔细阅读，越读越有味道，越读越动情，情到深处，悲从中来，眼眶发红，泪花打转。

吕世昌是大南庄的老支书，在村里威望极高，村民们都习惯称他老支书。老支书曾经告诉党新建：“汾东县是全省的农业先进县，土地肥沃，气候适中，设备先进，河井两灌，在全国‘学大寨’时期就是农业机械化试点县。大南庄红星苹果更是全国驰名，80年代成为钓鱼台国宾馆、中南海、人民大会堂的特供礼品。”

老支书非常骄傲地告诉党新建：“我当支书那会儿，大南庄村就是有名的苹果示范村，‘农业学大寨’典型。在70年代，集体工分就达到了两块钱，分田到户的前一年，每个工分三块钱，集体账上留有存款一百多万元，是全县首富村。家家有缝纫机、自行车，集体有一辆解放牌汽车、一辆吉普车，还有十几台拖拉机和推土机。”

老支书还神秘地告诉党新建：“小党，你知道那时候吉普车有多金贵吗？那是下放到大南庄村改造的地委老书记官复原职后，特意将地委机关退下来的旧吉普车拨给大南庄的。那时候，汾东县也超不过五辆吉普车。其他村娶媳妇是用自行车，咱们大南庄无论谁家娶媳妇，都是用吉普车，其他村眼馋得厉害了。”

党新建了解到，分田到户后，正是果业发展的兴盛期，家家存款好几万，户户盖起新砖房，年轻小伙儿全部骑着日本70或80摩托车。周围村的姑娘抢着要往大南庄嫁，全村除了四个不太机迷的，后生们全部都娶上了漂亮媳妇，生了孩子。每年正月，村里的后生们骑上摩托车，带上老婆孩子，给丈人丈母娘拜年，成了当时一道亮丽的风景，也成了一段美丽的回忆。

在他们旁边闲听的开小卖铺的玉花大嫂，听老书记谈起村里过去的辉煌，也一腔自豪地对党新建说："那时候像我嫁到大南庄，生活上比在娘家好多了，连嫁到县城的同伴还羡慕不已呢。"

当初的辉煌造成了现在的尴尬。由于村子富裕，本来各方面很一般的后生都娶了俊俏姑娘，现在好多人家为了孩子读书进城买了房，男人在家种苹果，女人进城陪孩子。本来俊俏的女人在村里还能安分持家，进城后眼宽了，心野了，诱惑大了，看不上老实巴交的丈夫了，风流出轨的不在少数，每年都有几对离婚的。除了一声长叹，又能奈之如何？

近年来，苹果树木开始老化，病虫害严重，特别是老果园里的腐烂病，防不胜防。县果业中心主任庞丰收，是一位五十多岁的中年人，红色脸膛显得略为粗糙，一身蓝色款式过时的休闲服，典型的基层农技人员形象。他被党新建和林凡请过来，商量村里苹果树老化问题。三人一起在果园里转。庞丰收介绍：县镇两级政府多次组织老果园改造，怎奈果园已分包到户，每家或两三亩，或五六亩，还不在一个地块儿，有的村民同意改造，有的坚决不同意改造，有的干脆砍了果树，种了玉米，老果园改造工程就半途而废了。

党新建和林凡、庞主任一起，不仅将大南庄的果园转了一圈，还将周围村的果园也转了一遍，算下来，总共有三万多亩的规模。面积不小，可问题也很多。大南庄村因果致富远近闻名，近年来却受果所累，农民收入不增反减。果园老化，苹果价格持续低迷，再加上近几年每隔一年出现倒春寒，果树冻伤，导致产量减少，有一年更是几乎全村绝产。

果树遭受冻害后，党委政府组织受灾群众生产自救，才发现这里的群众除了会种苹果，其他别无所长。乡亲们出去打工也只能做小工，每天挣几十块钱。导致这一带农民的生活水平由原来全县冒尖儿，落到现在全县中下游的水平。村里富裕户少了，大多数是普普通通过日子，冒尖户几乎没有，全村两千多人口，竟然有几十个三十岁左右的单身汉。

加上最近大南庄接二连三出了几件事，令人揪心。党新建的心情也跟着格外沉重，想了好多好多。

村里的男人们、婆姨们无论是坐在十字路口、大槐树下，还是串门儿拉家常，都离不了最近村里面发生的这几件事。

村民铁蛋将他老子从医院拉回来了。铁蛋将他老子从医院拉回来的时候，村民们还说三道四。王志高在街上碰见铁蛋还骂他："铁蛋呀，铁蛋，不是我说你，真是忤逆不孝！咋能不给你老子看病，拉回来等死呢？"

铁蛋一脸发愁地解释："每天一万，才住了五天，加上急诊费，连借带要凑起来的六万块钱，就没了。医生说，我老子的病看下来至少得二十多万，命还不一定能保住。现在，你就是将我倒吊起来，也掉不下来一个钢镚儿了，不回来能咋？"

大伙儿关心地问："不是有医保吗？"

铁蛋无奈地给大家解释："医保是能报销一半多点。但你不知道，医生开的药，医院压根儿就没有，非得到他指定的药店才有，还不能报销。哎！我是这辈子再也不想和医院打交道了。"

八十三岁的王大爷听了跟着感叹，说的话更让人听着心酸。他说：

“受苦人就是这个受苦的命，哪天死了哪天算。我已立好遗嘱，生病不住院，临死不抢救，把吃药的钱省下来吃点肉，住院的钱省下来，足够把我风风光光打发出去了。”

张家婶子心里却是另一种苦。两个儿子，一对光棍。她说：“老年人土埋到脖子上了，怎么也好说，儿子大了娶不上媳妇，该咋办呢？不是我家是这样，全村有几十个后生都在打光棍，可咋办呀？”

就有旁边的村民接话说：“你们听说了没有，王建国家二小子，出家当和尚了。”

别人就好奇地追问：“为啥要出家？”

另一个村民回答：“不用问，还不是娶不上媳妇儿闹的。”

王建国也是村里的另一个可怜人。最近几年，王建国新建了一处房子，装修了两个大套间，准备给两个儿子娶媳妇，万事俱备，只欠东风。大儿子初中毕业后就在家里伺候苹果树，还专门到西北农业大学学习过几个月苹果种植技术，是远近闻名的苹果土专家。今年已经三十二岁了，谈过几次恋爱，也有人给介绍过对象，就是因为县城没有房子而告吹。二儿子高中毕业以后，老两口吸取大儿子的教训，死乞白赖借钱供他上了大专，学的信息工程专业，为的是摆脱农门，给父母脸上争光，也好找个城里的媳妇。不承想，毕业五年了，也找不到媳妇。为了两个儿子娶媳妇，老两口节衣缩食，拼尽全力盖起了新房，全部高档装修，家具家电一应俱全。结果是瞎子点灯——白费蜡。他老伴儿流着泪伤心地说：“农村的老人呀，难！娶不上媳妇的哭瞎眼，有了媳妇的又得气破肚。”

王建国听不过，就气愤地接话：“过去是养儿防老，现在是养儿坑老。咱村里人可怎么过呀！”

最近几年，农村学校全部往县城撤并，城里有房成了标配，这两年又变成必须是高层电梯房。有人调侃，丈母娘是住房价格上涨的第一推手。也有不少小伙子说，丈母娘好像和开发商都沾亲带故。可不管怎么说，小县城的房价是嗖嗖地往上涨，从早两年的每平方米三千多元，眼看就涨到现在的每平方米六千多元。一套一百平方米的房子，车位加装修加家具再加配套费、物业费、管理费，算下来，少说也得八九十万元。买汽车钱、彩礼、婚礼费用，又得三四十万元。两个儿子，就得两百多万元。怪不得王建国满脸无奈，唯有叹息。

他老伴儿则不停地掉眼泪，说："你们城里人不知村里的苦啊！三个自然村算下来,得有一百多个小伙子娶不上媳妇。老子挣钱压弯了腰，妈是心里着急哭瞎了眼。可是有什么办法？老天爷呀，太不公道了！"

党新建在省城，在他的印象中，老人都在安度晚年，就像他爷爷那样，每月的退休金好几千元，读读报，写写字，下下象棋，听戏，喝茶，聊天。到了农村才发现，农村老人每月领取养老金一百多元，根本不够维持最基本的生活。所以七十岁左右的老人还得进城打工或种庄稼。等到实在不能干活挣钱，没了经济来源的时候，日子就过得特别凄惨。

峪道沟还发生了一件特别的事情，让党新建惊讶得差点失去意识。

"唐老汉跳茅坑了。"

"淹死人了，茅坑里淹死人了。"

这个消息很快就传遍全村。

大南庄人惊愕、茫然、无语。

怎么会这样呢？

唐家小院挤满了人，街道上也都是人。

唐家俩闺女撕心裂肺的哭喊声响彻全村。

刑警队的技术人员正在紧张地忙碌，组织人员清理唐老汉身上的粪便，法医做解剖尸体的最后准备。

解剖结束，老人属于窒息死亡，排除他杀。

党新建和王小栓将公安干警客客气气地送走，帮助唐家人处理后事。党新建不懂当地习俗，插不上手。王小栓、翠英以及村里给大家办红白喜事的一班人，全忙活起来。

唐家女儿们扯开嗓子哭，两个媳妇准备寿衣、白孝及一切所需的杂碎物品，后生们搭灵棚、拉棺材、摆花圈，二儿子对于父亲之死羞愧难当，泣不成声，还得提上哭丧棍，一家一家报丧送孝。

唐老汉儿一辈子是本分的庄稼人，两口子共育有两儿两女，节衣缩食将四个孩子拉扯大，最困难的一个春节，唐老汉儿到外面乞讨了一个月，才让孩子们吃上白面饺子。等到女儿出嫁、儿子娶上媳妇的时候，老两口已经七十多岁了。既无一分钱的积蓄，又失去了劳动能力，为此召开了家庭会议。两个女儿表示嫁出去的女儿泼出去的水，没有养活老人的责任，只承诺隔三岔五回来给洗洗涮涮。两个儿子一人赡养父亲，一人赡养母亲，自此父亲住到大儿子家，母亲住到二儿子家，虽然免不了受点儿气，但也有吃有喝。

过了三年，身体本来非常硬朗的母亲得急病去世了，二儿子负责出殡入殓，当时倒也相安无事。谁知过了一段时间，大儿媳觉得小叔子养母亲只养了三年，而父亲看起来身子骨还没有大碍。老父亲要是一直这样活下去，自己得养多少年，和老二比起来，岂不是吃了大亏？老大媳妇每天吹枕边风，老大也是越听越有理，就将父亲送到了老二家，声称老子养儿人人有份，以后兄弟俩一家一年赡养老人。老二当然不干。把老大一纸诉状告到了法院。

县法院的董法官觉得此案在农村极具代表性，为了教育他人，在村委会开庭公开审理。开庭当日，唐老汉、俩儿子、儿媳妇、俩女儿全部到庭。经过法庭调查、法庭辩论、最后陈述，充分听取了各方意见，当庭做出公正合理的判决。

法院判决老大承担赡养父亲的责任，责令每月支付赡养费五百元。老二和两个女儿也要承担日常生活的照料。老大觉得，在本村开庭丢了脸，加上回家后跟媳妇儿吵架，一气之下喝了一瓶敌敌畏，服毒自杀了。过了两天，唐老汉左思右想，感觉活得实在憋屈，就一头扎进自家的旱厕，给自己做了了断。

出殡那天，孩子们的大伯、大姑、二姑，舅舅、姨姨都来了，一个个怒气冲天。大姑二姑哭得死去活来，边哭边骂。儿子媳妇和姑娘穿着重孝跪在灵前，羞愧难当，低声抽泣，承受着长辈的责骂和羞辱，吓得连大气也不敢出。街坊邻居的嘀咕和议论，白眼和不屑，在农村这样一个熟人社会，足以让他们在乡亲们面前抬不起头。

唐老汉事件深深地刺痛了党新建的心，他在笔记本上写道："这虽然看起来只是非常特殊的农村个案，但是唐老汉的悲剧却不是偶然现象。透过现象看本质，能发现不少农村的深层问题。社会保障的滞后，忠孝意识的淡漠，法律的无奈，农耕社会的撕裂……"

第七章

唐老汉事件，深深地刺痛了党新建的心。唐老汉家人撕心裂肺的哭声，好多天都萦绕在他的耳边。这起事件，他是耳闻目睹的，感同身受。痛定思痛，他感到自己作为一名村支书身上的责任和使命重大。他组织三个村的干部，对六十岁以上的老年人住房、收入、生活、照顾等情况进行了一次大排查。他亲自带队，登门入户，掌握了第一手资料，在全县率先建立起老年人档案。

十八里河是大南庄村的母亲河，如果将十八里河比喻为一条金丝带，三个村就是镶嵌在金丝带上的三颗珍珠。党新建每天沿着十八里河奔波，一个村接着一个村跑，一户挨着一户进。老人们家里的情况，他都记在随身携带的笔记本上，老人们的困难铭刻在他的心里。

多日的劳累上火，内心的焦躁烦闷，远在美国的女友因为党新建好久顾不上联系而抱怨，他感到疲惫，走在上了冰的十八里河沿上，刺骨的西北风直往衣服里灌，身体一直打战。他实在支撑不住了，在宿舍里躺了两天才缓过劲。

在休息的这两天里，党新建才有了时间和女友聊天，俩人都有种久别重逢的感觉，柔情蜜意，情意绵绵。他不由得想起两个人相识相恋的过程。

八年前的金秋，不冷不热，既没有冬天的狂风，也没有夏天夹着冰雹的急雨，和煦的秋风像老奶奶略显粗糙的手，轻轻抚过人脸颊，温暖又舒服。他结识了女友梁芷昀。

北京文理学院是这对恋人共同的校园。图书馆是党新建和梁芷昀共同学习的天地。正是在这里，两个年轻人相识、相熟到相恋。

梁芷昀活脱脱一个大美人，白皙温润的皮肤，双眼皮，长睫毛，细高鼻梁，樱桃小嘴，一笑露出整齐的牙齿，配上一副金丝边眼镜，温静雅致。

小巧玲珑的梁芷昀和帅气的党新建走在街上，堪称天生一对，地造一双。

每天，他们都来图书馆学习，某一天一个不来，另一个心里就像缺了什么，空落落的。在相互讨论、共吃夜宵、抢吃冰激凌的过程中，两颗年轻的心越走越近，自然而然地携手而行。没有表白，没有脸红心跳，好像本来就该如此。

大学的美好岁月，一对恋人相伴而行，他们如胶似漆、情投意合。哪怕一个眼神，对方就能心领神会。时间催化默契，岁月深化爱情。共同的事业、不懈的追求，是这两个年轻人的感情基础。对于他们来说，多的是学海耕耘，少的是风花雪月。

党新建和梁芷昀在校期间就确定了恋爱关系。一对情侣每天出双入对，经济开支也不分彼此。一块儿吃饭，搭伴儿学习逛街，出游也是形影不离。他们见过对方的父母，两边也默认了对方，只是没有正式举行仪式。

两人本来约定，研究生毕业后结婚，但在人生规划方面，出现了分歧。梁芷昀虽然是个外表文静的女孩子，但内心却非常的强大，也很倔强。她爸爸是当地有名的企业家，虽然有钱，但是总归属于土豪类型，和党新建的高干家庭背景相比，还是有点差距，让梁芷昀内心深处总有那么一点自卑。所以她考上了托福，拿到了美国 PF 大学商务管理专业的录取通知书。

她事先没有露过风声，拿到录取通知书才和党新建说：“新建，和你商量个事儿，好吗？”

精心打扮过的梁芷昀，用超乎寻常的温柔语气跟党新建说话，让党新建非常的惬意，想都没想就开口道：“老婆，有啥事儿？你说，我党某人一定赴汤蹈火，在所不辞！”

自打考上研究生，两个人确定了恋爱关系，党新建就一直称梁芷昀为“老婆”。但梁芷昀却坚持不改口，还是叫“新建”，最多高兴的时候叫一声“亲爱的”。就这也足以令党新建激情澎湃。梁芷昀故作镇静地搂住党新建的脖子，下巴压在党新建的肩膀上，轻轻说道：“请原谅我事先没有告诉你，美国PF大学的录取通知书，今天回来了，咱们一起去吧！”

党新建一听，先是一愣，反应过来后有点冒火，一下站起来，脸涨得通红，大声吼道：“我不同意！”

梁芷昀本来搂着党新建，他这一下突然起身，梁芷昀差点儿摔倒在地。见他青筋暴起，暴跳如雷，梁芷昀哪里受过这份委屈，趴在写字台上哭起来。

党新建一看，梁芷昀哭了，顿时慌了神，知道自己刚才有点太激动了，赶忙去哄：“老婆，是我不对，太对不起了！今后我一定痛改前非，给你当牛做马，把你挂在胸前，让你每天开心。”

梁芷昀停住了哭声，抬起头来，两只红红的眼睛噙满了泪水，带着哭腔说：“你也不要说好听的，就刚才的态度，将来嫁到你家，还不知道要受多少罪。”

“不会的，不会的，老婆，下不为例！我这不也是着急嘛！你听我解释！”

原来党新建已经在老家省农业农村厅落实好工作，是通过省委、省政府引进高层次人才的渠道，省委组织部、省人社厅、省农业农村厅都已经审批通过。只等学校举行毕业典礼和授予学位仪式后就去上班。准公婆对梁芷昀这个准儿媳也是十分的满意，正在和一个高校联系，按照梁芷昀在学校全优的成绩、研究生学历，加上党新建父母和学校的良好关系，到那所学校任教应该不是问题。

梁芷昀则不以为然，她总觉得党新建家是高干家庭，门不当户不对，每次去党新建家里，都让梁芷昀感到压抑。虽然党新建父母对梁芷昀特别热情，但她就是感到不太舒服，所以就执意要出国留学，想通过他们两个人的努力，闯出一片属于自己的天地，摆脱上辈人的庇荫。

本来梁芷昀的想法是很好的，但党新建却不能接受，他家里只有他一个独生子，爷爷已经是耄耋之年，他必须回老家工作，况且在他骨子里还有夫唱妇随的影子，所以坚决不同意梁芷昀出国留学。他每天做梁芷昀的工作，软磨硬泡。

党新建央求道："芷昀，你只要不出国，我什么都依你，好不好？"

梁芷昀不想按照党新建父母设计的路线度过自己的一生，她想趁年轻再拼搏一番，干出一番事业。因此，梁芷昀斩钉截铁地回答："除了这一条，我都听你的。"

双方父母也做了不少工作，无济于事。梁芷昀完全不顾党新建及全家反对，倔强地登上了前往美国洛杉矶的飞机。

在登机口，两人痛苦地拥抱吻别，但两个人的心里都留下了隐隐的痛。

美国PF大学是一个开放式的私立大学，特色就是小班教学，关注每一位学生的需求，因其对学生个人的友好和关切而独树一帜，商务管理专业在全美排名四十八名。梁芷昀刚到美国，感到一切都是那么的新鲜，蓝蓝的天空，大片大片的草坪，空气湿润清净，图书馆藏书丰富，宿舍里的配置更是应有尽有，比国内的宾馆高级许多，设计也是非常的人性化。但同时也感到了十分的不便。

美国是一个坐在汽车上的国家，公共交通很不方便。无论是到哪里都需要开汽车，她就抓紧考上驾照，买了一辆二手福特轿车代步。

梁芷昀攻读博士学位期间，与党新建依然保持恋爱状态，每天视频一个小时，日子就这么不咸不淡地过去了两年。两人都在各自的轨道上努力前进。

中美两国相隔万里，分别属于东西半球，我们的白天就是人家的黑夜。两个年轻人打电话或上网聊天，都得计算好时间。

多少个夜晚，党新建孤独地等着梁芷昀的消息。梁芷昀有空就发个笑脸，俩人才能说会儿话。

由于恋人不在身边，党新建为了排解内心的烦恼，将更多的时间用在了工作上。出差下乡说走就走，加班加点毫无怨言，抽空还写点调研文章，得到了领导的认可，很快党新建被提拔为副处长，成为省农村农业厅最年轻的处级干部。

梁芷昀何尝不是如此，甚至有过之而无不及。党新建总归身边还有自己的家人、同学、朋友。梁芷昀则是身处异乡，举目无亲，孤苦伶仃。她百无聊赖，只能每天躲在图书馆啃书本。

有多少个夜晚，党新建是烦躁得难以入睡，借酒浇愁。梁芷昀则是好几次从噩梦中惊醒，蜷缩在被窝里，低声抽泣。

两个人都深深地爱着对方，又都在备受煎熬。他俩也想结束这种生活，早日团聚，享受人生。他俩都在努力说服对方，可谁也说服不了谁。

梁芷昀博士毕业后被一家跨国公司聘用，年薪三十万美元，前程十分光明。她多次邀请党新建赴美生活，但党新建不为所动，却跑到偏僻的大南庄当起了村党总支书记。

党新建和梁芷昀相爱八年，虽然远隔重洋，一年只能见一次面，但两个人的心里始终都装着对方。

党新建妈妈着急抱孙子，多少次问儿子："你俩有啥计划？这样拖下去，也不是个办法呀。”

党新建何尝不是心急火燎，他心里只有梁芷昀。

妈妈给党新建介绍了好几个女朋友，父母不是高干，就是高级知识分子，女孩子也是要学历有学历，要容貌有容貌。党新建却根本不为所动，一个不见。

梁芷昀也是发誓，非党新建不嫁，海枯石烂不变心。

在美国读博期间，有一位同班同学姓朴，韩国来的，因为都是东亚人，梁芷昀自然和他走得近一点。

这位朴同学出身高贵，温文尔雅，学业突出。他不知不觉喜欢上了梁芷昀，近乎疯狂地追求她。每天上课或是到图书馆，他都是早早地给芷昀占好位置，打水、买饭、逛街，更是一马当先，义不容辞。

这位朴同学对梁芷昀用心至极，无以复加。每天早上，他一定在梁芷昀宿舍楼门口站立等候，手捧一束鲜花，面带微笑。每天晚上，总要给梁芷昀发一篇情书。有一年春节，他竟然尾随回国探亲的梁芷昀来到中国。

面对巨大诱惑，梁芷昀丝毫不为所动。

在一次视频聊天中，党新建故意试探地说："芷昀，有朋友给我介绍了一个女朋友，家庭条件挺好，人也长得漂亮。"

梁芷昀当真了，气得当下就关了电脑。

后来几天，党新建说了几箩筐好话，才哄得梁芷昀高兴起来。

时间在推移，环境在改变，梁芷昀和党新建的心却紧紧相连，密不可分。

如此相亲相爱的一对恋人，感情上相互依恋，谁也离不开谁；事业上却是特别执着，有点接近偏执，谁也说服不了谁。

梁芷昀看起来属于文弱娇小的美女，内心则比钢都强，坚决不同意回国，让党新建感到很无奈，一边是家人的牵挂，一边是心上人的执拗，有时候，他真感到有点无所适从。

多少个夜晚，两个恋人在孤独中承受着相思之苦。多情的一对青年男女，何尝不想花前月下，享受卿卿我我的甜蜜爱情。可惜跨洋之恋，一半执着，一半无奈。

第八章

农村的冬日，是农闲季节，村里的人们起床都比较晚。街道空荡荡的，十字路口的小卖部已经亮了灯。

早上六点来钟，党新建出来跑步。宽旷的田野上，一片苍凉。大树光秃秃地矗立着。有些已经掰了棒子的玉茭杆儿也孤零零地立在那里，西北风吹过来，发出沙沙的声音。

党新建逐步熟悉了农村的生活环境，和村民们朝夕相处，闻惯了他们身上说不上来的味道，大体能听懂了当地话，偶尔也能蹦出两句。说来也怪，全国推广普通话多少年了，在农村还是一口地道的土话。谁要是说普通话，一下子就和村民们拉远了距离。

当前农村工作的重点是巩固脱贫攻坚成果，大力实施乡村振兴战略。在大的政策背景下，大南庄应该怎么办？三村合并之后如何搞才能发挥整合优势？如何在原有的基础上，工作再上一个台阶？如何让农民群众得到实惠？这几个疑团，成了党新建日思夜想、苦苦琢磨的焦点。

早晨锻炼时，在果园里，在村民家里，他听取村民方方面面的意见。众人拾柴火焰高，大家你一言我一语，党新建脑子里大体形成了大南庄村的发展思路。虽然有了点儿眉目，但他还是有点吃不准。

党新建拨通了林凡的电话："林书记，现在在哪里忙啊？"

一听到党新建的声音，林凡掩饰不住高兴："我在殷家堡，正在和朱书记商量党建述职报告的事儿。"

殷家堡也是两个村的合并村，和党新建一批下派的朱乃文书记是市委组织部下派的，对党建工作非常内行，可以过去学学。想到这儿，党新建在电话里问："你俩还在殷家堡吧？我过去学习学习，可以吗？"

朱乃文和党新建是患难与共的铁哥们，听林凡说是党新建的电话，马上从林凡手中接过手机，说："党书记，快过来吧，我和林凡书记刚才还在念叨你呢！"

"好，我马上过去。"

大南庄离殷家堡大约五里，党新建开车一会儿就到了。

殷家堡是一个有三千人的大村庄，和邢家庄合并。邢家庄三百来人，历史上就是殷家堡的一个庄子。邢家庄没有一户姓邢，几乎百分之百姓马，因为马家先人都是为殷家堡邢家看坟的，故得此名。这两个村子合并，从人口规模、历史渊源和群众的感情基础都很顺利，可以说是人心所向，顺乎潮流。

朱乃文自参加工作就在组织部门工作，原先在老家辽西县委组织部工作，从干事、组织科长一直干到县委组织部副部长。早几年组织上调他任市委组织部干部一科副科长，主持工作。

朱乃文到殷家堡上任后，首先整顿理顺村庄合并后的党组织关系，制定了两委工作流程，积极探索村组统一管理、分层经营的乡村治理新模式。

党新建一直听朱乃文讲，早就想来殷家堡实地取经学习，所以今天正好是个极好的机会，他有点迫不及待。

殷家堡村委大院坐北朝南，宽敞阔亮。刚进大门是一座贴着红色瓷砖的大照壁，上面是毛主席手书体的"为人民服务"五个鎏金大字。村委大楼是三层建筑。一层是卫生所、老人日间照料中心、便民服务大厅；二层是两委干部办公室；三楼是能容纳二百人开会的会议室。院子东面是一溜钢结构停车场，西面是个一千五百平方米的红白理事会大餐厅。摆放着四十多张大圆桌，厨房灶具锅碗碟筷一应俱全，供村民红白喜事举办宴会。

朱乃文的办公室是里外套间，外面摆放着写字台、书柜、沙发，里面是卧室，还有一个小卫生间。党新建走进来，朱乃文和林凡赶紧起身，和新建握手寒暄，林凡还给他倒了一杯早已泡好的大红袍。

“朱书记，镇里要开党建述职大会，我一早起来就犯愁，理不出个头绪，请老兄开导开导！”一见朱乃文，党新建就倒起了苦水。

林凡见党新建是真心实意来取经，就赶快插话道：“我不也是一大早过来向朱书记学习来了吗？朱书记，你就给我俩吃个偏饭吧！”

朱乃文虽然对党建工作非常熟悉，但也不好意思跟同样是下派干部的党新建高谈阔论，特别是林凡，还是镇党委副书记，不管人家多年轻，毕竟是他们的上级领导。朱乃文看了一眼林凡，张口说：“林书记，我这里的工作，你也熟悉，你给党书记讲讲吧！特别是将大南庄的经验给介绍一下，毕竟人家党书记是省委派下来的干部，还是研究生。要是放在以前，可是朝廷中了皇榜的进士。”

林凡见他们二人都比较谦虚，也十分中肯，又给了自己足够的尊重，也就不再谦让，将两个村的一些好办法做了详细的介绍。同时指出两个村存在的问题和下一步努力的方向，她还领党新建参观了殷家堡党员活动室，翻看了三会一课记录、各种档案台账和其他资料。

外行看热闹，内行看门道，党新建粗略看过一遍，就看出大南庄和人家殷家堡的差距。

中午，朱乃文留他俩在村里小饭店吃了午饭。饭桌上，朱乃文谈了不少自己的工作思路，让党新建有一种茅塞顿开的感觉。

党新建从殷家堡取经回来后，马上将三个村的会计叫在一起，整理完善三会一课记录、三重一大事项登记表、党员干部花名表、村民代表花名表、扶贫攻坚台账、党费收缴台账，同时将村集体三资管理的合同重新梳理了一遍。还按照朱乃文那里的做法，统一购买了档案盒，分门别类装好，贴好标签，再统一放到文件柜里。为了妥善保管，还同时做了电子版的备份。党新建又加了几个晚上的班，按照殷家堡的做法，进一步完善了大南庄的党建资料。

大南庄村委会原来就没有来上班的习惯，有特殊事项开会才开门，平常只有门房贾老师守着大门兼广播员。党新建来村里后，每天早早来到办公室，将自己的办公室和党建活动室打扫得干干净净，擦拭得一尘不染，贾老师每天还给他灌好两大瓶开水。县财政为每位下派干部拨两万元工作经费，党新建用这笔经费维修了门房，更换了窗帘，添置了必要的办公桌和文件柜，安装了监控摄像头。

村委的党建活动室是个两间的屋子，约四十平方米，也是两委开会的会议室，迎接上级领导的接待室。经过党新建的一番整理，现在屋里窗明几净，圆形会议桌更是擦得锃明瓦亮，能照出人影来。紧挨东墙，摆放了一溜灰色金属文件柜，党支部、村委会、治保调解、妇联、团委、土地、房产、机电、灌溉等档案资料都分门别类，整齐地摆放在里面。

党新建专门邀请林凡和镇党委组织委员小孟来大南庄检查了一下。小孟知道林凡包这个村，又和党新建走得比较近，所以查看得特别认真。一是在林凡书记面前显得工作认真，好好表现，等她高升之后，对自己也有个提携。二是对下派干部的工作，镇党委周书记一再强调要特别关心和关注。小孟将党建资料从柜子里取出来，放到桌子上一字摆开，非常认真地逐项检查。凡是有疑点的都指出来，能纠正的马上纠正，不能一时纠正的，写在纸上记录下来，村里三个会计在小孟的指导下又忙了两个多小时，进一步完善和规范了大南庄村的党建资料。

在殷家堡朱乃文那里，党新建受到启发，加上多少天的思考和党建检查组的指点，盘绕多日的困扰仿佛一下子被解开，一个观点新颖而又符合大南庄实际的工作思路基本成型。就像十月怀胎，一朝分娩，丝毫也耽误不得，党新建连夜不睡觉赶出了初稿，一直写到凌晨五点，修改润色完毕，用电子邮件发到林凡的邮箱并留言：“林凡，打扰了，请斧正！”同时发了个睡觉的表情，便倒头就睡。

砰砰砰！睡梦中的党新建被惊醒，一看表，已经是上午九点。党新建赶快爬起来收拾一下开门，原来是林凡和组织委员小孟过来了。

“党新建同志，为什么将手机关了？怎么也联系不上你。”林凡一见面就开炮。

“实在对不起！昨天晚上加班太晚了，忘了充电，二位领导有急事吗？”党新建一脸歉意地解释。

林凡不客气地说：“没有急事还会掀你的被子吗？不要解释了，赶快准备一下，县委韩书记要来调研！”

“什么？县委书记要来？我一点儿准备都没有，怎么办？”党新建一下子被惊醒了，忍不住冲着林凡和小孟惊呼。

小孟连忙解释说：“周书记那里，事先也没得到一点消息。”

林凡看党新建睡眼惺忪，胡子拉碴，赶紧催促：“别瞎扯了，快点洗把脸，刮刮胡子，我们先去准备，在村委会等你。”

林凡和小孟来到村委会，让门卫贾老师打扫了门口，他们俩来到会议室，灌了暖水瓶，摆上一次性水杯，找出一盒铁观音茶。

党新建一会儿也赶了过来，到底是帅小伙，简单收拾了一下就看着精神焕发。

一进村委会，党新建就给林凡他们赔不是，“谢谢二位！太不好意思了！有什么不周到的地方，请多担待！”

小孟就笑着插话：“别客气啊！打扫卫生对我们就是毛毛雨，什么累活没干过？乡镇干部就是孙悟空，得有七十二变的本事才行。”

林凡接过小孟的话头说道：“你接触多了，就会知道。当务之急，是昨晚那份材料。我看了一遍，非常不错，给你改了几个地方，先赶快打印出来熟悉熟悉。等会儿韩书记来了之后，你就照那个汇报。但不能念稿子啊，还需要有具体事例！”

林凡再次强调：“党新建同志，这次县委书记调研，就是对省市委派来汾东县的四位同志所在村进行调研，不打招呼，不走形式，好坏就看你的了。”

林凡手机响了，镇里周书记在电话里急促地说道：“我们马上就到，你们到村委门口等吧！”不等林凡回答就挂断了电话。林凡、党新建他们赶紧从党建活动室出来，刚走到村委门口，县委书记他们坐的两辆车就到了。

两辆车都标有公务用车的标志，前面一辆普桑是镇里的车，还未停稳，周书记就跳下车迎接县委韩书记。韩书记在帕萨特小轿车停稳后下了车，首先和周书记握手，周书记又将大伙一一介绍给了韩书记。当介绍到党新建时，韩书记紧紧握住他的手，微笑着说：“你的情况我了解，早几天省农业农村厅张厅长还提到了你。”

韩书记跟党新建说话的神情不像领导，更像是慈祥的长者，眼神里充满了希望和期待。

党新建听了韩书记的话，心里暖暖的。他高兴地招呼大家在会议室坐下，正面坐着韩书记，周书记在韩书记旁边坐下，秘书将书记的笔记本、水杯放好，在与书记隔一个座位坐下，做好记笔记的准备。林凡和组织委员小孟挨着周书记坐下。党新建坐在韩书记正对面，其他村干部在党新建两边坐下。

周书记说，这次韩书记调研轻车从简，不打招呼，不带记者，主要是想掌握了解第一手材料，确定全县乡村振兴大战略，所以要求党新建根据实际情况，有什么说什么，保证韩书记得到第一手的准确材料。

党新建本来就是重点大学的高才生，自小又是各种活动的主持人，现场发挥是他的特长，这次汇报虽然仓促，好在他平时工作扎实，近几天又有一些思考，整个汇报不仅有思路，有数据，有事例，更是字正腔圆，让人感觉听他的汇报简直就是一种享受。

在谈到办实事谋开局时，党新建侃侃而谈，提出他的想法：以峪道沟玫瑰节为品牌，争取万亩优质苹果基地项目，加快闫家河古村落改造进度，大力发展乡村旅游，实现农业发展、农村和谐、农民增收的目标，努力创建红五星农村基层党组织。

县委韩书记听完党新建的汇报后，满意地点了点头，对大南庄及古城镇的工作给予充分的肯定。他结合县委四个战略，谈了几点意见，提出明确的要求。临走时，已经上了车的韩书记还摇下车窗玻璃嘱咐："小党，好好干！有什么困难直接来找我！"

党新建非常兴奋，待领导的车走远，他招呼林凡、小高和村干部们又回到会议室，大家你一言我一语，又对他的党建述职报告提出修改意见。

"古城镇基层党组织书记党建述职大会"在古城镇政府大会议室如期召开。镇党委、人大、政府领导及机关全体干部、各村党组织书记、村委主任和组织委员、镇直机关单位负责人共一百八十余人参加大会。

各村党支部书记依次发言。党新建排在第八名，轮到他发言时，举座皆惊。党新建形象气质俱佳，一头乌黑的头发稍许自来卷，蓬松自然。一米八的身高，配上当地少见的咖啡色半身大衣，一看就带有大城市的感觉。特别是磁性十足的音色，跟当地电视台播音员不相上下。

"以党建为引领，以十八里河及南山水库景观建设为轴心，做大做强玫瑰花文化旅游，实施万亩优质苹果基地，保护开发古村落，三村一体式发展，凝聚党心民心，发挥 1+1+1>3 的整合优势。在我任职期间，争取万亩优质苹果基地项目两年内落地，闫家河古村落形成规模，打造

‘产品深加工＋乡村旅游’产业链，真正实现‘农业增效、农民增收’目标，创建红五星党组织。”党新建的发言引来会场内持久热烈的掌声。

第九章

省农业农村厅召开年终总结大会，党新建向镇党委周书记请假时，趁机说：“周书记，明天厅里开大会，领导们都在，您是否跟我一块儿向领导汇报一下万亩优质苹果基地项目？”

周书记想了一下，说：“明天你和林凡先去省城打前站，要是领导有时间的话，我和镇长马上赶过去，好吗？”

党新建激动地接话：“太好了，谢谢您的支持！一言为定！”

晚上，党新建将下来任职后的事情想了好几遍，又将回厅里需带的资料再检点了一次，还将这两天的行程安排模拟了一番，一切周全后，他给林凡打电话：“林书记，明天咱们是在路上吃饭还是吃完饭上路？”

林凡说：“咱们早点儿走，我请你吃头脑，也省得你天天早上吃方便面。”

党新建接话说：“好的！服从领导安排！明天早上六点见！”

林凡欣喜地答应：“我在家门口等你！”

党新建在电话这头乐了，痛快地回答：“好的！”

第二天早上，党新建起得特别早，心情特别高兴，一边干活儿，一边哼着小调。他用干毛巾仔细地将车窗玻璃上的冰雾擦干净，车里也擦抹了一遍，发动好车，打开暖风。十分钟后，车里暖和了，玻璃也透亮了。

六点钟，党新建的车准时来到林凡家门口。

林凡已经站在那里等了，穿着束腰的黑色大衣，配一条雪白的披肩，亭亭玉立，婀娜多姿，在路灯的映照下，格外迷人。

党新建将车停在美女身边，按下车窗，做了一个殷勤邀请的动作。

“谢谢！车里好暖和！”林凡边说边轻盈地坐在副驾驶座上，系好安全带。

党新建说了声：“坐好了！”车就箭一般驶出去，不一会儿就出了县城上了二广高速，汽车风驰电掣，不到一个小时就到了省城东高速口。

林凡惊喜地喊道：“新建，这就到省城了？太快了！”

党新建逗林凡：“平时我一个人开车，回一趟省城，挺累的。今天有美女相伴，突然感觉一身轻松。”

“是吗？别贫嘴了！”林凡发出银铃般的笑声。

说话间，车已下了高速，直接上了市内二环。党新建以前对省城也没啥特别的感觉，在大南庄待了一段时间后，突然觉得省城的一切都是那么的新鲜，宽宽的马路、高耸入云的楼房、川流不息的车。他兴奋地和林凡说：“还是省城好啊！”

林凡见他挺兴奋的，揶揄道：“你们大城市来的干部，在我们乡下就是镀金，肯定待不住！”

“哼，走着瞧吧！”党新建有点不服气地说。

省城的街道车也多、人也多，汽车走走停停，用了半个多小时才到了正河园门口。

正河园是一家百年老店，位于鼓楼街与帽儿巷的十字路口。一座精巧的木制小二楼，后面有一庭院，古色古香的建筑。门口高高悬挂的牌匾是手书体“正河园”三个大字，遒劲有力，浑厚大气。

正河园一楼大厅，每张正方形小桌上都铺着白色桌布，标配四把椅子。客人差不多坐满了，都是吃头脑的，以老年人居多。他俩找了张桌子坐下。

林凡在省城上大学的时候，和一位特别要好的闺蜜来这里吃过几回头脑，回到县里工作，就再也没有享受过。党新建自幼生活在省城，却也没吃过几回，倒是他爷爷隔一段时间就得过来吃一次。林凡点了两碗头脑，一笼烧卖，一壶黄酒。

党新建推辞说酒驾，查得特别严格。林凡体贴地说："你就喝点儿吧，黄酒这东西挺养人的。怕酒后开车，咱们将车放在这里，打出租车去厅里还不行吗？"

党新建当然乐意了，每天在大南庄将就对付三餐，肠子里的油水都快被榨干了，体重也轻了十来斤。

不一会儿，服务员就将热腾腾的烧卖、香喷喷的头脑端了上来，还拿来一壶"跌倒干"黄酒和两个小酒盅。他是喝一小盅黄金酒，吃一口头脑，咬一口烧卖，吃得满嘴流油。

林凡坐在他对面，见他那副馋相，又好笑又有点心疼。一会儿两个人就将一桌子好吃的消灭得干干净净。两个人都吃得浑身冒汗。林凡看见党新建的那副狼狈样子掩面而笑，她拿出随身携带的小镜子照了照，自己也是那个样子。这可怎么办？到底还是党新建有主意，他将林凡领到杏园东路的一家美容美发店。以前他经常光顾这里，跟理发师都很熟悉。店里人不多，两个理发师同时给他俩洗发吹发，党新建还刮了刮胡子，林凡还化了点淡妆。

从美容美发店出来，两个人确实精神多了，走在大街上，杠杠的一对帅哥靓女。理发师在他临出门时还夸张地说："你女朋友好漂亮啊！"

党新建连忙摆手说："不是，别乱说！"

"知道了！"理发师说，"我不会乱说的，你放心吧！"

理发师的话和表情把林凡羞得不行，她就给党新建甩脸子："就你多嘴！谁能将你当哑巴卖了不成？"

党新建只能嘿嘿傻笑，拉上林凡就走。

省农业农村厅位于省城南三环，院子很大，高大的法桐遮盖着整整齐齐的藩篱。虽然冬天树叶都掉光了，仍然可以感受到匠心独具的绿化效果。

他俩从出租车下来，一前一后走进大门。新修的办公大楼坐北朝南，七八层花岗岩台阶上去，就是宽敞的一楼大厅。林凡第一次来省级机关，虽然和党新建在一起，还是感受到上级机关的庄严肃穆，显得很拘谨。她随党新建乘电梯来到大楼十五层的综合计划处，党新建直接推门而进，大喊："各位首长，大家好！"

全处只有两个办公室，一间是处长办公室，一间是综合办公室。党新建先来到综合办公室，办公室面积不小，两个开间摆放着四张桌子，靠墙一溜文件柜，进门就是一张三人沙发。

老处长的桌子在最里边，老处长退到二线后，经常参加厅里组织的活动，平时也不怎么来办公室。党新建也下派农村担任党组织书记，现在只有一位刘副处长和年轻女孩智慧芳在办公室。

党新建和林凡进了办公室，还没等他张口来招呼，小智就看见了他，也看见跟在他身后的美女林凡。她赶快站起来，一边招呼客人坐下，一边给两人倒水。党新建看见他们异样的目光，赶忙向他们介绍："这位美女叫林凡，我的顶头上司，古城镇的党委副书记。"

林凡大方地站起来和他们握手："欢迎各位领导到我们镇里指导工作。"

小智一脸坏笑："美女书记，太漂亮了，我还以为是党书记的对象呢！"

"现在不是对象，不意味着以后也不是，是吧？"刘副处长眯着眼睛半开玩笑地说道。

党新建正色道："人家林书记这么远过来拜访，你们尽说些不着调的话。不能说点正经的？"

刘副处长不理党新建，看着林凡继续开玩笑："好的，抽空一定去，我们要去看党处长，也要看美女书记。"

刘副处长平时沉默寡言，见了漂亮女孩儿，话也就多了。

小智和党新建继续开玩笑，也是一语双关："党处长下去工作，特别辛苦吧！本来是一个大帅哥，现在变得又黑又瘦，是不是你工作生活两兼顾，白天黑夜连轴转呢？"

党新建没听明白内涵，回答道："乡下是艰苦一点，但有林书记他们关心，倒也还行。"

小智知道他有美国留学的女朋友，就有意敲打他："乡下虽好，你可不能变心啊！"

"不会的，综合计划处是我的娘家，这次回来就是求救来了。"党新建乐着说。

刘副处长接过话问道："怎么，有啥事需要帮忙？"

党新建介绍了大南庄一带苹果种植情况和发展思路。

刘副处长说："大南庄一带是丘陵地区，紧靠农业大学，是传统的苹果产区，特别是红星苹果还进了北京呢！这几年果园老化严重，效益低下，发展很不理想。"

林凡急切地说："是啊，我们镇政府也很着急。刘处长，您看在党书记的面子上，可得帮我们一把啊。"

林凡不仅长得漂亮，嗓音也特别好听，在大学就是最美主持人，经她这么一煽情，刘副处长也松了口，说："林书记，今年正好有这方面的扶贫项目，你和党书记找领导汇报一下情况。只要领导点了头，剩下的我就全包了。"林凡和党新建赶忙道谢。

党新建从小智那里得知处长在办公室，他立即赶过去，在门上轻轻敲了三下，停了一分钟，里面传来一声"进来"。

党新建推门而入，林凡随后进去把门关好。

"处长您好，我回来看您了！"

处长看见这个年轻人脸黑了，也瘦了些，关切地问："小党下去多长时间了，还适应吗？”

党新建赶紧回答：“谢谢处长关心！我下去工作一个来月了，刚开始有点不适应，现在好多了。”

“不要着急，慢慢来。”

党新建知道处长时间宝贵，抓紧说正事：“处长，这次回来我是给您汇报大南庄优质苹果项目的。”林凡连忙插话：“处长，这个项目报了好几年了，我们非常需要这个项目。”

党新建看到处长疑惑的目光，赶紧介绍道：“这位姑娘是古城镇党委副书记，也是我的顶头上司，叫林凡。”

林凡不满意党新建的介绍，又重新做了一番自我介绍。

想不到歪打正着，处长和林凡都是省委组织部的选调生。

处长回忆起往事，兴奋地说：“当年，省委组织部从重点大学选调了一批乡镇街道领导干部，当年我是省委组织部从农大选派到乡镇的副书记。一年后担任乡镇党委书记。后来，我的导师调到农业厅当厅长，我已经是主管农业的副县长，他硬把我调到厅里。一晃眼，二十年过去了。我们已经快退休了，你们年轻人好好干吧，有前途！”

林凡不承想第一次就和处长套了近乎，忙趁热打铁道：“处长，您什么时候有时间？我们书记、镇长想过来拜访您。”

“不需要，我们都是自己人，要是想来的话就约一下厅长吧。”听林凡说完，处长爽快地答道。

党新建和林凡一听，高兴坏了，两个人眼光急切地看着处长，处长也看出他们的意思，也知道乡镇干部不容易，他顺手拿起摆在桌上的电话拨通了厅长秘书的电话：“我是邵杰，领导在吗？”

秘书悄声回答道：“在呢，刚进办公室。”

邵处长急忙赶到厅长办公室。

厅长见他行色匆匆，问他有啥事。

邵处长将党新建和林凡的情况，以及古城镇和大南庄的诉求，详详细细地给厅长做了汇报。他还特别解释道："汾东县大南庄那一带万亩优质苹果基地项目已经报上来两年了，因为没有对口资金就一直拖着。今年正好有这方面的资金安排。我想他们主要是为这个而来的。"

"好吧,今天下午六点半到小会议室商讨一下吧。"厅长痛快地答应。

邵处长回到办公室，将厅长的话转告给党新建和林凡，这两个年轻人高兴得差点跳起来。

党新建兴奋地说："处长，今天中午就不要去食堂了，我请处里的同志们聚一聚吧。"

处长难得痛快答应："好吧，你通知他们。咱们去马路对面海鲜广场吧，不过有个条件，不答应我就不去。"

"行，别说一个条件，一百个条件，我也答应。"

"今天中午我买单。"

"……"

林凡从处长办公室出来，就给镇党委周书记打电话。周书记一听，高兴坏了，告诉林凡："你们二位辛苦了，我到了省厅联系你们。"

海鲜广场是广东商人办的一家海鲜大排档，味道鲜美，价格也大众化，在省城比较火爆，中午客人爆满。二楼有几间包间，分别以东海、北海、南海、黄海、渤海命名。

党新建和林凡老早就在南海包间等候，在这空当，党新建给美女讲了好多厅里的花边新闻。党新建讲得绘声绘色，林凡听得津津有味。

说有一个县里养猪的农民，想报个项目，托了好多关系请客，坐了满满一大桌，喝了十瓶五粮液，加上饭菜，花了一万多元。酒足饭饱又要洗澡。他到吧台问服务员多少钱，服务员回答说："最低消费每人二百，高不封顶。"养牛老板算下来带的钱不够了，一狠心项目也不报了，关了手机就溜之大吉。洗澡的各位领导被晾在澡堂子，左协调右协调，澡堂老板还打了折，大伙儿七拼八凑才勉强结算了。

林凡听了这个故事，笑得前仰后合。时间还不到十二点，她让党新建再讲一个。

说话间，老处长第一个就到了，刘副处长和小智随后也来了，处长一来就招呼大家都坐下，亲自点菜。处长就是不一样，点的菜听起来高大上，实际价位并不高，既有面子，又不算奢侈。因为工作时大家都未喝酒，上了两壶这里鲜榨的饮料。

林凡果然天生丽质，气质不凡，不卑不亢。她站起来，端起饮料恭恭敬敬地和各位领导逐一碰杯，和每一位领导说的话都不一样，又都是恰到好处，分寸拿捏得很准。刘副处长是个老油条，开了个出格的玩笑，林凡巧妙地加以制止，也不至于让人家尴尬。

老处长对林凡这一点非常欣赏，他对刘副处长说："你那一套在小林书记这儿不行！讨小姑娘喜欢，你离党新建差得不是一星半点儿。"

小智是处里唯一的女性，有点吃醋，她揶揄道："你们男人都是一个臭德行，不谈女人就不行吗？"

处长打圆场："快吃饭吧，今天这虾做得不错，你们尝尝！"

林凡被刘副处长开了荤玩笑，感到有点气闷，又不好让人看出来，只得继续面带微笑招呼大家吃饭。处长暗暗称奇，这姑娘了不起，是个可造之才。

吃完饭才一点多，林凡去吧台结账时，处长已经结了账。

下午三点厅里开大会，处长他们都回单位要休息一会儿，党新建则陪林凡逛街。

就在这时候，刘副处长打来电话，绕了半天，党新建才听明白，意思是报这个项目需要十万元好处费。最后，刘副处长还不忘调侃，你可不能胳膊肘往外拐啊。

党新建接完电话，一脸不高兴，到底是女孩子心细，林凡关切地问道："怎么啦？"

党新建不想让周书记知道，连忙掩饰道："没事！一会儿我先去开会，等周书记到了，你给我发微信。咱们六点钟到厅里见面。"

林凡一个人也没心思逛街，买了果汁、开心果、杏肉干，坐在街心公园，无聊地玩起了手机。五点钟，周书记、张镇长来了，党新建出来将他们迎接进去。

下午六点半，张厅长走进小会议室，坐在他的固定座位上，邵处长坐在厅长旁边，厅长秘书在厅长另一侧，隔一个座位坐下，党新建为了陪周书记、镇长、林凡，坐在厅长的对面。

周书记介绍了党新建墩苗下派农村任职后的工作，委婉地表达了万亩优质苹果基地项目的诉求。

张厅长是一位学者型领导，说话直截了当，听了汇报后做了几点指示：一是要求综合计划处牵头搞好前期调研，写出可研报告，按程序上报，争取万亩优质苹果基地项目尽早落地。二是让秘书通知人事处，到墩苗干部所在乡镇、村进行考察，并准备一些慰问品，代表省农业农村厅党组慰问几户困难家庭。三是党新建工作中遇到需要厅里帮助解决的困难，直接找他的秘书就行。

第十章

腊月二十八，省城国际机场格外繁忙，和每年春运期间一样，民航公司增加了不少航班。候机楼出口，出站的和接机的人群熙熙攘攘，川流不息。刺骨的西北风刮得呼呼响，仍然挡不住四方游子回家团圆的脚步。

党新建安排好村里的工作，开车来机场接女朋友梁芷昀。他俩有一年未见面了，这对于热恋中的青年男女是何等煎熬。停车场密密麻麻停满了车，绕一大圈才找了个车位，他停好车就匆匆跑到接机口等候。看了看表，已是下午三点，梁芷昀的航班应该到了。下了飞机的客人出来一拨又一拨，就是看不到梁芷昀的身影，手机也联系不上，党新建心里七上八下，走过来走过去，心急火燎的猴样引起机场保安的注意。

有一位跟梁芷昀酷似的女孩走过来，党新建热情地迎上去，二话不说就接过人家行李箱，女孩一边紧紧按住行李箱，一边着急地大声喊："你要干吗？"

党新建马上意识到认错人了，连忙给人家道歉。

说起来也不能怨党新建，姑娘们都戴着帽子和口罩，还包着围巾，确实不好认。

本来已经对他有所怀疑的保安冲过来一把拽住他的衣领，粗暴地喊道："干什么，掏出身份证来！"

党新建知道闯祸了，用最快的速度从口袋里掏出身份证。

正在给保安解释的时候，电话铃响起。梁芷昀乘坐的国际航班刚刚降落停稳，旅客在机组乘务人员的引导下整理行李依次下机。她怕党新建着急，第一时间打开手机，两人通了电话，双方悬着的心总算落到肚子里。党新建专门把手机调到免提状态，保安听了他和梁芷昀的通话，才放心地走开。

梁芷昀下了飞机，随着人流进入出站大厅。取上行李箱，径直奔向出站口。她远远就看见党新建手捧鲜花向她挥手。好不容易挤了出来，党新建双手将鲜花献给朝思暮想的女友，俩人热烈地拥抱在一起。

出站口人来人往，不是秀恩爱的地方。梁芷昀说："人太多，咱们先走吧！"俩人不情愿地松开手，梁芷昀手捧鲜花，党新建提上行李箱快步走到车边，将行李箱放到后备厢，顾不上说话，俩人又紧紧地拥抱在一起。

一年的相思之情瞬间爆发，吻着、咬着，激动地流泪，不停地嘟囔，思念、牵挂、委屈、喜悦交织在一起，真个是亲了个天昏地暗。两个年轻人都舍不得分开。

吻够了，他俩坐到汽车后座上依偎在一起，倾诉一年来的相思之苦。

"你回家照镜子看看，黑不溜秋，瘦得都脱相了！"情绪稍稍平复后，梁芷昀细细打量党新建，带了些不满，又格外心疼地奚落道。

党新建乐着接话道："就这样还娶了个留洋博士生，让小报记者报道出去，咱俩说不定就成了网红。"

梁芷昀半是埋怨半是撒娇："别穷开心了，你要是再不听话，咱俩就一刀两断，各走一边。"

"我听娘子的话就是了！"党新建略带调侃地说。

在开车送梁芷昀回家的路上，两人说说笑笑，一刻没停，好像要把欠下的话都补回来。

临近过年，市区的马路上，车比平时多了几倍。长长的车流，蜗牛一样慢慢地移动，本来三十来分钟的路程，走了两个多小时。

梁芷昀的家在西山名叫“九号院子”的别墅群。这是省城的高档小区，清一色的独栋别墅，住在这里的人非富即贵。整个小区依山而建，错落有致，清澈的小河穿过，小桥流水，亭台楼阁，风景这边独好。

梁芷昀家是一栋四层独栋小楼，欧式建筑，一层为车库，二层是客厅、餐厅和厨房，三层是四个卧室，四层为书房。车库很宽阔，能停好几辆车。

党新建停好车，拖上行李箱，拉着梁芷昀的手，通过户内电梯直接上了四层，把梁芷昀的行李安置在她的小书房，两人才来到客厅。客厅里，茶几上摆放了各色新鲜水果。梁芷昀的爸妈早已等候多时。刚见面，妈妈就紧紧地抱住女儿，看不够地看。爸爸也站在一边，深情地看着女儿，咧开嘴，一直开心地笑。

一家人亲热够了，才看到旁边站着的党新建，梁芷昀妈妈不好意思地说：“光顾亲闺女，怠慢人家新建了，快坐下来吃东西吧！”边说边往他手里塞巧克力，又忙着倒水。党新建忙起身自己去倒水，先给梁芷昀冲了杯咖啡，他自己泡了壶白茶。党新建也是几个钟头没喝水了，真有点儿渴。

梁芷昀妈妈见了女儿，眼神里含着满满的爱意，拉着女儿的手，心疼地说：“看是不是又瘦了点儿，出门在外吃不好，还是回来吧！”

党新建马上附和道：“一个女孩子，孤身在外总不是长久事儿，还是回来好，互相都有个照应。早两天我妈还和大学校长谈芷昀工作的事儿，人家一口答应，只差芷昀点头同意就行。”

“多好的事儿呀！回来当大学老师，多体面的工作，比外面打工强多了，你这当爸的也得替女儿拿主意呢！”妈妈看着芷昀爸爸，没好气地说道。

爸爸见梁芷昀坐在那里倔强地耷拉着脸，一声不吭，忙打圆场：“闺女刚回家，先给整点儿好吃的。工作的事儿以后再聊！”

梁芷昀的脸一下就多云转晴，跑过去拉住爸爸的胳膊，头枕着爸爸的肩膀，娇气地说："还是老爸心疼女儿！"

"哎，光顾着说话了，你们不要着急，一会儿就做好了。"妈妈边往厨房走边解释。

果然不到一刻钟，一桌饭菜就摆好了，党新建随梁芷昀坐在一边，梁芷昀爸爸妈妈坐另一边，桌上是热气腾腾的鸡汤、砂锅羊肉、白菜豆腐汤等等。梁芷昀看到平时爱吃的家常菜，早馋得流口水，一边吃一边说："好吃，太香了！还是妈妈做的菜好！"

"美国有啥好，光是吃饭这一项，咱们就不适应！快点回来吧，每天都能吃上妈妈做的可口的饭菜。"党新建不失时机地插话。

"照你说，除了吃就没有别的啦？"梁芷昀不服气地抢白道。

梁芷昀妈妈见两个年轻人又怼上了，便冲着梁芷昀劝道："吃完饭再说话！热饭也捂不住你的嘴。"

梁芷昀和党新建相视一笑，耍了个鬼脸，再不敢说话了。桌子上只有夹菜、吃饭的声音，一会儿就吃得额头冒汗。

梁芷昀刚坐了国际航班回国，很疲劳，吃完饭就回卧室休息了。党新建坐了一会儿也回家了。

省城的夜晚灯火通明，林立的高楼大厦被装扮得金碧辉煌，立交桥、滨河公园、中心广场也是火树银花，各呈异彩。马路上车辆川流不息，人行道上也是人来人往。数九寒天，人们都是穿着厚厚的保暖服，提着大包小包的年货。党新建自己两手空空回家，实在不好意思，就找了个超市，停好车，准备进去买点礼品。

他在超市绕了一圈，有点为难。便宜的看不上，也拿不出手；看上的又是囊中羞涩。哎，原来在省厅上班时，开支不大，各种补助不少，参加社会活动还有点外快，从没缺过钱。自从到了村里，各种开支多了，而额外收入一分钱没有，每个月的工资都入不敷出，将两万块私房钱也花光了。担任村支书的补助一年两万元，因为县财政紧张，年后才能打到卡上。没办法，给林凡打电话，借了五千块，给爷爷买了一盒保健品，给爸爸买了两条3字头的软中华，给妈妈买了一套化妆品。

党新建提着三份礼品兴冲冲进了家门，爸妈还没睡，正坐在客厅里等他。

“爸、妈，你二老还没睡呢？”他边说边打开礼品，想给他们个惊喜。至于借钱的事，他也不敢吱声。

爷爷已经休息了，爸妈高兴地收下儿子送的礼品。

爸爸客气地说：“坐吧，我们想等你回来聊聊天。”

“说吧，有啥事吗？”

“还不是你的事！过了年，你就满三十岁了，对象也谈了好几年，芷昀今年回来，能不能将婚事定下来？”

妈妈也说：“年龄确实不小了，快点结婚吧，我也能早点抱孙子。”

“你俩说啥呢！我和芷昀在出国和回国的问题上意见还不一致，估计一时半会儿也定不了！”党新建迟疑地回答。

“我告诉你，芷昀是个好姑娘，要她做媳妇，我和你爸都同意，但有一条，千万不能答应出国。”妈妈一本正经地说。

“嗯，我知道。”党新建顺从地回答。

“别应付我们，原则问题可是一点不能马虎，你要和她父母说清楚。”

“好，我一定说清楚。行就订婚，不行拉倒！”新建带点赌气地说道。

妈妈急了，嗔怪道：“别耍小孩子脾气！和芷昀好好商议，不要说赌气话，更不能惹芷昀生气。”

“时间不早了，休息吧，反正过年期间也没啥事，让两个孩子商量吧！”爸爸说完就站起来进了卧室，母子二人也各自休息。

由于美国不过春节，也就没有什么假期。梁芷昀这次回来，只能住十天时间，已经预定了正月初八的返程机票。两家大人比年轻人还着急，真是皇上不急太监急。

正月里，党新建和梁芷昀给双方父母拜年，除了吃饭，就是谈他俩的婚事。虽然在父母面前两人都是说我们的事自己会考虑的，但是等到只有他俩的时候，那可真是针尖对麦芒，谁也不让谁，谁也说服不了对方，常常是乘兴而聚，不欢而散。

梁芷昀的理由是趁年轻到外面闯一闯，毕竟发展事业需要一个大的平台，国外的技术水平和视野都不是国内能比得上的。

党新建则是另一种观念，自古忠孝两全，我如果为家乡发展，则忠可效力国家，孝能侍奉老人。

正月初五，大家都不出门看亲访友，两人开车到市郊玩了一天。郊外的空气非常好，蓝色的天空一望无际，不算陡峭的山脉连绵不断。党新建和梁芷昀像两只出笼的小鸟，又跑又跳，恨不能飞起来。两人手拉手爬山，不一会儿就气喘吁吁，汗流浃背，中间休息了几次，好不容易爬到山顶，有一种“离天三尺三，一览众山小”的感觉。

梁芷昀做了几个摆拍动作，党新建从不同角度拍照，发到朋友圈。梁芷昀给党新建也拍了两张。正好过来一对恋人，互相拍了几张合照。有一张接吻照，俩人是那么投入，以至于梁芷昀看得脸红，嘱咐党新建千万不要发出去。

党新建兴奋地说：“咱俩要是每天这样多好！”

“要是每天这样，你早就腻歪了。”梁芷昀调皮地说。

“就算怕我腻歪，也不一定就要到美国。”

梁芷昀反唇相讥：“就算你说得有道理，那也不一定就非得到农村去当那个支书吧？”

党新建怼道：“燕雀安知鸿鹄之志哉？”梁芷昀听到这句话，委屈得两眼发红：“党新建同志，我是无人喜欢的小麻雀，你要是嫌弃的话，就明说吧！”

党新建一听闯祸了，马上笑脸赔不是，梁芷昀看到他那殷勤而歉意的样子，笑了。两人又回忆了幸福的大学时光，那时，每天都是满满的幸福感，出双入对，比翼齐飞，写论文、做实验、读书、吃饭、散步、唱歌、游玩、划船。

党新建觉得情到浓处，趁机表白："芷昀，你回来吧，我用最隆重的仪式迎娶你，最豪华的酒店，最奢侈的车队，最虔诚的仪式，让你风风光光嫁到党家，成为党家的女主人。"

"太好了，我完全同意！"梁芷昀给了党新建一个长时间的热吻，"等办完婚事儿，咱俩就到大洋彼岸携手奋进，过几年再双双回国，这就叫作鱼与熊掌兼取也！"

"我反对！你一个女孩子在国外也好几年了，早早回来才是正事儿。我家里老人是断然不让我出国的，这你也知道。我们既然相爱，就要顾及双方老人的意见，你爸妈不是也劝你回来吗？"

梁芷昀觉得党新建的话也有一定道理，自幼不服输的她换了个话题，"新建，我出国发展如果没有必要，那你跑到穷山村里就很有必要吗？"

"我是主攻农业的大学生，又在省农业农村厅工作，有机会到农村第一线亲自体验一下农村生活，难道没有这个必要吗？对我今后的发展不是也有好处吗？"

梁芷昀用拳头捶了党新建好几下，"就你贫嘴，无理抢三分。"

党新建感到谈出点儿成效，又觉得他和梁芷昀也说不下个结果，就心平气和地说："芷昀，我有个建议，不知妥不妥？"

梁芷昀不客气地说："有话直接说吧。"

"咱俩平时也不在家，借过年机会，将你爸爸妈妈，还有我爷爷、我爸爸妈妈都请到一起聚一聚，略表孝心，怎么样？"

"行，这个主意好，定个时间吧，找个好一点的酒店，我做东。"

“谢谢！我还巴不得呢。”党新建自从到了村里任职，月月入不敷出，这两天囊中羞涩，他也没必要打肿脸充胖子。

第二天早上，天空飘起了雪花，雪是越下越大，房顶上、树梢上、湖面上、绿化带都披上了厚厚的雪衣，银装素裹，白雪皑皑。中午时分，雪仍然下个不停，街上的空气特别新鲜。公园里、马路边、小区里，小孩们开始打雪仗、堆雪人，路上行人的帽子上、头发上、衣服上都是雪，鼻子冻得发红。

两家人就坐在省城最高档的饭店，包了一个楼顶旋转餐厅，边用餐边赏雪景。此景此情，不亦乐乎。

两家人都准时到了，爷爷居中坐在主席，两边是双方父母，俩年轻人坐在席口招呼上菜。

菜是党新建点的，都是高档菜，酒是党卫东带的年份茅台酒和法国干红。

两家人第一次坐在一起，有点像提亲的感觉，却又没有这个内容，刚入座互相都有点客气和拘谨。酒过三巡，感情也拉近了，话也多了，自然而然提起他两个的婚事，双方父母都希望梁芷昀尽快回国成婚。

党新建一脸得意，朝梁芷昀眨眼睛，意思是大家都支持我，你快回来吧。梁芷昀红着脸，倔强地坐在那里，一言不发。

爷爷看见大家陷入僵局，插话道：“自古说成家立业，先成家后立业。你们看可不可以先结婚，工作的事慢慢商量？”两家父母都觉得有道理，也同意这个办法，俩年轻人当然没意见。

这个问题有了解决方法，党新建和梁芷昀都有说不出的舒畅。他们每天都玩得很痛快，逛庙会，看灯展，还参加了几个同学聚会，非常开心。

转眼间，梁芷昀的假期已到，一家人将她送到机场。梁芷昀拖着行李箱走向检票口，回头招手时，面对父母和恋人，流泪不止，恋恋不舍。梁芷昀妈妈看着女儿又要远行，低声抽泣。爸爸一边用手搂住妻子的肩膀，一手向女儿挥手告别，大声喊道："一路保重。"

党新建看着梁芷昀转身走进候机厅的一刹那，四目以对，如电闪雷鸣，两人几乎同时打出"耶"的手势，既是自信，也是给对方的鼓励。

飞机上，梁芷昀系上安全带坐好，离开祖国、离开亲人、离开恋人的感觉实在不好受，泪水止不住往下流。一个女孩子单人匹马，在远隔重洋的异域他乡闯荡，除非亲身经历难以想象。多少次梦见党新建来到她的身边。此刻，却是独自一人身在飞往异国他乡的飞机上，梁芷昀除了泪流满面，还是泪流满面，最后在泪流满面中疲惫地沉沉睡去。

第十一章

正月十五之前，人们还都沉浸在节日的气氛中。学校还在放寒假，商场全在搞各种各样的促销活动，大街小巷摆满了走亲访友的礼品盒，饭店更是家家爆满。

正月十二，党新建约上同在下面蹲苗锻炼的小杨和小冯聚一聚，去了好几个饭店都没排上。最后，还是处里的小智姑娘帮忙，才在附近很不起眼的饭店定了一个桌子。

小杨、小冯、小智，加上本处的刘副处长和党新建，五个人到齐后，小智负责点菜。菜点得不多，但很精致，有特色，味道不错。大家吃得开心，无拘无束，酒也喝得舒服。除了小智没喝，四个男人喝了两瓶白酒。

大南庄面临的困惑，党新建苦苦思索，找不到答案，非常苦恼。今天，和厅里面的同事们坐在一起，无所担心、毫无顾虑地讲给他们，让他们帮助出个主意。他说：“大南庄和闫家河、峪道沟三个村合并后，每个村都有支书主任，谁也不服谁，根本坐不到一起。干部群众也不适应，开党员大会，一个村一小撮，泾渭分明，要想真正融合在一起，还有很长的路要走。我上任以来，虽说做了一些工作，但仍是零打碎敲，还没有真正形成符合实际的发展思路，工作还没有抓在要害上。”

怎么办？

围绕党新建提出的问题，大家七嘴八舌，畅所欲言。但是，大家都是雾里看花，虽然是引经据典，旁征博引，还是抓不住要领。

回家后，党新建紧锁眉头，还在认真盘算着。

"新建，想什么啊？"爷爷发现他一脸沉思，忍不住问。

党新建皱着眉头，有点无奈地回答："爷爷，我既然到了大南庄担任村支书，工作上总得拿出点成绩来吧？可是我现在还没有个头绪！"

爷爷听他谈到在大南庄的工作，便鼓励他道："好，有志气，你是研究生，又是省厅的副处长，做不出点成绩来，实在有点说不过去。"

爷爷鼓励的语气让党新建一下解开紧锁的眉头，突然想起什么似的问道："爷爷，您以前当过县委书记，能不能给我点拨一下，如何才能做好农村工作？"

爷爷听他念叨起了自己的从前，不慌不忙地把话接过去："我岁数大了，已经退出领导岗位多年，对实际工作也给你说不出个道道来。不过，以我的经验，农村工作还是村里人有办法，你要多向他们请教。"

党新建是个聪明人，听了爷爷的话茅塞顿开，激动地说："爷爷，非常感谢您的点拨！真是一语道破梦中人，我知道该怎么做了！"

"那就好！那就好！你自个儿琢磨吧。"爷爷说完就走出书房。

党新建一直觉得自己抓农村工作总有一种有力使不上劲儿的感觉。听了爷爷一席话，他顿悟到，要想做好农村支部书记，应该在村里找几位可以依靠的同志。有这些积极分子带头干，大部分群众才会跟上走。这就是哲学上说的那样——由点到线，由线到面。

党新建有种脑洞大开、醍醐灌顶的感觉。

他以崭新的精神状态投入新一年的工作中。

古城镇政府虽然上了班，但院子里还张灯结彩的，沉浸在过年的节日气氛里。大门口、办公楼四周悬挂着大红灯笼，满院里都是五彩岁纸。工作人员忙着到各村各单位走访拜年，安排督促元宵佳节文娱节目。

党新建来到镇政府，先见了林凡，两人十来天没见面，聊了好半天。他们又结伴拜访了周书记。党新建将他的想法向领导做了汇报。

周书记肯定了他的思路，嘱咐道："三村融合是一个长期的过程，不可能一蹴而就。你作为外面下派干部，和他们没有利益纠葛，比较超脱。现在的重点应该放在交朋友、办实事上面。"

党新建一下没有听明白，有点不好意思问道："周书记，麻烦您再说得详细点。"

"农村干部最重感情，要想做好工作，首先要处好感情，交成朋友。再者，三个村融合的过程既不能着急，也不能消极等待。我的看法是办实事，树形象，抓发展，凝人心。"周书记面带笑容，循循善诱地说，眼里充满期待。

党新建听完这一席发自肺腑的话，高兴地对周书记连声说："谢谢，谢谢！太谢谢了！"

从书记办公室出来后，林凡问："今天收获怎样？"

党新建高兴地回答："太好了！真是听君一席话，胜读十年书！我对做好大南庄村工作更有信心了，不过还得拜托林书记多多帮助。"

说罢党新建抬头看向林凡，发现林凡静静地坐在那里，没有了往日跟他呼之即应的默契，好像过了个年，跟他之间略有了些生分。这才想起年前有人给林凡介绍对象，林凡答应了相亲的事，便盯着林凡的眼睛问道："过年相亲，结果如何？"

没想到林凡只是淡淡地回了一句："谢谢关心！"没等党新建再问，林凡突然张口："倒是说说你吧！见了留学的女朋友，整个假期，都没打一个电话过来，是不是有点重色轻友？对，你就是典型的重色轻友！"

党新建一愣，之后才反应过来，还真不怨林凡带了些小情绪。过年这段时间，他只顾着跟梁芷昀久别重逢，因出国和回国的事闹别扭，因大人催婚却又谈不拢着急，竟然没给林凡打过一个电话，哪怕是象征性的拜年电话也没打，只是发了个拜年微信。想想自己心里便有点愧疚。过年回家买礼物的钱都是跟人家林凡借的呢。一个电话没打，确实不合话。就赶紧给解释："放假这几天，我和梁芷昀闹了十天别扭，哪有心思找你聊天。况且，也害怕坏了你的好事。"

林凡听了，突然感觉心里没来由地舒服了好多，但嘴上还是怼回去："别贫嘴了，本姑娘也不是好糊弄的！不过忙还是可以帮的！毕竟你是省里墩苗下来的，我们理应大力支持。这是我的工作，你明白吗？"

党新建忙接住她的话，半开玩笑半真诚地说道："您的大恩大德，党某铭记不忘！"说罢站起身，装模作样冲林凡深深一鞠躬。逗得林凡捂嘴就乐，一点也不见外地抬手拉他坐下，然后双手捂着热茶杯，问："能不能交个底，下一步，你准备怎么干？"问的语气，是一种没有了任何结蒂的一种热络，仿佛两人一下又回到以前，回到党新建刚刚驻村、林凡没心没肺只想帮他那会儿。

党新建没有回答，抬手看了一下表，看看时间不早了，干脆直接站起来，对林凡说："今天时间不早了，我请你到县城吃午饭吧。"

吃完午饭，党新建叫上林凡便开车赶回省城。先到省厅，给值班的同事拜年，又跑到全省著名的元宵老字号店，花了一千多块，买了几十份元宵，当天便赶回了大南庄，给三个村的两委干部、老干部、老党员、五保户拜年，并给每家送了两斤省城的上等元宵。

老党员王三喜家，老王吃着刚煮出来的元宵，脸上乐开了花，他说："早就听说过省城有一家老字号元宵，一辈子也没尝过。没想到党书记专门给咱们送来，还是党的政策好啊！"

老支书是位退伍军人，既是全省劳动模范，又是全县响当当的优秀农村干部。受周书记指点，党新建把拜年的重点放在了老支书家，主要是想登门求教。

老支书家是一个新修的院子，大门很气派，门道里停着一辆小车，那是他小儿子的汽车。老书记共有三个儿子，大儿子师范毕业当了一名教师，住在县城。二儿子安排进了县化肥厂工作，改制下岗后自谋生路，开了一个修理铺，生意还不错。三儿子也就是最小的儿子，开了个汽车运输信息部，还买了三辆前四后八大货车跑运输，收入不少，小家庭过得挺滋润。老支书就和三儿子住在一个院子里。

党新建进屋时，老支书正坐在沙发上看报，他向老人家汇报了自己的想法，虚心征求老人家的意见。老支书笑了笑，谦和地说："我年龄大了，跟不上形势，还是你们年轻人有文化有朝气，好好干吧！"

党新建看出老支书是在假意奉迎，并没有把他这个年轻人放在眼里，但是他又说不出一个不是来。第一回合，党新建就败下阵来，只得再说几句过年拜年的话，无功而返。

正月十五前，党新建再次拜访老支书，算第二次登门拜访。这次拜访，党新建提前做了好多功课。进门先嘘寒问暖，然后和老人家聊起了往事。老支书看到小伙子收集了不少有关他的先进事迹，打心眼里高兴，慢慢打开了话匣子。别看老支书已经八十多岁了，对几十年前的人和事还是记忆犹新，如数家珍，娓娓道来。党新建看老支书兴致很好，趁机提出了今后发展的话题，老人却巧妙地转移了话题，避而不谈。

老支书真不愧是工作经验特别丰富的基层干部，看人看事都特别准，在大南庄村很有威望。看来党新建这个白面书生还未真正入了他的法眼。

党新建也是聪明人，看出了老支书对自己发自内心的不放心。为此，他白天走访群众，三个村都跑了不少户，晚上伏案写作，几天时间，写出了一篇有数据、有分析、有对策的调查报告，一式打印了几份，送周书记、林凡、老支书各一份。

林凡不必说，在成稿前已经给提了不少意见。周书记看完报告后做了批复："报告不错，看得出来是下了一番功夫，也充分开动了脑筋。进一步征求老干部以及群众意见后，认真修改，到时我们再讨论。"

党新建给老支书送报告时，一改以前的做法，放下材料就走，老支书看到他风风火火的背影，半天都沉思不语。

过了三天，老支书捎话请党新建去他家。党新建内心一阵窃喜，他到村上小卖铺买了点下酒菜和一瓶酒，中午时分去了老支书家。老支书特别热情，给党新建泡了一杯红茶，吩咐儿媳妇赶快准备午饭。

老支书特别开心，两个人边吃边聊。老支书坦率地说，多少年来，见过多少下乡蹲点的年轻人，他们工作都不深入。党新建自进村以来的表现，特别是这份报告，让他看到了大南庄村的一点希望。

老支书端起一杯酒敬党新建，党新建忙站起来说："不敢当！不敢当！"老人家抬手按他坐下，并语重心长地说："我敬你这杯酒，希望你真抓实干，将构想变成现实。报告中有些不切实际的东西，我也做了修改，请你参考！"

党新建端起一大杯酒，再次站起来，恭敬地说道："老前辈，您的信任和提携，我终生难忘。请相信，我一定将大南庄村当作我的第二故乡，当作事业的第一起点。您放心吧，我会加倍努力的。"

一老一小谈得很投机，酒也下了半瓶。儿媳妇见老人已超过平常的酒量，便端上主食，将酒和酒具撤掉。老支书知趣地说："喝好了，咱们开饭吧！"

党新建从老支书的一言一行看出来，老支书确实是一位有见识、懂进退的智慧老人。他回到住处再看那份报告，老人真的做了不少修改，而且都非常独到。对老人提的建议，他和林凡又好好研究了一番，直到消化理解，才动手对报告进行了一次大的修改。

周书记对最后定稿的报告很满意，送到政策研究室，《县委通讯》全文刊发。县委韩书记在报告上做了重要批示，希望下派干部深入基层，改变作风，勤动脑，勤动手，不断总结各自的好做法好经验。县委组织部专门召开下派干部会议，传达县委韩书记的批示，要求下派干部每人每月写一篇小通讯，每季度写一份有分量、有见地的调研报告。

党新建的报告得到镇里周书记、县里韩书记的认可，他心里干劲十足，可惜这件事激起的兴奋劲还没过，周边就传出了风言风语，说什么“花拳绣腿不顶用”的，说“年轻人喜欢出风头”的，不一而足。党新建听了很苦恼。一天晚上，叫了几位村里的年轻人过来喝酒。没想到喝多了，躺到床上就睡了。

第二天六点多，一阵手机铃声将他惊醒，迷迷糊糊摸起来看，发现是林凡打来的。刚一接通，就听到林凡不好意思的声音：“打断你的美梦了吧，今天上午，周书记去你们村调研信访工作，我不得不一大早就骚扰你，赶快准备一下！”

党新建一个激灵坐起来，晃了几下脑袋，总算把自己晃醒，这才一边往过拽衣服，一边回答：“知道了，我马上准备。”

九点钟，周书记、林凡副书记、镇纪委刘书记一行来到大南庄，专题调研信访工作。党新建和几位村干部在村委会议室参加了座谈。

已经换上一身得体春装的林凡，首先通报了全县全镇的信访形势，大南庄村戴月香是重点上访人员，多次越级到省城、北京上访，近期又有上访的苗头。现在，北京的安全维稳工作压力很大，同时现在也是各色上访人员的活跃期。县委要求镇村干部主动介入，尽快息诉罢访，对非法上访人员要严防死守，做到万无一失。

王小栓一脸苦笑说：“戴月香的事情，已有七八年了，原来是告国土局，后来告公安局，现在又告计生局。刚开始上访告状，还有点道理，镇里、县里给解决了不少问题，就连村里也对她家有所照顾。没想到这人得寸进尺，逮了几次便宜后，将信访当成牟利手段，现在成了全县上访户的小头目。领导们得想个办法。”

妇女主任也是一肚子委屈，一到敏感时段，为了做到严防死守、万无一失，她就必须二十四小时全天候监控，晚上和戴月香一张床上睡觉，白天还得陪人家打麻将、做家务、干农活。

党新建也做了汇报："我上任当天，就是和戴月香坐一辆车过来的，还专门到她家去过两次。因为常年上访，全家人心态很不正常，家庭也很破败，如果走正常途径，怕很难解决。"

周书记严肃指出："戴月香上访一案有其历史原因，也有其特殊性，多年来成了县、镇领导心头的一块负担。多少年来，村干部做了很多努力，费了不少心思。"说着停一下，把注意力转到党新建那边，冲着党新建继续说："你是高水平的人才，镇里希望你能发挥自己的聪明才智和特殊身份，创造性地解决这件事。"说完还特别强调地说了一句："如果成功，我会向县委给你请功！"

党新建当即表态："周书记，保证完成任务！"说完他又皱起眉头。

周书记关切说："你还有什么难言之隐？"

党新建便有些发愁地说："不怕周书记笑话，大南庄村的发展不等人，比如省厅项目需要对接，果品加工厂也要抓紧，水井价格偏高的问题，群众也反映特别强烈。我就是有三头六臂，也分身乏术。感觉有点分不开身。"

周书记面带微笑，对他说："新建，不要着急。饭要一口一口吃，事要一件一件办。家有三件事，先拣紧的办。"

党新建反复咀嚼周书记的话。

第十二章

党新建写的文章得到县委领导的赏识，镇政府却有了风言风语，特别是几个平时对党新建不看好的镇干部，更是背地里说各种闲话。

镇长张宗礼来到大南庄村，对党新建表扬了一番："新建，这一次你可抓到点子上了，韩书记、周书记都非常满意，可喜可贺呀！"

张镇长检查了村里的春耕备耕工作，临走时，他表情诡异地说："说起来容易，做起来难啊！可不能放了空炮。"

党新建心里清楚，张镇长表面上是对他表扬鼓励，实际上是拐弯抹角地敲打。

有一次，党新建在镇政府食堂吃饭，有几个人就在另一张桌子上说着各种怪话，粗俗不堪，气得党新建把碗撴在桌子上就走了。

党新建一直想不明白，自己初来乍到，和他们几个素不相识，怎么就处处跟自己作对？

俗话说："木秀于林，风必摧之。"党新建的工作做得风生水起，惹得一部分同志嫉妒和不满。

李副镇长就是始作俑者。他是多年的乡镇干部，在古城镇从团委书记、办公室主任、武装部长一直干到副镇长。副镇长也干两届了，先是计生副镇长，后来是行政副镇长。上次换届选举，他本来有希望提拔为党委副书记。那一次提拔对他太重要了，因为已经四十出头，如果提为党委副书记，还有可能荣升书记、镇长，将来回县里担任部长、局长，都是顺理成章、水到渠成的事。没想到林凡横插一杠，越过他被任命为镇党委副书记，李副镇长在副镇长岗位上原地踏步。按照惯常思维，李副镇长大概率得在乡镇副职岗位上终其一生。

李副镇长不从自身找原因，反而将心中不满撒到林凡身上。因为党新建平时和林凡工作接触多，走得也比较近，所以他就把矛头也指向了党新建。

他本能地对上面下派干部有所抵触，横看竖看都不顺眼。他在多种场合说："乳臭未干、胎毛还没退净的小屁孩，啥也不懂，下来就是领导。呸！老子过的桥比他们走的路都多，老子吃的盐比他们吃的饭都多。"

同一时间，县里、镇里也收到多封反映党新建和林凡不正常交往的举报信。

镇纪委刘书记向党新建核实情况时，党新建都感觉有点哭笑不得。

党新建向镇纪委详细汇报了自己的恋爱情况，并一再说明和林凡副书记只是正常的工作接触，绝对没有儿女私情。询问笔录签字时，他还特意写了几个字："以上陈述绝对属实，我愿意以党性担保。"

镇纪委也向林凡做了核实。她将自己关在办公室，一整天也不出来。应该是大哭了一场。第二天，人们见到她时，眼睛还肿得核桃似的。

当时，党新建还以为是李副镇长搞的鬼。后来才知道，这件事跟人家没有一点关系。

原来是县长家儿子看上了林凡，每天软磨硬泡。党新建下来后，和林凡的接触比较多，引起县长儿子的嫉妒，他怂恿手下跟班给纪检委写了举报信。党新建也怕瓜田李下给林凡惹麻烦，从那以后，与林凡的接触明显少了，除了下乡谈工作，两个人很少再单独待在一起。

一拨未平，一拨又起。

党新建早上醒来准备起床锻炼。按开关，灯不亮。看看外面，漆黑一片。村委院子里的灯也不亮。街上的路灯也不着。他有点疑惑，怎么啦，停电了吗？可又不像，因为周边老百姓家里零星有灯亮着，发出昏暗的光。他不明就里，也没多想，就按惯例出去晨练。他沿着十八里河跑了一个来回，又在学校单杠上做了二十个引体向上，太阳缓慢升起，天空发亮了，仿佛什么事都没有发生。

王小栓过来找他商量停电的事，党新建才发现居然是断电了。

原来，村委的电力机井全承包给了墩子。墩子在大南庄是个狠角色，水费收得比别的村高得多，电费虽然是统一电价，他还每度电额外收四分钱的管理费，在优惠电价上瞎闹，村民们是敢怒不敢言。

墩子特别会耍小聪明，村委的水电费他不着急要，支书、主任、会计家的电费水费也从未要过一分钱。村干部沾了人家的小便宜，对他是能迁就就迁就，能忍让就忍让。多少年下来，因为村委付不起电费，村里的旧学校和打麦场，就因为顶账，都成了墩子的私产。

墩子一贯玩儿的是两面派手段，一面是吃饭喝酒拉近乎，一面是找准机会卡脖子。党新建进村工作以来，请吃送礼都被党新建拒绝了。党新建已经知道他的这套做法，所以始终和他保持不远不近的距离。

墩子发现党新建不好对付，一个招呼没打，趁黑起来就停了村委的电，导致村里的水塔不能供水，喇叭不能广播，路灯不能照明。明白人都知道这是他给新来村支书的下马威。

墩子对付女人也是这种套路，先是甜言蜜语，小恩小惠，村里就有贪小便宜的女人，图了区区几十元电费，就和他好上了。

墩子曾经看上一个刚嫁过来的小媳妇，名叫美娟。美娟的男人在外地打工，美娟和丧偶的婆婆一起在村里生活。他觉得有机可乘，就找机会百般挑逗，发微信、请吃饭、爬墙头。美娟是正经女人，对他这一套根本不搭理。

墩子就恼羞成怒，找机会磕打人家。交电费是一天也不能推，浇地是排不上队。别人家浇两水，美娟家才浇一水。有一次收电费，美娟正好手头没钱，答应第二天送过去，他就丝毫不通融，直接给铰断了电线。

党新建知道墩子是冲他来的，就决定迎战。他让贾老师通知墩子来村委会。墩子趾高气扬，一进村委会大门就高声嚷道："我是啥也不说，把多少年欠老子的电费交了。要是没钱，啥也是扯淡！"一边说着一边坐在椅子上，从口袋里掏出一支烟点上，眼睛斜瞟着党新建和王小栓，一副小人得志猖狂的样子。

王小栓有把柄在人家手心，自然不能多说，眼睛盯着党新建，意思让他开口。党新建在大南庄是白纸一张，无私无畏，有点初生牛犊不怕虎的意思。尤其下来挂职大半年，还没有遇到过硬碰硬的事情。看到墩子那张狂样，年轻人冲动、好胜的性情一下子激发出来，就见他猛地站起来，一把揪住墩子的衣领将他拽起来，大声吼道："王志高，你给谁当老子？别人怕你，我可不怕你！"

党新建运动员出身，个子比墩子高出半头，在气场上就先将墩子压了下去。墩子起先还想动粗的，看到党新建的气势，想起党新建在古城镇打架的事，心里有点发虚。他害怕真动起手来，不是党新建的对手。自己吃亏不说，今后还怎么混。

想到这里，他就先认了怂："党书记，你不要动气。我不是说你，是说他们呢！"

王小栓上去充当和事佬，将两人拽扯开，一边骂墩子，一边安抚党新建。

党新建也是一时兴起，觉得将对方嚣张气焰打下去就行，有人从中劝解，也就顺水推舟，打起了哈哈："墩哥，有你这态度，咱们何必伤和气！刚才我也多有冒犯，请多谅解！"

墩子见识了党新建的胆识，态度也变得谦虚了，一边给让烟，一边说："党书记，我王志高是重义轻利的人。咱俩是不打不相识，不管你认不认我，我是认定你了。只要你说话，啥事也好商量。"

王小栓看见有希望了，就开口恳求道："墩子，那村委的电是不是先给供上？”

墩子是嘴软不松口，他说：“叔，你是知道的，村委欠我几年电费了，总该有个了断吧！”

“咋了断？”王小栓瞪起眼问。

“每年一万块，十年十万块，一手交钱，一手通电。”丝毫不能通融的样子。

王小栓摊开双手，无奈地说：“墩子，你这不是讹人吗？村委会哪有那么多钱。”

墩子没有马上回答，王小栓和党新建也就都没说话，三个人静静地抽着烟，屋里的气氛有点沉闷。

党新建料到墩子还有下文，想等看清他的底牌再说，也就缄默不语，且等下文。

墩子的套子也已经下好，就等村干部往里钻，所以也默不吭声。

双方都在等对方开口，伺机出击。这是一场心理战，时间一分一秒地过，不断吞噬着双方的意志。谁忍不住先开口，谁就落了下风。

党新建坐在那里，心里默默地背诵毛泽东诗词，背了一首又一首，伟大领袖大无畏气概和革命的浪漫主义精神感染了他，他感觉仿佛有一股正气从丹田升起，在处理这件事上，意志越来越坚定，神态越来越从容。

墩子心里打得小九九，本意是以停电为要挟，目的是延长机电水井承包合同。因为这是他的聚宝盆，每年少说也能挣二十多万，他害怕党新建采纳群众意见，改革机电水井管理办法，断了他的财路。

时间拖得越长，墩子越恐惧，害怕煮熟的鸭子飞走了。村委办公室墙上的挂钟无趣地发出咯哒咯哒的响声。他听起来却感觉格外刺耳，感觉心情越来越焦躁不安。到了最后，实在忍不住了，还是先开了口：“党书记，能不能将欠的款结了？”

党新建看都没看他，张口答道："村委会账上一分钱也没有，你应该是知道的。"

见党新建不为所动，墩子亮出了底牌："党书记，我看在你的面子上，咱们各行方便。只要你给我的承包合同签了字，延长二十年，村委的电，我包了。"

党新建逼得他亮出了底牌，这才抬头看了他一眼，反问道："墩哥，这句话，我怎么听着有点耳熟！柱哥，你说呢？"

二十年前，在签机电水井承包合同时，墩子曾拍着胸脯说过同样的话，过后却不认账，多次以电费讹诈村里干部，先后将旧学校和打麦场占为己有。王小栓心里清清楚楚，但不能正面回答，只能将球踢出去："墩子，我是记不得了。你还记得说过的话吗？"

党新建的话令墩子后背发凉，本来他认为下派干部不摸底，原任干部没底气，他正好趁机将一军，逼着村委会给他延长承包合同。可听了党新建的话，好像党新建什么也清楚，手里的牌不知道该怎么出了。

党新建见墩子踌躇不定的样子，知道他心虚了，就以解决问题的口气说道："墩哥，明人不用棒槌敲。村委的电，你先供上。账，咱们慢慢算，仔细算！我保证不欠你一分钱，好吗？"

墩子知道自己因为电和机井占了集体不少便宜，而党新建不紧不慢的话，着实让他有点紧张，于是马上变了个人似的，满脸堆笑，连声回应："好说！好说！党书记，我今天就买你的面子，马上送电。账以后慢慢算吧。"

村民眼里的大能人在新来的书记面前吃了败仗，全村的老百姓都交口称赞，党新建在实际工作中的第一仗打得非常漂亮。

人常说，福无双至，祸不单行，停电风波刚处理完。戴月香就又给惹下了麻烦，镇里通知党新建和下乡干部连夜到北京接人。

戴月香到北京上访去了，省信访局在京接待办已将人稳住，通知县里接人。党新建和小高坐上当晚的快车，第二天早上七点，就到了北京西站。

一路上，党新建琢磨这到底是咋回事儿。因为周书记调研之后，他就将戴月香这件事作为头等大事。周书记告诉他，信访工作有句名言："没事就是本事，摆平就是水平。"

党新建刚开始还不理解周书记这句话，觉得镇党委书记怎么就这点水平。他暗下决心要将戴月香这件信访老案解决好。为此，他和戴月香见了好几次面，戴月香承诺绝不私自上访，等他处理。没想到还是跑到北京上访了。明明已经说清楚的事，怎么又私自跑到北京上访去了？党新建隐隐觉得这事一定另有蹊跷。

到了省信访接待办在北京安置的宾馆，省市信访部门的领导都在，对他们进行了严厉批评，并且将给县委政府的督办卡交给他们转达。党新建和小高两人车马劳顿、灰头土脸地到了北京，没想到领导一见面就劈头盖脸批评了他们一顿，批评得党新建压在心底的怒火怎么压也压不住，转身就将戴月香骂了一通，边骂还边跟她说理："说好了给你想办法解决，不再上访，为什么说话不算话又来上访？"

戴月香本来心中有愧，又被党新建一身怒气镇住，也就一言不发悄悄跟上党新建他们往回返。北京返程动车也方便，晚上七点，他们已经回到了汾东县。

在动车上，党新建拐弯抹角打听到背后的真相，原来是有人背后捣鬼。墩子在村里横行霸道惯了，上次停电风波，领教了党新建的厉害。他觉得党新建迟早要坏了他的好事，明的不行，就来暗的。他和几个酒肉朋友设计了一个周密的计划，想将党新建赶出大南庄。

首先是停电停水，挑起大多数群众的不满，逼迫党新建妥协。再就是给了戴月香两千块钱，让她到北京上访，意图是让上面追究党新建的责任，让他知难而退。

党新建乘坐的动车快到汾东南站时，党新建摸出手机打了个电话。电话一通，热情地说：“墩哥，今天晚上，你请客，咱们吃一顿，好吗？”

墩子一听是党新建让他请客，以为党新建上钩，赶紧乐着答应：“好说！党书记，你定地方吧！”

党新建也就不客气地在电话里说：“那就恭敬不如从命！就定在汾东大酒店，行吧？”

墩子赶紧回答：“行啊，党书记，几个人？”

党新建说道：“我这儿八个人。”

从北京接回戴月香的当天晚上，汾东大酒店豪华包间，党新建、林凡、王小栓、墩子、下乡干部小高、戴月香，还有几位本村的，满满坐了一桌子，连酒水花了两千五百块。墩子心疼得很。

等付完钱，党新建才夹枪带棒地说：“墩哥，你打发戴月香去北京，回来理应接待，对吧！”

墩子话里听音，知道事情败露了。党新建话不挑明，明抬举，暗黑掐，真是高人。他是哑巴吃黄连，有苦难言。

果然不出所料，从北京回来当天，县纪委就派人到镇政府进行追责调查。党新建接受县纪委同志的询问后，他抽空向周书记汇报了大南庄出现的新情况，幸亏周书记从中斡旋，县纪委给了林凡和党新建最轻的处分，诫勉谈话。

县纪委副书记郑向东专门找党新建谈话，对他的工作予以充分肯定，希望能正确认识组织的调查处理。同时，提醒他要充分认识农村工作的复杂性，想方设法稳住戴月香，绝对不能重复上访，否则，县委那里也不好交账。

此时，党新建才明白周书记说的话多么在理。在基层工作，不管三七二十一，稳定是第一位的。至于怎么做，那就是八仙过海各显神通。

哎，姜还是老的辣。

年轻的党书记和林凡被诫勉谈话后，心情都不好。两人沿着十八里河走过来，走过去，也没心思欣赏刚冒尖的绿油油的小草，面对眼前的潺潺溪水，东拉西扯地说着话。没想到说着说着竟扯出来一个解决问题的思路。

党新建在大南庄如果解决不了戴月香的事情，其他工作多无从谈起。党新建下了最大的决心要彻底解决这起老大难问题，让戴月香息诉罢访，永无后患。

他拿起一块拳头大的石头，跑了几步，甩开膀子，大喊一声，扔了出去，顺着一条高高的抛物线，落到几十米远的河道里。

第十三章

党新建从小在大城市长大，从来没有在乡下生活过，更没有体验过乡下四季的变化。在忙碌于日常事务的不经意间，猛然发现峪道沟两边的山绿了，十八里河的冰开了，连空气都带着一份春天特有的暖意，而街上的人也开始动了起来，仿佛整个村庄都在那一瞬间从冬日的沉睡中苏醒过来。一大早，村里人就带着各种工具，顺着村外弯弯绕绕的小路，出现在各自经营的果园里和山坡上。

党新建没想到是下乡蹲点的大南庄让他真正见识了什么叫春天。进入四月以后，隔壁村的梨树都开出了满山坡的白花，行走在林间，仿佛置身花海，让人忍不住想跳，想乐，想疯。而地里头，村民也开始纷纷出去给花授粉，给果实套袋，没日没夜，让党新建体会到了农村生活的不容易。好在今年天气很好，没有出现倒春寒，村里的果树算是能保住收入了。再后来进了五月，峪道沟那边山坡上的玫瑰花也热热闹闹地开起来。峪道沟的玫瑰，跟城里偶然种植的玫瑰和公园里整齐划一种出来的玫瑰有很大区别。峪道沟的玫瑰胜在顺乎自然，胜在浑然天成。在峪道沟种植玫瑰的那片坡地前面，眼前还看不到一株玫瑰，不经意间一个转弯，一大片玫瑰就会出现在眼前。那些娇艳欲滴的花瓣上，隔夜的露珠还闪着光，而今晨的蝶儿蜂儿，已经在那玫红一片的娇艳花间嗡嗡地忙碌。而映衬这一切的，还有远处坡上开出的各色野生花朵，粉的、白的、黄的、紫的，就那么肆意地开放在天地间，让人忍不住激动，忍不住畅想，忍不住去回应这满山满坡的春的激情，然后信心满满地投入到琐碎的日常工作。

正月一过，大南庄这一带的男人们就开始到各家果园里开始剪修果树，村民们一般都是三五人搭伙干，干了一家轮下一家，给谁家干活，在谁家吃饭，吃饭就免不了喝点小酒、拉点家常、开开玩笑。遇到雪雨天，不能出去干活，就聚在一起打打麻将。那些修剪下来的树枝，都被家里女人带上半大小子，抽空拉回家，整整齐齐堆在院里，准备冬天烧炕或烧锅炉。

天气一天比一天暖和，苹果树粉色的花骨朵，白色的花瓣，好像少女的嫩皮肤白里透红。有几万亩苹果，就有几万亩苹果花。这一带成了花的世界，花的海洋，十里八里的空气里都弥漫着苹果花香。

党新建哪里见过这场景，稀罕得不得了，每天待在果园里，和村民们一起干活，一块儿聊天。中午还用扑克牌筹钱，打平伙吃饭喝酒。他喝惯了便宜的散白酒，学会了划拳，外地人听起来晦涩难懂的当地方言，他也能听上个大概。

党新建知道，说当地话，吃农家饭，是和村民融为一体的基本功。作为下派干部，更要尽快熟悉农业生产，才能有共同语言，也才能被村民所接受。他拜访了研究汾东县地方方言的专家，借了本小册子，随身携带，边说边学。白天，他虚心向群众请教，晚上，对着镜子反复练习，研究发音规律，掌握口型，用手机录下来，反复对比，进步很快，村民们惊讶不已。三个月下来，就能说一口地道的汾东话。

党新建每天一有空就请教果农什么时候剪修，什么时候浇水，施什么肥，用量多少，为什么得腐烂病，如何防治等问题。他把白天了解到的知识，晚上都写在笔记本上。他还到新华书店买了几本有关农业技术的书籍，将书本上的理论和现实中的经验，进行对比和结合，反复推敲，发现疑惑，再向专家和果农请教。

二月二，龙抬头。一大早起来，党新建就听见院子里有喜鹊喳喳叫，感觉心情格外舒畅。“喜鹊叫，客人到”，他还特意给林凡打了个电话，问自己有没有什么好事。果不其然，好消息在中午时分传来，省农业农村厅果业发展调研组，要来汾东县调研。这个信息是从两个渠道传下来的，一条途径是通过市农业农村局通知县局，县局马上向县委政府汇报，林凡知道后告他的。另一条是省厅综合计划处小智给党新建透露的。

大南庄周围十个村苹果连起来规模有三万多亩，是全省闻名的苹果之乡。进入 21 世纪以来，苹果树老化，品种需要更新，大南庄万亩优质苹果基地项目已经在省厅项目储备库里压了几年。党新建来到这里任职锻炼后，和省厅有过几次互动，该项目作为处里重点工作，邵杰处长审定方案后报到厅里，分管副厅长、厅长都做了批示，要求各部门统筹协调，确保项目尽快落地。为此，厅里组成了专题调研组，深入汾东县，开展专题调研。调研组由综合计划处邵杰处长带队，果业处、植保处、市局各一名副职参加，小智作为联络员随组调研。小智提前将调研提纲发给党新建，让他早点准备。

这次调研直接关系到汾东县苹果产业的再次腾飞，因此，县委政府高度重视，韩书记做出了重要批示，责成分管农业的副县长刘海亮全面负责，做好一切准备。

刘海亮是 20 世纪 80 年代农大毕业的高才生，在古城镇担任过镇长、党委书记，他本人也曾主导过一些果园改造，了解其中的酸甜苦辣、利益纠葛。早几年的万亩优质苹果基地项目的申请报告，就是刘海亮牵头主持的。这次项目启动前的调研，他也知道其中的分量。

刘海亮接受任务后，马上召集政府办、农业农村局、果业中心，古城镇政府、大南庄村等单位的负责人，做了详细安排。政府办负责会议通知、后勤接待；农业农村局制定调研线路，起草汇报材料；果业中心邀请农业大学、果树所的专家教授对果园改造详细考察，起草技术文本；镇村干部组织农民技术培训，激发和调动果农改造老旧果园的主动性、积极性。

刘副县长是一名办事果断、作风朴实的领导干部，说话从不拖泥带水，他将任务安排之后，又特意留下党新建，要了邵杰处长的联系方式，又详细询问了省厅的一些情况。他嘱咐道："小党，为了确保这次调研万无一失，你今天就回厅里跑一趟，摸清底细，第一时间向我汇报。"

党新建连夜赶回省城，洗了澡，理了发，回家替换了几件衣服。第二天上午，他到厅里找到小智，要了这次调研的所有文字材料，并且在下午等到了邵处长，打听了一下省里的口风。他马上在电话里向刘副县长将他了解到的情况做了详细汇报。

过了两天，刘副县长专门听取了各单位的汇报，又结合党新建从厅里摸到的信息，给出了一些修改意见，要求大家加班加点，两天时间完成任务。

古城镇一大半的村都在这个项目范围，该项目能否成功落地，直接关系到全镇的主导产业在全县的排位，也直接关系到周书记在明年县四套班子换届中的位置。所以，周书记对这次调研十分重视，专门召开乡村干部会进行动员，他还一个村、一个村地挨着督促检查。

党新建在大南庄更是干得热火朝天。他动员党员和群众代表都行动起来，每天早上广播要求家家户户清理卫生、整修果园。三天时间，村内村外大变样，街道乱堆乱放全部清理，墙壁都刷成灰白色，学校的老师赶写了好多条红色标语，进村大门柱子上和戏台上的字也都用红油漆描了出来。

果园的田间地头也都进行了修整，村委还组织专人疏通水渠，粉刷机房，墩子自从停电风波之后，表现非常积极，每天围着党新建转，这一次更是自告奋勇带领几名电工对全村水泵的线路都进行了整修。

党新建干了几天活儿，脸被晒得黑红黑红，手扎破好几处，头发顾不上洗，衣服也没有时间换。

这一次全村整治花了十万块。要在以往，村委用工是赊账，喊上半天也出不来几个人，就算出来也是在那里磨洋工。党新建提前就放出话，从今往后，一律现款兑付工钱。村里账上一分钱没有，怎么办？

党新建回了一趟家，跟她妈死缠硬要，借了十万块回来。村民们干活儿，当天验工，当天结算。大伙儿高兴，干起活计来又快又好，几天下来，三个村的村容村貌焕然一新。

林凡带队过来检查准备情况，看到大南庄的变化，十分惊讶，不由问道："党书记，你有什么灵丹妙药？说给我们听听，也让其他村借鉴一下。"

党新建谦虚地说："其实也没什么，就是一条，村干部做到言而有信，现款兑现，大家的干劲就调动起来了。"

林凡接过话，说："归根到底，还是让老百姓见到实惠，他就能跟你干。"

县果业中心为了配合这次调研倾巢出动，还聘请农大的王教授、果树所的郭教授现场指导。王教授是全省乃至全国的苹果专家，出版著作、教材多部，发表论文一大堆，还是好几个苹果新品种的发明者，在果业界享有盛誉。

郭教授是植保专家，负责全省的新品种推广，享受国务院特殊津贴。两位老教授在工作人员的陪伴下，对所有的品种和地块都进行了实地考察、照相取证、提取样本，提出了切实可行的老果园改造意见。根据专家的建议，果业中心又与农业、水利、林业等部门配合，制定出符合大南庄实际又顺应苹果发展大趋势的果园改造意见、投资预算、施工图和效果图。

几天后，邵杰处长率领调研组一行五人如约而至，市农业农村局杜局长也同时到达。调研组来不及到事先安排的宾馆休息，就直接深入果园考察，掌握第一手资料。

苹果地里，果农正忙着剪修树枝、施肥，还有的正在治理腐烂病。邵杰处长一行测量地亩、观察树形、察看病情，找当地果农聊天。果农普遍信心不足，唉声叹气。在闫家堡，会计老唐给调研组的专家算了一笔账：20 世纪 80 年代，一个劳动力一天的工资不到十块，苹果的价格是每斤两块，现在劳动力工资怎么也得每天一百多块，苹果价格却不涨反降，现在的行情不足两块。果园的效益差了，好多年轻人都出去打工，现在果园干活的不是老人就是妇女，人们戏称“3860 部队”。抬眼望去，果然如此，一个村一个村地走，都是这种情况，很少见到年轻人。

调研组用了一个礼拜时间，连周末也未休息，跑了十二个村，测绘了四万多亩地，取了两百多件样品，对各地块土壤也取样测量，先后与五十多名乡村干部交流，还听取了两百多位果农的意见。他们白天考察，晚上研讨交流，最后一天已经拟出了《大南庄万亩优质苹果基地改造方案》。

调研组与当地党委政府召开了座谈会。邵杰处长一行五人，市局杜局、县委书记、县长、刘副县长、王教授、郭教授、县财政局、农业农村局、果业中心、古城镇的负责人参加了座谈。党新建也参加了座谈。

调研组工作人员通过投影先播放了苹果园现在的场景，并指出存在几大问题：苹果老化，品种蜕变；管理不善，病虫害严重，百分之八十的果树存在腐烂病；土地不够集中，承包土地分散，导致地块过于不一致；品牌意识不强，包装落后，大部分是贴牌销售；缺乏龙头加工企业；贮藏方式落后，全部是气调窑洞。

座谈会现场鸦雀无声，平时大家也有所了解，但对大南庄一带苹果生产存在的问题没有足够重视。真是不看不知道，一看吓一跳。投影刚放完，大家就你一言我一语讨论起来。

王教授不客气地指出，汾东县是全省首批苹果生产示范县，由于观念落后，措施不力，被后面发展起来的县市先后超越，现在切切实实落后了，问题比片子里的还要严重。如果再不痛下决心，这一金字品牌就会丢掉。果若如此，在座的县、乡、村领导就是汾东县的罪人。

郭教授更是尖锐地批评道："大南庄苹果品质退化，市场丢失，效益降低，果农收入不增反降，究其根本，县委政府不重视不作为是最重要的原因，在座的各位难辞其咎。"听了这番话，汾东县的各级领导脸上都有些挂不住。

刘副县长赶快出来打圆场，让工作人员继续播放调研组拟定的《大南庄万亩优质苹果基地改造方案》。

方案思路清晰，主题突出，分几大板块来说明，一是资源禀赋，包括地理位置、海拔高度、土壤成分，气候条件等；二是基础设施，包括变台、机井、管道、道路、河渠等方面；三是苹果品种选定和搭配；四是贮藏、运输、加工、销售等产业化配套设施。

大家看了很兴奋，调研组提出的方案比县里拟定的方案立意更新、标准更高、投资更大、发展更有信心。

调研组组长邵杰处长对汾东县全力配合也非常满意，表示将尽快组织专家评审、上报审批。他语重心长地嘱咐镇村干部："大南庄苹果是老字号品牌，项目审批还有一个过程，实施起来也需要三年时间才能完成。你们不能只等待项目无所作为，而必须围绕项目所提出的思路，提前谋划，主动作为，打基础，练内功。比如号召各村可以进行土地流转合并，克服土地碎片化短板；比如利用农闲季节组织果农培训；县农业农村局和果业中心能否开一个果农微信论坛，提高果农的科学管理水平；县政府完全有必要挤出一笔资金用于苹果新品种的育苗，为大规模改造果园做好准备。苹果加工企业是发展方向，但不在项目清单内，你们完全可以先行引进资金、技术，在土地、政策方面予以优惠。”

调研组离开汾东县的时候，韩书记握住邵杰处长的手说：“老同学，辛苦了，我静候佳音。”

“好的，好的！我一定倾心而为，为你这位县太爷效犬马之劳。”

送走调研组，刘副县长受韩书记的委托，在古城镇政府召开了现场办公会，就几项重点事务做了安排部署。他对各单位的头头们说：“这个项目我们是志在必得，县委和韩书记下了最大的决心。”

刘副县长的现场办公会之后，各单位都行动起来，不敢有丝毫懈怠。

周书记在他办公室开了一个短会，安排分管农业的周副镇长带队走访，对土地调整拿出切实可行的意见。周书记将苹果深加工项目的引进落实压到了党新建头上。

晚上，满天繁星，党新建一个人静静地坐在南山水库的堤坝上，想了好久好久。

第十四章

老支书将冬天挪进屋子里的各种花盆都摆了出来，石榴树和无花果养了十几年，一人多高。还有君子兰、冬青、一帆风顺、仙人球、仙人掌这些好看也好养的花，将小院子里摆得满满的。这些花卉在屋子里憋屈了一冬天，见到了久违的阳光，就像伸长脖子张开嘴那样，贪婪地吸收大自然的恩赐。

在这充满生机和希望的季节，党新建再一次来到老支书家，向老人家虚心讨教。

老支书见他进来，便放下手中的活儿，招呼党新建在院子里坐下，他自己也搬个凳子，两个人坐在院子里，促膝谈心。老支书用睿智的目光看着这位年轻的村支书，语气平缓地说道："戴月香是全县闻名的老上访户，上至县委书记，下至普通科员，甚至单位门卫、保安都认识，是一位软硬不吃的难缠户。你要是能解决了这件事，县里、镇里都会对你刮目相看，如果解决不好，你在大南庄村的其他努力都是瞎子点灯——白费蜡。"

党新建不停地点头："老前辈，这件事影响到全县的形象，直接影响各级领导的政治前途，还需得到您的指点。"

"我年纪大了，跟不上形势了，如果你要是下决心解决这件事，建议你找县法院的老吴试试。"老支书给他出了个主意。

党新建一打听，老吴这个人好生了得，军人出身，20 世纪 70 年代末转业到法院。当了二十多年民庭庭长，走遍了全县乡村，办过上千件案子。他不抽烟不喝酒，性格刚直，办事公道，加上脸色黝黑，老百姓称他为“吴包公”。老吴从法院退休后，县委特地聘请他担任了县调解中心主任，专门负责调解各类纠纷，为县委县政府分忧解愁，老吴还在工作中创造了“三个一”工作法，被司法部评为“全国金牌调解员”。

党新建找上门请教，老吴也热情地接待了他，又是让座，又是倒水。以往别说村干部主动请教，就是老吴找上门，他们也是能推则推，能躲则躲，生怕惹上一身骚。

所以，老吴就冲党新建这位下派干部的一腔热情，推心置腹地和党新建谈了两个多小时。老吴对戴月香个性和家庭情况也十分了解，他给党新建出了个非常特殊的主意，有可能让戴月香彻底息诉罢访。

党新建信心满怀积极筹划之时，镇、村干部却不时给他泼凉水。他和王小栓等村干部商量此事，他们头都摇得像拨浪鼓似的，异口同声说，“你不了解情况，她家的事情没完没了，平时不要搭理，遇到重大节日派人盯住就可以了。”他们还私下里劝党新建不要蹚浑水。

党新建还顺便了解到一点情况，就是但凡参与过戴月香案件的乡镇干部，都被戴月香告过，李副镇长就是其中的一个。

星期五下午，李副镇长带领几位镇干部到大南庄检查农村人居环境，在三个村绕了一大圈，指出了五大类二十七个问题。党新建陪他们走了一下午，人困马乏，又饥又渴。正好是周末，他就邀请他们到了附近的“三狗嫂饭店”。

有些时候，真的是“有心栽花花不开，无意插柳柳成荫”。三狗和三狗嫂原来在国道旁边开着个规模不小的饭店，劳累不说，最近几年国家开始整治公款吃喝之后，饭店普遍不好做，就收了摊，在自家院里开了个餐厅，不用出租金，各项开支也少，有客人就做点生意，没客人就侍弄自己的那十几亩土地。没想到结果出人意料，因为家里位置比较偏僻，环境又好，加上价格便宜、食材新鲜，客人闻风而来，生意居然好得不得了。

三狗嫂中等身材，热情开朗，心宽体胖，两个大奶子将衣服绷得紧紧的。她和谁也是见面熟，过来一次就是好朋友，留上手机号、微信、抖音，来饭店的客人再多，她也能滴水不漏，招呼得熨熨帖帖。李副镇长是三狗嫂的老主顾，被热情地招呼进屋。三狗嫂踮起脚爬到李副镇长耳朵上说："李哥，雅座已经全部预订出去了，把你们这桌客人安排到我自己住的房间吧！"又娇嗔地说："这可是贵宾待遇，一般人还轮不上呢。"

李副镇长说："就你会哄人开心。上菜吧，两荤两素，家常菜，实惠点。来一瓶散白酒。"

三狗嫂望着党新建，还不着急走开，说："党书记，还要个啥菜？"

"不点了，每次请客都是党书记个人掏腰包，工资都不够花。简单点吧。"李副镇长看见党书记又拿着菜单，急忙拦住，对三狗嫂说："快去上菜吧！"

吃饭过程中，党新建和李副镇长谈起戴月香的事，李副镇长真心实意地说："党书记，县里多少干部都拿她没办法，你初来乍到，有啥本事能摆平？要我说，别出风头了！下来镀镀金，处几个朋友，早点回省里工作吧！"

三狗嫂端进菜来，听见说戴月香的事，插话道："戴月香的情况我比你们都清楚，她就是典型的吃红肉拉白屎，你给她办多少好事也不领情。党书记，我给你出个主意，好狗给他个三不理。"

李副镇长和三狗嫂这话说得很实在，但是党新建心里清楚，咱不理他，就有人理咱了。再说了，党新建表面上是一介书生，但是性格却十分刚强，他认定的事情九头牛也拉不回来。越是有人泼冷水，他越有挑战困难的激情。

不过，为了事情确保周全，他还是专门请教了周书记。自己的想法得到周书记首肯后，党新建就开始一步一步实施。

林凡副书记牵头，调解中心主任老吴亲自操刀，召开信访积案论证会。

“汾东县古城镇信访积案化解论证会”在大南庄村委院子里召开。县委政法委、公安局、检察院、法院、司法局、国土局、住建局、行政执法局都派人参加，还邀请了五名两代表一委员参加，汾源律师事务所也委派了两名资深律师出席。论证会当天，各色各样车辆来到大南庄，村委大院停不下，在街上停了两长溜，引来不少本村村民旁听。

听证会现场布置得庄严肃穆，主席台上方悬挂着横幅标语，老吴坐在主席台首席调解员位置上，主持本场论证会。

县信访局局长杜永林介绍了戴月香一案的来龙去脉。

原来早在二十年前，戴月香夫妇在公路边搭起一个棚子出售西瓜水果，每次遇到倾倒灰渣、水泥块的车辆就截住，将灰渣、水泥倒在西瓜摊旁边，用了几年时间，在地里填土造地形成一亩多的小平台。邻村有人要开饭店，就以每年三千块的价格，从戴月香手上将这个地块租下来，盖了一溜房子开张营业。

当时，土地审批手续、建筑审批手续都没有，纯粹属于违法占地、违法建筑、非法经营。在一次全县大排查中，被作为典型案件上报到县拆违治乱指挥部。指挥部一声令下，公安、城管来了两百多人，挖掘机，铲车开来一长溜，不由分说，就拽人的拽人，搬东西的搬东西，拆房的拆房，拉土的拉土，用了一天时间，就将违规盖的饭店夷为平地，还按统一的规划，在公路边栽上树，不仔细看和其他地方没什么两样。

强制拆除后，戴月香十分不服，到处告状，可又找不到一个告状的对象。当时，指挥部下的命令，各参与单位都说是执行指挥部的命令，可是拆违治乱指挥部是一个临时机构，早已经不存在了。当时任指挥长的副县长早已退休多年，现场总指挥公安局局长是外地交流过来任职的，也已卸任回了老家。加上当时指挥部拆戴月香那块地上的饭店时，也是只下了一道命令，没有出具任何法律文书，戴月香一告就告了这么多年。

告来告去，投告无门，戴月香结识了本县几名上访老油条，在他们的撺掇下，戴月香走上了赴省、赴京的上访之路。多少年走下来，县、镇、村各级领导为了接访花了不少冤枉钱，为了安抚她不要在敏感时期出去惹事，也给了她不少小恩小惠。比如吃低保、救灾面、危房改造补助等。尽管这样，她为上访也吃了不少苦头，抛开家务不管，整天跑东跑西，还受过两次公安机关严惩。弄得家不成其家，人不成其人，亲戚疏远，邻里不和，女儿快三十岁了还嫁不出去，儿子大学毕业了却找不下工作。导致全家人的心理都有些变态，家庭关系很不融洽。

刚开始，她上访是为了解决问题。后来，赴京上访成了她对基层干部的要挟。因为每当重要节点，上级要求零上访零容忍，对镇村干部的规定是一票否决，如若发生上访，轻则处分，重则撤职。老上访户都摸准了规律，每逢重要节点就互相联络，镇村干部为了稳住他们，想尽了一切办法。帮他们秋收、做家务、通水管、修围墙，陪吃陪睡，贴身跟踪，甚至还在特殊时候带上他们到其他地方旅游。

论证会上，作为当事人的戴月香及其律师也提不出上访的具体诉求，而是提了一大堆需要政府帮助解决的要求。一是给她家承包地尽快通上塑料管道；二是在县城解决一套廉租房，孙子在县城上学需要；三是她家和邻居打官司，判决书要求对方赔偿部分未执行到位，要求法官帮助执行到位；四是帮她儿子安排工作。

各部门都发言，对其合理要求及时回应，对不合理要求也入情入理地做了解释，政府聘请的律师也从法律角度，对本案当事人提出的诉求进行了解读。

通过这次论证会，既看到各级各部门对待群众上访的重视，也有助于更加完整地了解戴月香案件的来龙去脉和她上访的真实用意，对当事人、在场工作人员和大南庄村的群众都是一堂生动的法制课。论证会全程录像，做了记录，在场人员全部签字。

戴月香既不在息诉罢访协议书上签字，也不在不非法上访承诺书上签字。

论证会的目的就是把事情摆在明面上，当面锣，对面鼓，给群众做一个合理的宣传解释，对上级部门也有一个交代，即使再发生非法上访，责任也能轻一点。

作为当事人的戴月香虽然从情理上法律上也受到了教育，但她那执拗的性格一时还转不过弯来，离息诉罢访还远着呢。

党新建策划的论证会声势浩大、轰轰烈烈，仍然没有达到息诉罢访的目的。消息不胫而走，镇村干部很快就传遍了。各种说法就出来了，什么“年轻人爱出风头”“形式主义花架子”“吹牛皮不上税”等等。

党新建也对这个结果早有预料，听到这些闲言碎语根本没当回事儿。林凡到底是女同志，委屈得直掉眼泪。

这几天，党新建一直没露面，论证会也没有参加。原来，他也没有闲着，正在策划一件大事。

戴月香儿子小文在网上与一个“天上的星星”微信聊天，两人谈人生，谈理想，海阔天空，无所不聊，很快就成了无话不谈的知心朋友。因为这几天时间宽裕，“天上的星星”远在美国的女朋友也加入了聊天。后来，他们开了间聊天室，通过几天的聊天，小文拓宽了知识，了解了不少新思想新理念，眼界也开阔了不少。

论证会上，虽然戴月香反复强调儿子的工作问题，没有一个人敢给出个准确承诺，全家人为此一筹莫展。小文将他这一段时间和“天上的星星”聊天的情况跟家人说了，戴月香就督促儿子试一试，让儿子问问“天上的星星”，能不能帮小文找份工作。当天晚上，小文和“天上的星星”聊天时，就询问能否帮自己在省城找一份合适的工作。

小文提出这个要求时，心中忐忑不安，生怕被拒绝。她妈妈就在一旁打气：“死马且当活马医，就当碰碰运气，又没啥损失，怕啥？”

“天上的星星”闪了两下头像，发过来一句话：“请发过简历来。”小文到处应聘，各类简历一大摞，取出一份合适的发过去。一会儿，微信上又发来一条消息：“两天后到省城找我！”

两天后，小文叫了一辆网约车去了省城，按照联系方式在一家小餐厅见面。小文进了餐厅就愣住了，这不是自己村里的党书记吗？幸亏党书记没发现，他悄悄地退了出来。

小文躲在一边，想等党书记走了再进去。可是，看见党书记也在等人，丝毫没有走的意思。小文有些犯难。

过了十来分钟，“天上的星星”催他，小文唯唯诺诺地说：“咱们能不能换个饭店？”

“为啥？”

“没啥。”

“现在你在哪里？”

“我就在门口。”小文的声音低得像蚊子一样。

“不要怕，你等着，我到门口接你。”

党新建和小文，两个非常亲近的网友见面了。

小文愣住了，这不是党书记吗？

党新建也装着发愣：“原来是你啊，小文！”正是踏破铁鞋无觅处，得来全不费功夫，自家人不认识自家人。

小文当下就激动地给他妈打电话：“妈，你猜一下，我找的这位网友大哥是谁？”

戴月香一听，立马焦急上火地问道：“我咋能知道？是谁？快告诉我。”

小文信心满满地告诉母亲：“网友大哥就是省里派到咱村的党书记。”

戴月香一听儿子的网友大哥居然是党新建，“哎呀！”一声，然后着急地跟儿子说：“太好了！快让党书记接电话。”戴月香一听到手机里党新建的声音，就激动地说：“党书记，真是遇上贵人了！你要是能帮我儿子找好工作，我们一家人给你当牛做马一辈子。”

党新建却在电话里淡淡地接话说：“我可以帮忙把简历投进去，但人家收不收，却不一定。等结果吧！”接完电话，党新建就抬头跟小文说：“我也正好回大南庄村，咱们投完简历，我拉上你回去。”

戴月香着急得不行，那天儿子投完简历回来后，每天都死乞白赖地找党新建，党新建却是一副漫不经心的样子，看着一点也没上心似的跟她敷衍：“我一定会尽力的！不过要是办不成，也不要怪我。更不要因为这个再告我！”

戴月香忙不迭地开口：“党书记，哪能那样呢！你放心，我也是吃饭长大的，滴水之恩，当涌泉相报！你给努力办吧，绝对忘不了你的大恩大德。”

之前老支书一句话点醒了他，戴月香家最大的症结就在她儿子小文身上。他想从戴月香儿子身上找到突破口。林凡觉得希望不大，党新建则充满信心。他给林凡解释：“和平时期，我们也需要李云龙的亮剑精神。世上的事情没有那么多的百分之百，只要我们敢于大胆地闯，大胆地试，办法总比困难多，不可能就会变成可能。”

林凡觉得他说的也有道理，愿意配合他试一试。他俩一次又一次地分析戴月香的家庭情况，决定从他儿子身上找突破口。

戴月香家儿子小文是一个非常聪明上进的小伙子，大学毕业后却在求职路上屡屡碰壁。汾东县公开招录教师，小文考了第二名，没有录取。全省招录基层公务员，笔试面试都过了，还是没有录用。经多方打听，都是因为他妈妈的原因。

母子俩始终解不开二难定律：妈妈为了给儿子找工作到处上访，以此要挟基层干部；儿子则是因为妈妈是当地不稳定因素而找不到工作。

现在看来，当初的判断是正确的。

戴月香果然着急上火。她越着急，党新建越是稳坐钓鱼台，一直是既不推，也不办，专门吊她的胃口。

戴月香为了儿子的事，挖空了心思。她发现党新建和老支书走得比较近，看出点卯窍，每天去缠老支书。

老支书不客气地告诉她："戴月香，不是我说你，动不动就到北京告状，谁敢给你办事？"

小文也和他妈妈说："我觉得党书记肯定能办了，人家是对你不放心！"

戴月香也是聪明人，自己跑到镇政府取回息诉罢访协议书，让他儿子填好，拿了一万元找到老支书。

老支书无奈地说："我给你试试吧！不过，丑话说到前头，办不成可别怪我！"

戴月香差点给老支书跪下，真诚地说："老吕大爷，咱们村数你和党书记走得近，这个忙，你可一定要帮到底啊！"

"你呀，戴月香！不是我说你，平时不烧香，临时抱佛脚。"老支书数落了她一阵子，还是打电话将党新建和林凡都叫到家里。

老支书将来龙去脉交代了一通。党新建说："看在老支书的面子，就这样办吧。"

林凡让党新建和戴月香在息诉罢访协议书上签字按手印，又加盖了县信访局、镇政府的大印。

戴月香将一万元交给党新建。党新建问："这一万元是啥意思？"

戴月香吞吞吐吐地回答："党书记，你这么费心，我的一点心意。你可不要嫌少！"说话的时候，居然窘迫得手都不知道该往哪里放。

党新建哈哈大笑，乐着说："给我好处费吗？"

戴月香窘在那里不敢说话。

林凡趁热打铁地说道："党书记，要不你先拿起来，作为保证金。"

党新建无所谓地接话："要是说保证金，这点钱还远远不够。"

"那得多少？"戴月香急切地问道。

党新建伸出一巴掌，"五万元！"

戴月香先愣了一下，愣过之后，突然咬了一下牙，说了一声："行！"然后就吩咐她儿子，马上送钱过来。

收了戴月香五万元保证金，党新建也是立竿见影。第二天，他就带上小文来到省城 M 公司大厦，径直上了四楼的人力资源部。一位女性人事经理接待了他们，认真翻阅求职简历后，按事先和党新建约好的口径，说道："小文同学，你的学历、专业以及个人形象都符合公司招聘条件，现在只需要提供你本人和直系亲属的无犯罪证明，就可接受老总的面试，面试合格就可上班，薪酬待遇到时再谈。还有，咱们这可是省城有名的大公司，你可要珍惜。只要进了公司门，一辈子就是人上人。"

小文听了人事经理的话，又喜又忧。喜不消说，高耸天空的大厦，气质非凡的员工，先进高档的办公条件，足以令小文无尽遐想。担忧的是他妈的无犯罪证明，因为上访受过刑事处理。小文每次应聘都卡在这儿。小文几乎用乞求的眼神和党新建低声说道："党书记，我妈开不出无犯罪记录证明，你给说说好话，求求人家。"

党新建面带难意，向人事经理求情，将小文家的情况跟人家说了一下，又说明自己在那个村担任支部书记，请人家手下留情，放一马。

人事经理面无表情，一本正经地说道："制度面前一律平等，绝对不能乱开口子。"

党新建又说："那再想想，还有没有啥好办法？"

人事经理想了想，说："看在你党书记的面子上，我请示一下部长！"

一会儿，人事经理回来告诉他们，领导说了，只要有息诉罢访协议书，就可以参加面试。党新建将息诉罢访协议书给了人事经理，人事经理接受了小文。从那天开始，小文就通过正常程序，参加了公司举行的面试、答辩、政审、体检。一个月后，接到公司的入职培训通知。

说实话，保证金本来也不需要，老支书害怕戴月香出尔反尔，专门让党新建收了她家五万块保证金。因为对于农村人来说，五万块不是小数目，足以起到制约作用。保证金专款专户存到信用社，戴月香每年到信用社结一次利息，三年期满，如没有出现非法上访，全额退还给她。

戴月香的息诉罢访协议书就这样诞生了。周书记闻讯后非常高兴，给党新建打电话："新建，你干得太漂亮了！我给你向县委请功。"

县委韩书记在全县科级干部大会上大力表扬了党新建，要求全县党员干部学习党新建迎难而上的顽强精神，另辟蹊径的创新思维，将不可能变为可能的巨大勇气。

县委新闻中心主任陈翔有新闻敏感症，他一听说此事，马上来到大南庄村，走访了当事人和有关联的人员，还对党新建做了专题采访，他采写的题目为《挑战不可能》的长篇通讯稿，在省报、市报先后发表，引起了新闻媒体的关注。人民网、新浪网、搜狐网等知名网站纷纷转载。

第十五章

春雨贵如油。自从过了年，就没有下过一场像样的雨，地里干旱得十分厉害，路边的野草也像打了霜一样没精打采的。人们急得嗓子都快冒烟了。农民全都盼着下点雨，缓解一下旱情。老天爷偏偏和人们作对，一滴雨也没有。

“谷雨前后，安瓜点豆。”大南庄这片儿虽然是河井两灌，不是完全靠天吃饭。但是，一冬无雪，一春无雨，河水没浇了多少地，南山水库就快见底了。井水水位下降，水泵里的水也是小半管，有些井干脆抽不上水来。

果园里也需要浇水，种庄稼的地更着急，每天都有浇水纠纷需要解决。峪道沟更是靠天吃饭，只能眼巴巴等老天爷下雨。

李副镇长来大南庄村调查了解抗旱工作。他没有找村干部，首先拜访了老支书。他俩除了聊抗旱工作，还聊到了党新建。

老支书说：“党新建有办法，有思路，敢想敢干，就从戴月香这一件事情就能看出来，这孩子将来了不得。”

党新建知道李副镇长过来了，叫上王小柱来到老支书家。老支书看见他们，高兴地对儿媳妇说：“小红，弄几个菜吧！”

“好嘞，一会儿就好。”老支书的老伴儿过世好几年了，就是最小的儿媳妇小红伺候老人。

小红说话干活十分麻利，很快就准备了几个菜，老支书拿出一瓶当地老酒。党新建拦住老人，取出他带来的两瓶红盖汾酒，还有一只烧鸡，四个人一边喝，一边聊。

李副镇长有点愧疚地说："党书记，没想到，一万个没想到，你能将戴月香的堡垒拿下。兄弟我是万分佩服。今天声明，以前我说过的话，全部收回！从今往后，凡是用得着兄弟的，尽管吭气，我一定效犬马之劳！"

李副镇长对党新建的态度来了一个一百八十度的大转弯。这不仅仅是李副镇长一个人的态度，而是意味着全镇干部群众对党新建工作的认可和接纳。党新建虽然客气一番，内心还是十分激动，他暗暗下决心，一定要将大南庄的工作做好。

大南庄这一带，优势在苹果，劣势也在苹果。百分之八十以上的土地种的都是苹果树，灌溉条件和储存能力差，人家其他地方已经发展滴灌和恒温冷库，大南庄还是大水漫灌和20世纪流行的气调窑洞，深加工更是空白，包装落后，销售渠道单一，造成果农只能靠天吃饭、凭运气挣钱的局势。

老支书语重心长地说："小党，一年之计在于春，农民一年收成如何，全凭春天这段时间。当下，春季抗旱就是最要紧的事情。你一定要抓在手上。老百姓得到实惠，三个村的人心就会慢慢凝聚起来，你的工作也会一顺百顺。"

李副镇长接过话头说："老支书说得对！县委韩书记几次在大会上表扬你。现在，你是汾东县的名人，要发挥名人效应，跑几个项目，给大南庄的老百姓办点实事好事。"

第二天，党新建叫上王小柱到县城寻求支持。农业局、水利局、财政局、农发办、打井队，一个部门一个部门跑。果然有点成效。各单位的头头们，有认识党新建的，有不认识的，见了党新建都是非常热情。

党新建将三个村合并之后的困难，特别是当下的抗旱工作，向领导们汇报，恳请他们的支持。很快，调来两台大功率水泵，解决了峪道沟群众的饮水问题，批下来一批临时滴水管道，新打井的架子立了起来，专项资金拨到了位，耐旱优良种子也送来了。

通过党新建一段时间的努力，解了三个村的燃眉之急，果园浇出来了，庄稼绿油油地冒了尖。

大南庄人民的努力感动了上天。就在全力抗旱之时，下了一场及时雨。雨不算大，也不急，但是淅淅沥沥下了一整天。老百姓高兴地扭起了秧歌，庄稼兴奋地张开嘴笑。

党新建终于松了一口气，站在窗户边，隔着玻璃高声朗诵杜甫的一首诗："好雨知时节，当春乃发生，随风潜入夜，润物细无声。"

抗旱工作告一段落，党新建转过身来抓苹果深加工项目。"18 亿亩土地红线"谁也不敢踩，土地成为引资上项目的关键。李副镇长建议，大南庄村西旧学校和原来的打麦场可以作为企业的首选用地。党新建早几天就安排会计将那块地的产权归属及来龙去脉调查清楚。

党新建心里有了底，他就厚着脸皮找博大集团的马总。按照预约，他准时来到博大集团。集团总部是一座五层办公楼，女助理将他带到二层小会客室，博大集团马总很忙，正在谈一个大项目，抽不出时间接待。

第二天，他又去了马总办公室，早一天迎接他的女助理告诉他，马总刚出去十来分钟，县长打电话叫走的，估计一时半会儿回不来。

党新建不灰心、不气馁，第三次登门拜访。

马总见了党新建，连声道歉："小党，实在不好意思，让你白跑了两次。"他推掉好几拨客人，和党新建聊了一个钟头。

马总快人快语，坦率地告诉党新建："大南庄这个果品深加工项目，我原本是要投资的，已经搞了前期考察。没想到提交公司董事会讨论时，董事们意见分歧很大，将这个项目给否决了，我也无能为力。这样吧，你看我能帮你解决点啥困难？"

党新建听了马总的话，毫不气馁，而是执拗地继续游说马总，给他分析利弊，介绍果品深加工的市场前景，用其所学，尽其所能，努力说服马总。凭他三寸不烂之舌和不达目标不罢休的劲头深深地打动了马总。

马总说："小党啊，我算服你了。这样吧，让王总和你共同拿个切实可行的方案出来，我再上一次董事会。"

党新建显得无比激动，兴奋地说："马总，谢谢您给我这次机会。我一定会付出百分之百的努力。"

正说话间，王总进来了，听了马总的交代就忙其他紧急事务去了。

王总原来是县营骨干企业主管生产的副总。一夜间，几百人的大企业说破产就破产了，王总也成了下岗职工。马总慧眼识英才，将下岗后无所适从的王总招揽过来。王总来到博大集团，如鱼得水，工作干得顺风顺水，很快就成了马总的得力助手。

党新建给王总详详细细介绍了大南庄和果品深加工项目。党新建真诚地说："王总，果品深加工项目是大南庄村的富民工程，也是我来大南庄村任职以后的第一项工作，能否旗开得胜，全仰仗您了。"

王总不善言辞，还有点不好意思地说："说实话，我也想促成此事，咱们共同努力吧！"

党新建说："王总，博大集团负责市场调研、考察技术设备，我们大南庄村委负责了解土地性质、水电条件等，一周内完成《项目可行性报告》《双方合作方案》，怎么样？"

"可以，咱们抓紧办吧，争取马总早日拍板。"王总同意党新建的建议。

党新建将他见马总、王总的情形一五一十地告诉了王小栓。王小栓一拍大腿，高兴地说道："怪不得，这事也该成。"

"栓哥，你到底是说啥呢？"

"党书记，这个王总是咱们大南庄的半个儿子，他能不积极？"

党新建这才恍然大悟，马总安排王总负责这个项目，就是想促成这件事。“哎呀，真是天助我也！”

过了几天，党新建听说他爸爸和马总在北京办事，马上乘坐高铁赶过去。他当着爸爸的面向马总汇报项目进展情况，继续游说马总。马总从王总那里已经了解到，苹果深加工项目技术成熟，产品供不应求，市场前景非常看好。

马总特别痛快地表态：“小党，你对工作的执着，我很感动。不要说有你爸爸的关系，就凭你的这热情，我也得大力支持。”

党新建爸爸笑着说：“马总，这事儿跟我可没关系，你不能以此来绑架我。”

“哪里的话，党院长，您能拉下面子求人，领我见了每天电视里才能见到的大人物，对我来讲，可谓三生有幸，祖上积德。您是我的大恩人啊。”

党新建不失时机地插话：“马叔叔，这个项目对于博大集团就是个小项目，对于大南庄就是全村人的致富项目，开工之日，我们给您披红戴花。”

党新建爸爸直接把话接过去：“就你鬼点子多！回去可要好好干，千万不能给你马叔叔丢脸。”

党新建赶紧答应：“我一定好好干，您放心！谢谢马叔叔！谢谢爸爸！”

博大集团召开董事会，专题研究苹果深加工项目。在马总和王总的努力和坚持下，董事们终于投了赞成票。

项目通过了，王总第一时间告诉了党新建。他俩约定按照原来分工抓紧实施。回到大南庄，党新建交代王小栓集中精力协调解决果品深加工企业的用地问题。

随即，与峪道沟村党支部书记狗蛮一起赶到镇政府，向镇党委周书记汇报玫瑰节的筹备情况。

峪道沟也叫半沟，据坊间说法，当年杨六郎带领部队大战金兵，死伤无数，尸体占了半条沟，故此得名。这条沟不算深，两山夹一沟，东边山势陡峭，山名唤作“鬼见愁”，西山属于缓坡，连绵不断。全县最高峰也在峪道沟，站在山顶，可以看见连汾东县在内的三个邻近县城，此处就是人们常说的“三县垴”。

峪道沟有山有水，环境优美，风光旖旋，民风淳朴，流传着很多美丽的传说，是本地人郊游踏青的首选地。近几年，省城的人们也发现了这一风水宝地，三五结对，赏美景，度周末。沟的尽头是原始森林，上万亩黑压压的落叶松,树干基本上有碗口粗。党新建和林凡来过好几次。淙淙泉水，嘤嘤鸟语，不知名的小草，五彩斑斓的野花，时不时蹿出三两只野鸡野兔，坐在太阳能照到的山坡上，极目远眺，侧耳细听，令人心旷神怡。下游是南山水库和大南庄大桥。十八里河两侧的岸边，零散分布着刘庄、梁家寨、坡上、水圪洞、半崖、后庄、窑底等自然村。

早几年，峪道沟村委会将西山的荒山荒坡发包给了本村村民贾大发。贾大发在村里是位能人，从部队退伍后当过民办教师，跑过运输，搞过销售，这几年在省城做生意。承包荒山荒坡之后，他引进外地客商投资，在西山坡地上种了几千亩玫瑰花，成立峪道沟玫瑰园文化旅游公司，已经连续搞了两届玫瑰文化旅游节。县领导对这个项目也很重视，为玫瑰园专门铺了十公里长的简易公路，拨专款修建了游客服务中心、卫生间、停车场。村委会也修了旅游栈道、观赏亭、摄影台。公司也投资新建了产品展示大厅、演出中心、时光隧道、文化墙、艺术苑、照壁等。

经过两届玫瑰文化旅游节，玫瑰园旅游项目已经初具规模，像模像样，在当地和旅游界有了一定影响。今年还没开始筹划，已经有多家旅游公司主动寻求合作。峪道沟党支部书记狗蛮和贾大发多次找党新建，共同讨论玫瑰节的筹备情况。党新建参考前两届的做法，结合他们商定的内容，起草了一个工作方案，呈送给周书记。

周书记认真看了方案，高兴地鼓励道："这个方案不错，较去年有了较大突破，但在主题口号、营销方式以及细节方面还要反复推敲，征求一下县文化旅游局领导和有关专家的意见，也可适当采取一些新的网络营销模式。"

党新建又向周书记汇报了果品深加工项目的进展情况。周书记当即表态，全力支持，并责成国土所、城建办组成工作专班，在最短的时间内为项目解决土地问题。

三天后，周书记带领一班人来到大南庄村视察，听取了土地调整情况。当了解到用地调整存在困难时，对党新建说，李副镇长他们正在做工作，如果实在不行，走法律程序也必须拿下。

周书记在党新建陪同下，忙完大南庄的事，又急急忙忙赶到峪道沟。他们顺着简易公路也就是砂石路往里走，路脚下就是十八里河。头顶上的太阳、路边的小草、五颜六色的花朵倒映在水里，构成一幅美不胜收的山水风景画。陡峭的东山上长满了油松、侧柏、酸枣、山楂、核桃等各种树木以及不知叫啥的灌木、荆棘，郁郁葱葱，生机勃勃。西山的缓坡上是漫山遍野的玫瑰，长势喜人，玫瑰园配套设施虽然不够完备，但起码有了点样子。

周书记一行按照游客行走线路模拟走了一圈，简易公路被雨冲出好多沟壑水坑，各种设施也有损坏。周书记一圈走下来，对镇村干部说："同志们，我看时间就定在5月20至6月10日，搞好开幕式及各项配套活动，如游玩、购物、餐饮、停车路线、消防安全、应急救援，我们任务重，分头准备吧。"

五一期间，各单位都放弃了假期，紧张地筹备。

党新建带领狗蛮书记和贾大发跑了周围几个旅游景点，联系了几家旅行社，借鉴人家的好经验好做法，看人家有啥新创意好点子。同时，王晓强借助销售平台，全力推玫瑰文化旅游节的广告。年轻人到底不一样，通过一番运作，峪道沟玫瑰节的宣传活动搞得风生水起，铺天盖地。

党新建带领三个村的干部、贾大发旅游公司的工人、峪道沟的党员代表以及各经营户、广告制作商都在玫瑰园忙碌着，修路的修路，安装的安装，打扫的打扫，大伙儿干得热火朝天。

5月18日上午，镇政府召开紧急会，公安局政委、镇党政领导及派出所所长参加。党新建和狗蛮走进会议室刚坐下，周书记就宣布开会，首先由公安局政委通报贾大发的案情，贾大发涉嫌诈骗和非法集资已被公安机关依法逮捕。

案情通报犹如一声惊雷，将会议室的各位都惊呆了。第三届玫瑰文化旅游节宣传广告已经铺天盖地，嘉宾请柬已经发出，景区里每天有上百人在忙碌，搭台子的、挂标语的、维修的、打扫的，还有提前来赏花儿、照相的，一派热闹景象。

在这关键时间，整个活动的核心人物却被逮捕了，这可怎么办呀？贾大发，你蹲监狱不说，把大伙儿可坑苦了。会议室的人们都愁眉苦脸。

周书记清了清嗓子，开始讲话。他要求大家正确认识，分清是非，争取将贾大发事件对玫瑰节文化旅游节的损失降到最低。镇党委研究决定，镇长张宗礼带领工作组进驻公司，帮助理顺关系，确保玫瑰文化旅游节正常运转。镇村两级干部全力以赴，集中人力、物力、财力，确保第三届玫瑰文化旅游节圆满成功。

5月20日上午，晴空万里，微风拂面，峪道沟开满了玫瑰花，加上随意生长的各色野花，整个峪道沟五颜六色，争奇斗艳。开幕式现场，彩旗飘扬，锣鼓喧天，十几道大型拱门儿摆起长龙，大型氢气球和彩带随风舞动，表演节目的演员早已到场，大型电子屏在搭起的戏台上滚动播放玫瑰文化旅游节视频。

领导、嘉宾来了不少，十里八乡的乡亲们过来看热闹，旅行社也拉来一车一车的游客。停车场本来也不小，还是放不下车，又在空地里紧急开辟了一个临时停车场。活动还没开始，小吃一条街、商业一条街、游乐场生意已经开张。小吃一条街有麻辣烫、烤牛肉、臭豆腐、炸鸡腿、串串烧、煮玉米、咸鸡蛋、凉皮、灌肠、切条、羊肉串等，不到开饭时间，稍显冷清，师傅们也闲着，有玩手机的，有聊天的，有整理卫生的。小商品一条街先火起来，天气也热起来，卖瓶装水、饮料、雪糕、冰激凌的生意最火，小孩子的玩具也卖得不少。游乐场那边更是热闹，已经排起了长队。

上午十点，开幕式如期举办。县委书记、县长、宣传部部长、公安局局长、教育局局长、农业局局长、农行行长、旅游局局长、电视台台长悉数到场，市委宣传部、文化局、农业局也派出了一名领导参加开幕式，在外的汾东县籍的老领导也回来了不少，如原省委常委、秘书长，原京华市副市长，原中南军区副司令，省委原副秘书长等。

县委韩书记首先致辞，他大声呼吁，希望古城镇和大南庄村，一定要借玫瑰文化旅游节的东风，狠抓特色优势产业，切实增加农民收入，为乡村振兴插上腾飞的翅膀。

开幕式之后是一场精彩的文艺演出，本县在外的好多各类名角回来助兴，他们都准备了拿手节目，县内高手也各展绝技。

看来贾大发事件没有搅了局，总算过了这个坎儿。送走了各级领导和嘉宾，党新建坐在椅子上打盹。大家都知道党书记这几天是怎么过来的，没日没夜连轴干，真是操碎了心，跑细了腿，磨破了嘴。

今年的玫瑰花开得特别好，漫山遍野，峪道沟成了花儿沟，花香扑鼻，沁人心脾，美不胜收，令人流连忘返。本县的、邻县的、市里的、省城的人们都闻风而至，旅行社的长短线客人也都被拉过来，每天游客都在两三万人。停车场挤爆了，小商小吃卖火了，工作人员、交警都忙坏了。

玫瑰文化旅游节异常火爆，各大新闻媒体给了神助攻，自媒体、微信、抖音更是铺天盖地，县领导、镇领导来了都是一片表扬声，党新建心里美滋滋的。

老支书在儿子的陪同下也来了，儿子怕他走路太累，找了辆电动小轮椅推着转了一圈。党新建一路给老人家讲解，老人脸上没有过多的欣喜，反而是紧皱眉头，他语气严肃地对党新建说："今年这么大的摊子，好是好，就是别出事儿，一定要多从坏处考虑。"

俗话说，家有一老，赛如一宝。老支书的一席话提醒了党新建。最近各地不断发生安全事故，不得不防！送走老人后，他就和林凡商量，组织镇村干部对景区的道路、桥梁、电线、游乐设施一一排查，发现隐患及时补救；党新建更是每天早上沿着旅游线路走一圈，村里的保卫、电工二十四小时待命。

百密难免一疏，一名女游客在拍照过程中不小心掉下沟了。好在沟不深，只有两米多点，摔下去的女游客浑身上下沾满泥土和花瓣，脚踝肿得像馒头，经村医初诊属轻微骨折，现场待命的120急救车急忙将其送往医院。亡羊补牢，未为晚矣，党新建马上通知广告公司再制作一批警示牌，插在危险地段。

玫瑰文化旅游节开幕式上的文艺节目一炮打响，旅游公司的大巴每天四十辆，自驾游也蜂拥而至，特别是县里各部门都借此搞了不少活动，歌咏比赛、旗袍走秀、广场舞、扇子舞、威风锣鼓、八音会、轻音乐、剪纸、绘画、摄影、书法、诗词朗诵、武术表演。徒步驴友群、登山群来了，峪道沟成了全县人民的好去处。一时间，"去峪道沟了吗？"成了汾东县街上人们打招呼的口头禅。

今年的玫瑰节办得确实不错，然而各种烦恼除非亲身经历不可能体会，把党新建是折腾得够呛，麻烦事一件接一件，顾了东头顾不了西头。接待领导无小事，大小领导需亲自讲解亲自陪同；安全生产无小事，哪怕一颗螺丝松了，吸了一根香烟，断了一根电线都可能酿成大祸，不得不防；人多车多，山陡路窄，稍不留意就是事故，不得不小心。卖冷饮的，卖小吃的，卖纪念品的和游客的纠纷更是家常便饭，应接不暇。

过了十几天，各项工作也日趋正规，游客和活动也逐渐回归平常心。党新建紧绷的心才掉进肚子，他太累了，躺在床上美美睡了十个小时，睡了个昏天黑地。

第十六章

旅游节期间，老天爷特别垂青照顾，万里晴空，惠风和畅。有两次下小雨，都是在晚上，雨后，玫瑰花瓣上面晶莹剔透的小水珠犹如美人脸上幸福的泪珠，楚楚动人，让人不由得格外怜爱。

失之东隅，得之桑榆。今年的玫瑰节一波三折，特别是贾大发事件，打了个措手不及。人算不如天算，谁也没想到，不仅没受负面影响，反而是意想不到的火爆。

玫瑰文化旅游节，让当地老百姓赚了个盆满钵 如峪道沟村的吕先花，只是个普通的家庭妇女，平时就在家操持家 来没有经商挣过钱。今年玫瑰节期间，经不住闺女的鼓动，在家 了个卖瓶装水的小摊子，她和闺女轮流招呼。她家门口位置绝佳 出奇的好，每天营业额都在好几千，旅游节期间，娘俩纯挣了上万

卖小吃的、照相的、游乐场的生意都好极了，少说 几千元。四五十位在旅游节前后打杂工的村民，工资也挣了千儿 村集体也创收了一把。光停车费就收了十五万元，场地租赁费也在 元以上，企业赞助五万元。

玫瑰花是爱情的象征，县妇联、团县委组织了几次大龄 侨会，好几对男女青年喜结良缘，玫瑰节被当地戏称为情人节，漫 的玫瑰成了情侣摆拍的最佳背景，小伙子们也不再为买 99 朵玫 999 朵玫瑰而犯难，在玫瑰的花海里，连空气都饱含着爱情的基因

汾东县一位退休多年的宇文建雄老师文书俱佳，自撰自 寸

联，被贴在景区大门柱子上，上联是“三届旅游节如火如荼撬动当地经济发展”，下联是“千亩玫瑰花似醉似痴见证无数爱情憧憬”，横批“玫瑰胜境”。

县委宣传部副部长高文轩是文艺爱好者，也是林凡的亲娘舅，对今年峪道沟的活动也是加倍支持。他亲自组织全县文艺发烧友为玫瑰节助兴，策划举办了威风锣鼓大奖赛、广场舞表演、旗袍走秀、百人剪纸颂党恩、百名画家采风团、书法百联作品展等活动。县体育中心组织了千人徒步、百车骑行活动。县文化局送来了晋剧表演和当地秧歌折子戏。

博大集团马总参观后，非常高兴，爽快地说：“小党啊，干得好！没想到你还真有两下子。这样吧，我赞助五万元，在这里举办一场高档次的轻音乐晚会，给玫瑰节再添把火，怎么样？”

“太好了，马叔叔，我该怎么感谢您呢？”党新建高兴得差点跳起来。

轻音乐晚会请来了全省当红歌星和几位网红阿哥、网红姐姐，轰动全县。演出当天，峪道沟的夜晚灯火通明，人声鼎沸，全县的年轻人几乎都来了，卖东西的小摊小贩也蜂拥而至，将玫瑰园挤了个水泄不通。现场的公安干警和执勤交警紧急疏通道路。人手不够，县公安局又调来五十名干警维持秩序。镇政府临时组织四十名干部紧急增援，镇领导带队把住各个进口。到最后，音乐会还没开始，活动现场已人满为患，不得不启动应急预案，周书记不得不下死命令，现场观众只许出，不许进，停车场的车辆在演出结束一小时内不准挪动，小摊小贩的各种车辆，在人员疏散之后方可挪动。

正是采取了这些措施，才保住了整个晚会的安全。后来听说进口封堵后，还来了好多想看红火的群众。若不是及时采取了措施，后果不堪设想。

玫瑰文化旅游节成功举办，引起了新闻媒体的关注。当地电视台制作的专题节目引起省电视台一位领导的重视，专门派人下来采访。他们一行三人，一位司机兼摄像，一位文字记者，一位美女主持人。主持人就是省电视台的台柱子、著名女主持章小婷。章小婷多次主持省委省政府组织的大型活动，采访过名人无数，有很大的影响力。

他们开着电视台采访车一进大南庄村委大门，看门大爷贾老师就将他们引进村委会议室,听说要采访党新建党书记,老头一口回绝,说:“党书记这一段时间没明没夜地工作，为了这届玫瑰节，多半个月没有睡过一个整觉。玫瑰节一结束，他就躺下睡着了。我求求你们，让他好好休息一下吧，不要打扰他了。”

女主持章小婷一听马上来了兴致，心想这不是最好的新闻素材吗?费了半天口舌才和这位倔强的老头说清楚，蹑手蹑脚跑到党新建睡觉的屋子里，用摄像机取了真实的生活镜头。省台一行人为了不打扰党新建休息，取了几个镜头后就去了玫瑰园拍摄和采访，林凡副书记代表镇党委政府接受了采访，他们也随机采访了不少群众，大家都异口同声地夸奖省委下派的好支书——党新建同志。

章小婷一行折回村委会时，党新建已经睡醒了，正在办公室起草请示。按照他的思路，准备请县文旅局支持，将峪道沟玫瑰园申报为3A旅游景区；申请金融部门贷款两千万元，提高玫瑰种植的覆盖面和品种质量的提档升级；在现在暂不具备生产能力的情况下，主动与大型企业对接，建立玫瑰采集、收购、生产加工、批零销售的产业化体系。

党新建专心致志地写报告，摄像师悄然走进办公室，取了一个鲜活的工作镜头。随后，章小婷对他进行了一次专访。党新建就坐在办公桌旁的普通木椅子上，脸上有点倦意，还略显腼腆，但仍然掩不住一脸的儒雅气质。章小婷坐在他对面，就像一位知性大姐，俩人的对话开始了，章小婷的提问非常犀利，也很到位，都切在点子上。党新建则是娓娓道来，如数家珍，还有点幽默。除了介绍峪道沟的玫瑰节，还推荐了大南庄的苹果和闫家堡的古村落。

采访结束，章小婷对党新建说：“党书记，你干得太漂亮了，受益匪浅。”

党新建一脸真诚地说：“谢谢，我个人的作用实在是微不足道，不要宣传我个人。小婷姐，今后要多下来，大力宣传大南庄，为我们的发展鼓劲造势。”

章小婷嫣然一笑，点点头，答应道：“好的，我会跟踪报道，祝你成功！”

省电视台“最美睡姿的村支书”专题节目播放后，各大新闻媒体、新媒体、自媒体都给予了极大关注，并且上了头条和热搜。党新建每天接听不完的电话，一拨又一拨的采访，QQ、微信、抖音更是无法一一回复，只能隔一天回复一次。

党新建成了“网红书记”，给大南庄三个村很快就带来了现实利益。县委书记、县长都在他写的报告上做了批示，要求各部门主动服务，将大南庄建成一个党建红五星村、文化先进村、旅游示范村、产业振兴村，最终目标是全省乡村振兴示范区。财政、文化、农业、旅游等部门的主要领导都主动到村里调研，解决问题。

组织部贾部长在现场办公会上，决定动用壮大集体经济实力的项目资金，建设一座集两委办公、游客接待、餐饮住宿的综合大楼。部长的想法很好，就是还有二百万元的资金缺口，财政、发改两位局长异口同声表态：“没问题，我们积极向上争取资金，保证该项目实施。”

党新建向贾部长表态：“部长，这座楼建成后，村里再想办法筹一点资金，建全县一流的党群活动中心。”

宣传部李部长是一位女同志，谈吐温文尔雅，她亲自带领文化、旅游、文物、融媒体等部门负责人来到大南庄，对党新建说：“小党书记，你能耐不小啊，全县领导围着你转。”

“李部长，实在不敢当。”党新建有点不好意思。

李部长看到党新建的窘相，笑着说："你说吧，有什么要求？我们能帮你做点啥？"

党新建也不好意思提要求，只是向部长表态："李部长，您能亲自下来，就是对我们的大力支持。"

李部长满意地对各单位负责人说："你们看看人家党书记，又会做事，又会做人。我们有什么理由不去支持这样的好典型呢？具体怎么办，你们各家说吧。"

部长已经把话说到这个分上了，各单位还能不积极吗？文旅局首先表态，保证今年帮助大南庄成功申报3A景区。融媒体中心计划搞一个整体宣传方案，对大南庄、对党新建大力宣传。文联可以整合各种资源出版几种画册，动员各类群众协会组织举办活动，宣传像党新建这样的先进典型。

有不少企业主动联系、洽谈玫瑰深加工合作事宜，马总也让王总加快项目进度，特别是省农业农村厅办公室小艾给党新建打来电话了解情况，要他写一份工作汇报材料，尽快回厅里向李书记、张厅长汇报下派以来的工作情况。

党新建不敢怠慢，用两天时间写好汇报材料，又征求了林凡的意见，她做了一些修改。党新建顺便在镇政府打印了十份，分送给县委组织部、周书记、镇长各一份，其余的带回厅里，给干部处长、综合计划处长各送了一份，在汇报工作时，给李书记、张厅长和办公室主任面前各放了一份。领导们听了汇报很高兴，对他的工作很满意。勉励他在成绩面前一定要戒骄戒躁，尊重基层领导，多倾听群众呼声，将工作做得更扎实。

党新建将领导的话都记在本子上，他诚恳地表示，感谢领导的关心，一定按领导的指示做好工作，不给省农业农村厅丢脸。等领导们走出会议室，他才最后一位离开，还不忘和清理会议室的公务员打了声招呼。

过了一礼拜，省农业农村厅党组委派人事处处长带队，来汾东县考察党新建，拟提拔正处级调研员。党新建提拔为副处长还不到一年，这次提拔属于破格提拔。根据《干部选拔条例》的规定，破格提拔需要省委组织部批准。党新建哪里知道，李航远书记为此事专门到省委组织部干部处长跑了好多趟，省委组织部才正式批复。

县委韩书记对这件事高度重视，亲自给考察组汇报党新建来汾东县任职以来的工作业绩，县委组织部、县农业农村局、古城镇党委都向考察组汇报了党新建的工作情况。借此机会，考察组受厅党组的委托，走访慰问了大南庄的老党员、老干部、贫困户、低保户。考察组在老支书吕世昌家慰问时，戴月香闻讯赶来，一进门就找主事儿的。人事处处长开口道："有啥事就说吧！"戴月香拿出了一份打印好的感谢信，感谢省农业农村厅派来农民的贴心人、党的好干部党新建。戴月香息诉罢访的事迹，考察组听取了好多人汇报，觉得挺感动的，他们见了戴月香本人，觉得更是不可思议。考察组对党新建给予高度评价，回去后向厅党组提交考察报告，认为党新建完全符合破格提拔的条件。同时，还形成了一份调研报告在《省委组织部工作动态》上刊发。

党新建凭借峪道沟玫瑰文化旅游节一夜成名，成为"网红书记"。厅党组的任职文件很快就下来了。他清楚地知道，自己只做了一点工作，需要做的事太多了。他想趁各级领导的热情未减之际，抓紧落实几个项目。可是凭他一个人，就算有孙猴子的本事也办不了。于是，他请林凡副书记出面召集三个村的全体两委干部开会，对当前工作进行了专题研究，特别是几个大的项目责任到人，分头落实。

党新建和王小栓将主要精力放在果品深加工项目上，两人跑了好几趟县自然资源局，通过卫星定位才搞清楚土地面积和性质。村委旧学校和打麦场加起来面积就差不多了，最多需要拆两户村民院子，这两个院子是王小栓和他弟家的，应该问题不大。难就难在墩子身上，因为历任干部将旧学校和打麦场陆续包给了他。

就在两人苦思冥想的时候，镇党委周书记打来电话，让党新建马上回镇政府。周书记语气严肃，他心里咯噔一下，想又出啥事哩。党新建马上开车赶到镇政府会议室，找了个位置坐下。县纪检委严副书记坐在主席台中间位置，出席会议的还有公、检、法三长，周书记在严副书记一边坐着。严副书记通报了贾大发案件进展情况。

不料，今天的案件犹如万花筒。原来贾大发案本来只是普通的民间借贷案件，属于民事诉讼范围，他的合伙人崔某某通过给县刑警队队长送十万元现金，让刑警队队长以诈骗罪和非法集资罪将贾大发逮捕入狱。

贾大发的老婆实在咽不下这口气，将举报信送到省纪检委。接到省纪检委批件，县委组织有关人员组成调查组，将案件来龙去脉查了个水落石出，贾大发无罪释放。

严副书记说："县委要求公检法部门一定要从贾大发案件中吸取教训，做好案件的善后工作。古城镇党委政府也要配合公安部门做好受害人的抚慰工作，帮助企业理顺关系，保护受害人的合法利益。"

县纪委监委对接受贿赂而徇私枉法的刑警队长进行审查。这名胆大妄为的刑警队长一进去就怂了，主动向组织交代了贪污受贿、行贿买官、与黑恶势力勾结垄断全县土方市场的犯罪行为，涉案金额达上千万元。

这起案件引起了省市领导和巡视组的重视，作为公安机关刀刃向内、刮骨疗毒的典型案例，制作了专题警示片，让全省公安干警组织收看。

党新建本来很低调，阴差阳错地成为"网红书记"，他也尝到"网红书记"给工作带来了极大的便利，就索性利用"网红书记"这个品牌在微信、抖音都注册了工作室，不停地发声，宣传大南庄的苹果、闫家堡的古村落、峪道沟的玫瑰园，点击量超过一百万，观光旅游的人多了，投资合作的企业来了，各部门的关心支持多了，众人拾柴火焰高，星星之火可以燎原。

第十七章

党新建成为“网红书记”后，向他求助的人越来越多，有打电话的，有发微信的，还有直接登门的。来访人员以上访和打官司的居多，大多是希望“网红书记”帮忙递材料、打招呼的。

一天上午，他正在村委会考虑解决企业占地问题的方案，进来两位自称法院的工作人员，一男一女，男的是中年人，女的是年轻人。党新建自打当村支书以来，还没有见过法院的同志来村委会，真是稀罕，赶忙招待。中年男人自我介绍，说他姓温，古城镇法庭庭长。另一位女同志姓亢，法庭的书记员，年轻漂亮，气质不错。

温庭长年近五旬，五短身材，大脑袋，有些谢顶，大嗓门，说话也是直来直去：“党书记，今天我们是无事不登三宝殿，闫家堡杜志成的离婚案已经拖了四年多了，实在不能再拖了，想请你这位‘网红书记’给予支持配合。”

党新建一头雾水，不要说杜志成的案子，他连这个人也没听说过，试探性地说：“温庭长，这个案子我是一点也不清楚。”

温庭长说：“全县上下都知道你这个‘网红书记’有本事，我们也是慕名而来。虽然你不了解案情，但你肯定比我们有办法，这个忙你可一定得帮啊。”

党新建觉得本村村民打官司，平时想管还没机会，今天庭长找上门来，岂有推脱的道理，便爽快地答应道：“好吧，我尽最大努力支持你们的工作！咱们去一趟闫家堡，向村干部及左邻右舍了解一下他的家庭情况，再具体商量。”

温庭长一听就乐了，爽朗地笑着说：“我就知道党书记不会不管。那就辛苦党书记！”温庭长边说边往外走，还热情地请党新建坐到法院的车上直奔闫家堡。

正巧闫家堡村支书奴小则在家，这是一位普通的基层干部，五十多岁，花白头发，显得面老，不善言辞，甚至有点木讷。听清来意后，面露怯色：“杜志成家的事不好管，以前法院的好几位法官也来过，拖了好几年办不了，村里也没办法。我叫几个人给你们说说吧！”

奴小则打了几个电话，就坐在那里一言不发。不一会儿，进来几个村里的乡亲们。头一位进来的是闫老师，中等身材，面色白净，一看就是位读书人，在周围村任教几十年，可谓桃李遍天下，平时在村里给办红白事的人家写对联、收礼记账，去年退休后有精力做一些公益工作，被村民推选为红白理事会主任。后来进来的两位婆姨，一位是杜志成的姐姐，一位是邻居大嫂。

大家你一言我一语，聊了大半天，党新建有了大概认知。杜志成今年四十三岁，他父母老来得子，上面有三个姐姐，自然是家里的掌上宝，受全家人的宠爱，真的是捧在手里怕碎了，含在嘴里怕化了。家里的活计，诸如担水、掏灰、喂猪、割草都是三个姐姐的事，家里有好吃的都留给他。志成一直到十几岁，吃饭都是他妈给搅和好放在面前，鞋带儿是妈妈给系，如妈妈忙则是姐姐们系。

志成也争气，一上学就显出较高的学习天赋，每学期考试都是全年级第一，第二名分数总要差上一大截。全家人为他感到骄傲和自豪。父母疼、老师爱、同学羡慕，万千宠爱在一身，从入学就担任班长，班里每次评选三好学生都不能少了他。

大家的抬举和迁就，使他养成自私、自负的性格，唯我独尊，以自己为中心，只要不顺他的意就不行，轻则哭闹，重则摔打，他想得到的东西必须拿到手。到了初中高中，他凭借出色的学习成绩，傲视一切。在同学们面前发誓，考大学非清华北大不上，同学们背地里给他起了个绰号“清北”。

为了实现自己的宏伟理想，杜志成断绝了一切课余活动，后来连课也不上了，因为他觉得有些老师水平低，不屑听课，怕耽误了他的时间。看到他如此状态，老师们也给予了关心指导，但他根本听不进去，老师们也只能摇头叹息。

杜志成在高考中发挥失常，考试成绩在班里排第八名，刚够一本分数线，更别说什么清华北大了。他不甘心，连续复读两次，跨不进清华北大门槛不说，还一次比一次考得差。在挫折面前，杜志成心理严重失衡，感到无颜面对社会，躺在家里闭门不出。

杜志成得了严重的抑郁症，刚开始是坐在家里不说不笑，后来发展为摔打东西，家里为他看病跑了不少医院，花了不少钱，病总算控制住了。学业是荒废了，可还得结婚成家，传宗接代呀。年迈的父母央求三个女儿每人掏出一万块钱，东挪西借给娶了个媳妇。他这样子，条件好的姑娘人家肯定看不上，托媒给介绍的是邻村一个有点瘸的姑娘，叫小芳。

撮合在一起的小夫妻刚开始也算恩爱，第二年便生了个姑娘。生孩子后，家里开始出现矛盾，媳妇奶水少，需要买奶粉，加上尿不湿、孩子衣服、玩具等，花销陡然增加。可杜志成则像以前一样不思谋出去挣钱，矛盾逐步升级。媳妇隔三岔五就跑回娘家，俩人的矛盾演变成两个家族的矛盾。杜志成的病情加重了，只要一吵架就大打出手，小芳身上常常是青一块紫一块。到后来实在过不下去就扔下孩子跑回娘家，杜志成也跟着跑到娘家闹。无奈，小芳干脆跑到省城打工去了，一去就是四年多。

四年时间里，许小芳向法院提出了三次离婚诉讼。前两次，法院直接判决不准离婚。最后一次起诉是在三年前，由于杜志成病情严重，只能将起诉书送到他的监护人手上。按照规定，杜志成父亲是法定监护人，当法院通知他领取起诉书时，他答复过十天去领。法官一打听，原来是杜志成爷爷刚去世，他父亲正披麻戴孝安葬老人。过了一个月也没人来取起诉书，经办法官只好又到村里跑一趟。结果更是意外，杜志成父亲已经去世并已草草下葬。接连沉重的打击，杜志成的病又加重了，他母亲也被他搅扰得不能安生，回汾南县娘家去了。

嫁在本村的姐姐将侄女接到自己家，请人将发疯的杜志成锁在家里，每天给送点食物和水。

这种状况，离婚诉讼只能拖下去。前些日子，杜志成姐姐找到法庭，说她弟弟身体好些了，她妈也回来了，可以处理这件事了。法庭立即将文书送达双方，在上一星期开了一次庭。

女方没有出庭，委托律师表示要坚决离婚。杜志成没有请律师，他也同意离婚，条件是女方必须承担孩子的抚养费。女方律师称女方也是残疾人，在外打工只能维持生存，拿不出钱来付抚养费。

面对他家的情况，法官也是很为难。本来案情并不复杂，直接下判决书就可以了，但是，如果简单行事，孩子怎么办？杜志成一时想不开有什么过激举动，又该如何。早两天的一幕更是令温庭长后背发凉。

杜志成跑到小芳娘家闹事，碰巧她在地里干活，两人一见面就吵闹起来，小芳就给温法官打电话。这件事本不归法院管，但是为了防止事态恶化，温庭长一方面让她拨打110报警，一面叫上书记员小亢往小芳娘家赶。等到他们赶去时，派出所的同志已经处理完离开了。

本来，公安的同志们已经协调好。村里的治安主任说话口气硬了些，激起了杜志成的牛脾气。只见他跑到大门道，随手拿起一把修剪果木树的刀锯就捅向治安主任。温法官一下车就看到这一幕，猛跑过去，上前一把握住杜志成的手腕，另一只手将刀锯抢了过来。小亢书记员也很机智，将刀锯藏到安全地方。就在温法官和杜志成僵持之时，小亢突然脸色苍白，口吐白沫，差点倒在地上。村民一看情况严重，马上拨打120，县急诊中心大夫经验丰富，很快判断出是农药中毒。

原来是小芳家门道房堆放着农药粉末，刚才他们扭打在一起，农药袋子破裂，粉末洒散在空气中。小亢对此特别过敏，其他人都没事，只有她受不了。幸亏送医及时，在医生的调理下，第二天小亢就痊愈出院了。

有了这个插曲，温庭长越发感到案件背后的复杂性，所以他就屈驾求助村干部。特别是他了解到“网红书记”党新建的事迹，更是寄希望于党书记能给他搭把手，将该案件妥善解决。

党新建对整个案情有了基本了解后，对温庭长说：“杜志成这儿的工作我再深入了解一下，女方的工作你再努力沟通，至于他家的特殊困难情况，村委会再统筹考虑。”

“好吧，谢谢党书记对法院工作的大力支持！”

送走温庭长，党新建、老闫和志成姐姐商量该如何解决，看看她家有什么诉求。她姐姐说：“离婚已经是板上钉钉，况且留住人也留不住心，让人家走吧。主要是家庭困难，孩子抚养费的问题达不成一致。”

他家困难也是明摆着的，杜志成没有劳动能力，母亲也年龄大了，孩子尚在上小学。本来应该全家享受低保，为了提高低保覆盖面，村委会有个土政策，一户只能有一人享受低保。多少年，孩子一直在她姑姑家生活也不是个办法。女方是残疾人，在外打工也是勉强维持生活，拿不出孩子的抚养费也是情有可原。

好几天，党新建心里很纠结，在和林凡聊天时提到此事，请她给出了个主意。林凡先出个锦囊妙计，俩人一合计还真行。党新建拟了个爱心助学倡议书，在网上发了出去。一天之内，近百人响应。党新建组建了爱心助学群，群友截至九十六名，能出不能进，每个人在每月十五日往群里发红包，一千元为止。杜志成也被拉入爱心助学群，由他直接接受红包。

杜志成一家对党新建的这个办法非常满意，表示愿意接受法庭调解。温庭长在法庭主持了调解，男方由于党新建提前做了功课，表现得很大度，女方也很感动，主动提出拿两万元弥补这几年大姑子抚养孩子的费用。当庭双方签字按手印，领到了人民法院的民事调解书。

一件可能激化矛盾的离婚案，经过墩苗支书党新建同志的神操作，办成了人民法院的经典调解案件。总结温庭长做法的文章在《人民法院报》头版刊登，引起了各级领导的注视，县法院赵院长带领班子成员来到大南庄村委，给党新建送来锦旗——“法律无情，人间有爱”。

爱心助学群内也非常踊跃，每月红包总金额均在五千元以上，杜志成总是按先后顺序领红包，领够一千元为止。发得稍晚一点就轮不上，只能等待下个月。

第十八章

转眼间，夏天来了，气温一天天升高，庄稼长势喜人，玉米已经半人高了，小麦出穗了，苹果也有鹌鹑蛋大小。

夏天像热情奔放的少女，既有烈日当空的炙热，又有早上露珠的清凉；既有肆意宣泄的奔放，也有万籁俱寂的幽静。

党新建在大南庄的工作也算顺风顺水，得到上上下下、左左右右的肯定。恰同学少年，风华正茂，挥斥方遒，眼神和举止都充满自信和坚毅。

党新建抽空回了一趟省城，给爷爷带了点当地特产——石头饼。石头饼酥而不腻，易于消化，特别适合老年人的胃口。每天早晚，将石头饼掰成小碎片泡在小米粥里，非常好吃。

爷爷看到孙儿的成长，欣喜万分，将他珍藏多年的《农时节令常识》和《全省名优特产》两本小册子送给党新建，并在扉页上郑重地写下“赠新建孙儿，爷爷”几个钢笔字。

党新建如获至宝，将两本书认真学习了两遍，在书上做了标注，重要的部分几乎能背下来。

妈妈陪他到商场买了两身夏季的衣服，一家人吃了几顿饭，妈妈变着花样做他喜欢吃的，祖孙三代四口人围着一张桌子吃饭，阖家团圆，其乐融融。

爸爸了解了一下他在村里的工作，语重心长地说：“我没有在村里工作过，但知道农村工作非常复杂。下派干部如果吃不准村情，往往是猪八戒照镜子，里外不是人。以后遇事不要着急，吃准再办，吃不准宁可不办，万万不可麻痹大意。”

妈妈看见党新建有点不耐烦的样子，打断爸爸的话：“别说工作上的事了，孩子好长时间没回来，唠一唠家里的正经事吧！”

党新建一听妈妈的话，就知道又要扯到他和梁芷昀的婚事上，赶紧插话道：“家里有啥事就吩咐我，至于我和芷昀的事，就不用你们操心了。”

他妈妈还是抢着说了句：“行，我们可以不管！最近有几个同事给你介绍对象，相貌、人品、家庭，各方面条件都不错，一位是副省长的姑娘，另一个姑娘的爸爸是全国著名的院士。给你一年时间，我们的忍耐是有限度的！”

党新建应付了一句，找了个理由回他卧室看书去了。

第二天，他到省厅走了一遭。邵处长见到他很高兴，给他沏了一杯龙井茶。他端起玻璃水杯，看着碧绿的茶叶，一片一片舒展开，发出沁人心脾的茶香，轻轻嘬了一口，好舒服。这还是他在处长面前从未享受过的待遇，连忙称谢。

邵处长告诉他，厅领导对他的工作很满意，并且还告诉他，大南庄优质苹果基地项目进展顺利，如果不出意外，年底可以完成审批，明年即可组织实施。

党新建这次回来主要就是探听这个项目消息的，县里好几位领导都向他问起过这个情况。

党新建听了处长的话，心里别提有多高兴了。出了处长办公室，他乐得哼着小调，眉开眼笑。

“党处长，有啥喜事？”和党新建在同一个处的刘副处长不期而遇。

党新建碰上了刘副处长，才想起索要好处费的那档子事。党新建也很矛盾。给吧，到哪里弄钱，况且心里觉得憋屈，吃回扣吃到自己人身上了。不给吧，又怕关系弄僵，项目黄了。想来想去，干脆挑明了，省得藏着掖着，两个人都不舒服。

党新建直接对刘副处长说：“老刘，上次你说的那个好处费，不好弄，你说咋办？”

刘副处长知道厅领导特别器重党新建，便说：“咱们一个处的，谁跟谁呀，我是和你开玩笑的！千万别放到心里去！”

党新建也就顺着说：“我跟你亲弟兄一般，大南庄这个项目可全靠你了。”

说话的工夫，果品公司的王总打来电话。党新建一拍大腿，差点忘了大事，说了一句“不好意思”，就和刘副处长告辞，开上车往大南庄赶。

半个月前，王总来到古城镇，介绍了果品深加工项目的进展情况，周书记、林凡、党新建和王小栓都在场。王总介绍，通过可行性研究和市场调查，博大集团高层已经通过了项目的预评，一期工程拟投资三千万，占地三十亩，新建车间、库房、化验室、办公室，主要生产干脆果片，现在国际国内市场供不应求，投资、管理、销售均不是问题，现在只是需要村委提供三十亩建设用地，租赁入股均可。

党新建和王小栓立即召开村两委会。会上，大家对引进苹果深加工这个项目非常认可，至于土地入股还是租赁，意见不尽一致，经过党新建解释，勉强通过了入股的决定。处理占用土地问题的工作，确定由王小栓负责。党新建忙其他事，没有太操心土地协调的事，又回了一趟省城。

王总给他打电话告诉党新建，苹果深加工项目的土地问题还没有任何进展。

党新建着急了，他马上通知全体党员和村民代表晚上六点开会，专题研究果品深加工项目。

全村都关心果品深加工项目，因为这关系到果农的利益。六点钟，党员和村民代表已经来了不少。党新建原本以为今天的会议会开得很顺利，却根本不是那么回事，他将果品深加工项目的筹划模式、目的意义以及各级领导的指示给大家做了传达，请大家发言。

妇女主任翠英头一个发言，提出了不同意见：“咱们大南庄从互助组到合作社，从人民公社到市场经济，村集体办过养殖场、醋厂、酒厂、罐头厂、铁木家具厂，哪一个不是红火几年就不行了，有的还欠下一屁股债。我主张土地只租不卖，也不入股，企业办起来给苹果增加一条销路，大家都可以受益，至于集体则是要做稳赚不赔的生意，千万不能为了发财挣大钱而给集体闹个大窟窿。”

翠英的话立即引起大家的共鸣，人们七嘴八舌，参会人员大都同意她的提议。党新建一下子蒙了。本来以为开会一动员，党员和村民代表就会像平常一样支持他的想法，不料今天一开场就将了他一军。党新建开始在心里自我检讨，千不该万不该，不该自以为是，自己在成绩面前还是有了些骄傲自满。

王小栓的一席话更是将他的热情降到冰点：“我和我兄弟的院子，需要拆迁，大家给评估一下，到底值多少钱。我干了多少年的村干部，没有功劳也有苦劳，碰上这个机会，咱不多要也就算了，但也不能少要，大家说说。”

“不行！我们是抬头不见低头见，还能胳膊肘往外拐？”王小栓小舅子大声喊道。

墩子更是乘机捣乱，他公开叫嚣：“党书记，博大集团开办厂子是好事，我绝对支持，但是也不能因为这是你引进的企业，就损失了我们的利益。今天告诉你，我也不是好惹的！”

会议开成一锅粥，党新建没其他好办法，只好草草收场。

党新建动用爸爸和马总的个人关系，好不容易引进博大集团来投资办厂。可他万万没想到，只要涉及个人利益，村民会寸步不让。村两委班子也是一人一把号，各吹各的调，每个人心里都打着各自的小算盘。

典型的农民意识，典型的书生意气。

党新建苦恼、彷徨、疑虑，到底该怎么办？

他回到宿舍，囫囵衣裳躺到床上，眼睛望着屋顶，静静地发呆，脑子一片空白。

党新建觉得无聊，跟一帮小兄弟喝酒。何以解忧唯有杜康，他喝了酒后，不仅没有得到解脱，反而感到浑身无力，不思饮食。起初，他不以为然，后来出现低烧，偶尔还呕吐。

林凡来到大南庄，看出他不对劲，一问才知道已经拖了好几天了。

“党新建，你怎么能这样？”林凡看到党新建这个样子，心疼不已，焦急万分，将他送到汾东县人民医院。

医院内科主任是位名医，诊断后说：“没有大毛病，身体太过劳累引起肠胃功能紊乱，需要一段时间的调理和静养。”

林凡听了医生的话，悬着的心才算掉到肚子里。

党新建这次住院，时间宽裕了很多，林凡每天过来陪他，变着花样给他带好吃的。同病室的大爷有点卖弄地夸林凡：“小伙子，我会看麻衣相。你这位对象要才有才，要貌有貌，还有福气，特别旺夫。你找这个姑娘算是祖上积德了。”林凡听后，羞得脸红。党新建连忙解释。这位大爷非常固执，根本不听解释，他说：“年轻人不要害臊，我还没有看走眼过。如若不信，再过两年试试，你们不给我吃喜糖才怪呢！”

党新建也能感到林凡对他的感情，但他只能压抑在心底。他和梁芷昀的感情已经密不可分。早上，梁芷昀在和他视频聊天时还高兴地说，最近有个好消息。他急着追问，梁芷昀调皮地说：“不告诉你！就不告诉你！”然后接连好几天联系不上梁芷昀。党新建急得四处联系，也没个准信。

党新建给梁芷昀父母打电话，一直无人接听，心里有点发慌。怎么啦？是不是有啥事瞒着他。他驱车跑到她家楼下，门窗紧闭，猛按门铃，没有应答。

这可怎么办，他急得直跳，可又没有办法。开车回到医院，忽然想起梁芷昀哥哥来，这是目前唯一的线索。党新建和梁芷昀的哥哥平时不常联系，通过好几个人才要到梁芷昀哥哥的手机号。

手机打通了，对方问道："你是谁？"

党新建急忙回答："我是党新建！芷昀哥哥吧？好几天联系不上芷昀，没事吧？"

好半天才传来梁芷昀哥哥带着哭腔的声音："芷昀出事了！"

党新建吓得一下子呆在那里，赶紧追问："怎么啦？怎么啦？"

手机那头只有梁芷昀哥哥的哭声，过了许久，才说："芷昀出车祸了。"

太突然了，犹如晴天霹雳，风在怒吼，地在颤抖，心在滴血，眼在流泪。

党新建本来体质还很虚弱，根本承受不了如此打击，全身抽搐，神情恍然，突然晕倒在地，面色苍白，手脚乱动。

同一病房的病友急忙按了电铃，医生护士快步跑过来将党新建扶到床上，紧急抢救，人慢慢苏醒过来了。只见他低声抽泣，泪水从眼角流到枕头上，不一会儿，枕巾湿了一大片。

林凡每天过来陪他，周书记得到消息，马上赶到医院，和医生了解病情，对他百般安慰，安排镇村干部轮流陪侍住院的党新建。晓强、戴月香每天过来陪着，马总、王总也不时来看望党新建。

党新建本来身体虚弱，梁芷昀的意外，对他来说是雪上加霜，屋漏偏遇连夜雨。

党新建妈妈知道了儿子的情况，心急如焚，带上省医院的大夫，一大早就赶过来。她看见党新建脸色苍白，两眼深凹，颧骨突出，抱住儿子就哭成泪人儿。

省里来的大夫给党新建做了诊断后，告诉党新建妈妈："你儿子身体素质特别好，只是思虑过重，精神压抑，脾胃有点不和，并无大碍，再观察几天吧。"

当天下午，党新建就跟随妈妈转回省人民医院治疗。林凡、王总、晓强一直送到医院，安顿好才返回。

过了几天，身体恢复得差不多了，党新建就想去美国探望梁芷昀。

他爸妈知道瞒不住了，才向党新建告知了实情。

原来十天前，梁芷昀在美国发生车祸，已经去世。她家人都去了美国，事情处理得差不多，近期回国。

两天后，梁芷昀的骨灰盒在亲人的陪护下，回到了生她养她的祖国。

载着梁芷昀骨灰的飞机降落时，机场一带飘来一大片乌云，遮天蔽日，电闪雷鸣，下起了雨。雨越下越大，梁芷昀爸爸妈妈一脸悲伤，痛不欲生，相互搀扶着走出来，梁芷昀哥哥双手捧着骨灰盒紧随其后走出机场。党新建挣脱家人的搀扶，跑过去，跪在地上，双手接过骨灰盒，号啕大哭，泪水雨水流在一起，哭声雷声混为一片。

哭够了，流够了，雨停了，天晴了。

党新建爸爸妈妈对梁芷昀爸爸妈妈百般安慰，两家人共同将梁芷昀的骨灰安放在殡仪馆，敬献了花圈，进行了祭奠。

才貌俱佳的梁芷昀就这样离开人世，她的生命永远定格在三十岁。

党新建将自己关在书房里一天一夜，写了几千遍的"祭芷昀"。发乎心，动乎情，惊天地，泣鬼神，如若上天有灵，则梁芷昀可告慰也。

周书记、张镇长代表古城镇党委政府来看望他，转达了同志们对他的关心和爱护。大南庄三个自然村的村干部也过来看望党书记，大家异口同声地说："党书记赶快养好病，大南庄的工作离不开你啊。"

淳朴的乡风，真诚的问候，亲切的关心，深深打动了党新建，他决心振作起来，好好干下去。

身体尚未完全康复，党新建就回到了工作岗位上。周书记告诉他：“果品深加工项目是大南庄最大的事，也是县委政府确定的重点项目。你刚出院，也不要着急上手其他工作，到东南沿海城市转转，了解一下市场行情，多考察几家相关企业。”

党新建心里自然明白周书记的一番苦心，一来是让他出去见世面扩眼界，二来是顺便宽宽心养养身。他也一直有出去考察一下的想法，对周书记的安排一口答应，第二天就出发了。

一路上，周书记都给他安排得妥妥帖帖，车票机票宾馆都提前预订，参观点也有人接送，专人陪同，在间隙还安排了一两天的休息时间。商场琳琅满目的商品和企业先进的生产设备让他开了眼界，大有收获，党新建将看到的都拍了照配上小短文，制成美篇发给周书记、马总、王总、林凡，还写了两首短文发到了朋友圈。

有一天下午没事，党新建给梁芷昀写了一封永远发不出去的长信，洋洋洒洒几千字。恩恩爱爱好多年，阴阳两隔。写完信，他泪流满面倒在床上，痛痛快快大哭一场。党新建想过了，看过了，写过了，哭过了，心中释然，一身轻松，收获满满，登上了返程的航班。

第十九章

党新建回到家里，镇党委周书记打来电话："新建啊，身体还好吧？"

党新建赶紧回答："谢谢周书记关心，我身体好多了！这次考察收获特别大，我已经回家了，正要给您汇报呢！"

"不急，前几天我已经让李副镇长带领工作组进村了，专门解决果品深加工项目的用地问题。"周书记语气平缓地说。

"李副镇长合适吗？林凡呢？"党新建知道李副镇长对林凡提为副书记有意见，前一阵子老在背后说风凉话，虽然态度转变了许多，他还是有点担心，所以急忙问道。

周书记爽朗地笑道："李副镇长的脾气，没有人比我更清楚，是头闲不住的犟驴。给他的担子越重，他越是干得欢。我和他谈话时，他给我立了军令状。"

党新建听了，心里释然，接话道："要是这样，那我就放心了！我恨不得马上赶回去协助李副镇长工作。"

"别，别，这两天由林凡陪工作组。你要是回来了，林凡就腾出手来准备全镇'庆七一'活动。"周书记一边劝说，一边就安排了工作。

党新建是个急性子，果品深加工项目是他一手引进的大项目，大家在热火朝天地干，他着急，在家里住了一晚，第二天就回到大南庄村。

李副镇长是当地人，接替他父亲的班，高中毕业就直接到镇政府当了水利专管员，年轻人工作热情，脑瓜活络，很快就得到大家的认可，先后担任过团委书记、副镇长，对全镇各村的村情了如指掌，哪里有困难，领导就派他到哪里。他就是全镇有名的消防队长和突击队长。哪个村完不成任务，领导就安排他去啃硬骨头。

周书记知人善任，让李副镇长来大南庄就是发挥他的优势。他来了果然不一样，走到谁家都是熟人，其他干部觉得棘手难办的事，到他这里就变得易如反掌，喝上一杯酒就 OK 了。

党新建每天陪李副镇长工作，走一路、看一路、学一路。他来村里半年多，做了几项工作，以为自己对农村工作了解得差不多了，看了李副镇长的工作方法，惊讶不已，不仅是道行深，而且是办法好，还有与生俱来的艺术性。说说笑笑，打打闹闹，事情就办了，酒也喝了，感情还更近了。自己和人家比，简直是剃头洗足心——整差一人深。

墩子不仅承包全村的机电水井，而且还是电管站的合同制电工，在村里，是人们惹不起还躲不开的角色。因为村委会付不起电费，经过好几任干部之手，将旧学校和打麦场都抵给了他。既没有经过两委会、代表会讨论，也没有办理正规手续，只是在一张便条上写上几行字盖个村委会的红印章。这次企业占地，墩子是坐地起价，一亩地要十万元，咬住不松口。

李副镇长带领工作组进村后，首先做通王小栓和王小栓弟弟的工作，签订了拆迁协议，半个月腾空。王小栓是党员，又是村委主任，本来不应该有问题。但在这次拆迁中，他心里却打起了小九九。他心想，马上就要从村委主任位置上退下来了，这是最后一次机会。

王小栓老婆每天吹枕边风，唠唠叨叨地说："你这个村委主任三天不多两天不少，可不能表现积极了，咱怎么也得多打闹几万块钱，为咱俩口子养老考虑考虑。"

王小栓也很为难，一边是李副镇长和党书记，一边是老婆的唠叨和自己的切身利益。理智告诉他，你是老党员老干部，理应积极响应党组织的号召；感情上还是屈从于老婆和利益的诱惑。

说来也怪，李副镇长不知有什么灵丹妙药，不仅做通了王小栓的思想工作，还让他做通了他弟弟的工作。

有王小栓兄弟俩顶在前面，让他俩对付党新建和博大公司，这是墩子打的如意算盘。他是观棋不语，坐山观虎斗，最后摘取胜利果实，保证稳赚不赔。

墩子做过多种猜想，恰恰没有想到李副镇长亲自出马，并且旗开得胜，轻而易举就攻下王小栓兄弟俩。

李副镇长分管电管站，他的工作作风，墩子亲身领教过。工作组刚进村，他就心里发怵。他小心翼翼、恭恭敬敬地将李副镇长请到家里吃饭，拿出珍藏的老白汾酒，杀了自家的老母鸡煲好汤，还到小卖部买了两盒村里最贵的香烟。

酒过三巡，他几次张嘴想提拆迁的事，都被李副镇长挡住："咱们可是有话在先，今天只喝酒，只谈兄弟感情，绝对不谈公事。"

王小栓带了好头，首先签了拆迁合同，他弟弟家也签了合同。村里传出来各种风言风语，墩子坐不住了。他又央求电管站站长将工作组请到镇电管所食堂吃了一顿，所长全程作陪，李副镇长照例只管吃饭喝酒，关于占用墩子土地的事只字不提。

李副镇长葫芦里卖的什么药？墩子托在县里上班的堂兄打探回消息，工作组已经将村委会给他写的条子提交到县经管局，以鉴定是否有效。经管局对此事也是高度重视，邀请县委政法委、公安、法院、司法、国土以及律师进行了论证，大家一致意见，该手续无法律效力。

墩子知道了这个消息，像热锅上的蚂蚁，昼夜难眠，寝食不安。他本来计划借这个机会狠狠敲个竹杠，发个小财。哪承想，偷鸡不成反蚀把米，多年不遇的发财机会眼看就要泡汤。

墩子也是有心计的人，心有不甘，又生一计。他用黑色塑料袋装了两条大中华，包了个两千元的红包，趁着礼拜天敲开了李副镇长家的门。

李副镇长从猫眼看见他夹着黑袋子，就知道他是来送礼的。没有让他进门，只是开了个门缝，告诉他，家里有客人，让他到镇政府办公室去等。他看见客厅里确实坐着好几位客人，也不好勉强，就到了镇政府。

他在办公室门口抽了一袋烟的工夫，李副镇长和林凡副书记就到了。三个人进了办公室，李副镇长直接告诉他："原任村干部违反有关三资管理的规定，私自将村集体资产低价抵给村民，涉嫌玩忽职守，属于严重违法违纪行为。镇党委已经立案调查，旧学校和打麦场的产权仍然属于村集体，不存在签合同一说，与你墩子毫无关系。"

墩子急得脸红脖子粗，大声喊道："那我给村委垫的电费就打水漂啦？"

"一码归一码，村委会欠你的电费，镇政府已经让电管站进行核算，欠你多少给你多少，并且按同期银行贷款利息给你结息。"李副镇长刚说完，镇电管站站长走了进来，劝道："墩哥，周书记这会儿刚跟我谈完话，对你的这件事儿，人家是有理有据，公平公正，我觉得就这么办吧！"

墩子自从进了办公室，就坐在李副镇长办公桌对面的沙发上，电管站站长跟他说话，他是一言未发，最后站起来就走。电管站站长叫住他说："你得有个态度。"他头也不回，闷声闷气说了一句："我和我老婆商量一下。"

李副镇长给周书记汇报了工作开展情况，重点汇报了墩子的情况。周书记问道："你的意见是啥？"

李副镇长直截了当地说："墩子已经不像原来狮子大开口了，心理防线已经松动，但仍然有些不服气。他家在村里势力非常大，人又霸气，老百姓私下称'南霸天'，多少年横行乡里，村干部都是迁就忍让，老百姓更是敢怒不敢言。这次借全国扫黑除恶的机会干脆强硬到底，他也就蔫了。"

“怎么个强硬法？”周书记追问。

“我了解他的个性，吃硬不吃软，如果我们一软，那就得把这个项目搅黄了，所以我建议镇党委责成镇纪委会同派出所，对他强占土地、垄断机井、殴打群众、以电谋私的事情展开外围调查，只要他不配合，发动家族势力干扰重点项目推进，就按村霸严厉打击。”

周书记接过话来说：“墩子要说村霸还是够得上的。不过，我们还是要先礼后兵。”

“好的，有啥新情况随时给您汇报！”李副镇长和林凡从书记办公室出来就联系党新建。他正好刚回到大南庄，三个人就在村委会碰头，确定了坚定不移、刚柔并济、分头行动、快速推进的总方略。三个人的具体分工是，林凡副书记负责协调纪检、公安的外围调查；李副镇长负责与墩子周旋，避免矛盾激化；党新建加紧与博大集团联系，签订协议，围挡动工。

林凡负责的工作秘密进行，无须细表。李副镇长抱着不入虎穴、焉得虎子的态度去了两次墩子家，墩子倒也不说啥，他老婆就是一见公家人就甩脸子，不说还好，一说就号啕大哭，口口声声称谁动他家的地就找谁拼命。

李副镇长可不是善茬，墩子当村电工，进镇里电管站，都是托李副镇长这层关系，等到哭闹够了，他老婆还得好酒好肉招待，等到他老婆高兴了，李副镇长才问她：“你家的地就是我动的，你和我咋拼命？”

就这样磨了几回，墩子眼见没辙了，就和李副镇长商量：“李镇长，要是算电费可咋整呢？”

“这好说，反正是电管站的人下来算，我打个招呼给你算得宽一些。”说罢，就给镇电管站站长打电话，明天就进村算账，两天内出结果，记着亏众不亏一。

“钱是怎么结算？什么时候给？”墩子有些不放心，接着问道。

“钱的问题不要考虑，算清就给你，一分不欠，行吧？”

“那就看您的哩！要是村委会，我是一百个一万个不放心。村委会十年没有给过电费，用地块顶账也是村主任和支书签的字，盖的大红印，现在却说不算了。”

“这一次咱们绝对说话算数，你放心吧！要是出了岔子，你找我李志胜，这还不行吗？”

“行，这次我就冲你老哥，二话不说。要是换成其他人，我就让他们哭也拿不准调子。”墩子咬牙切齿地说。

李副镇长严肃地说：“我给你说清楚，你的事给你解决了，改天开工时可不能出任何乱子。”

“哥，不用担心，在大南庄，我要不闹事儿，借他们几个胆子也不敢。”他自信地说道。

李副镇长暗自庆幸，不管怎么样，这块硬骨头总算攻下来了。稍有不慎，后果不堪设想，招商项目可能就此搁浅，古城镇党委政府如何向县委县政府交代！

过了三天，博大集团与大南庄村委会签约仪式在镇会议室隆重举行，县政府分管农业的副县长刘海亮、镇党委周书记、张镇长、博大集团马总出席，镇党委周书记发表了热情洋溢的讲话，王总代表公司签字并发言，党新建代表村委签字后，向大家深深鞠躬以表达感激之情。同时，大南庄村果品公司工地迎来工程队围挡施工。签约仪式结束，大家来到工地现场，只见几台挖掘机正在现场拆除房子，清除地面。在项目简介的展板面前围着不少村民。镇党委周书记上前询问他们对这个项目的意见，大家都是笑着说：“好事，绝对是大好事，多亏了人家党书记。”

党新建马上插嘴说：“周书记，果品公司能如期开工，李副镇长立了汗马功劳，如果是立功受奖的话，非他莫属！”

周书记高兴地说：“果品公司的建设是我镇近年来第一个大项目，

你们都是大功臣，将来老百姓受益后，心里面会记着你们的。俗话说，金奖银奖不如百姓夸奖，金杯银杯不如百姓口碑。”

这个项目，博大集团马总算是给了大面子，前期费用集团全部承担，约定每年给村委五万元租赁费，并且以一定比例逐年提高，还可接纳几十名本村村民进企业工作。

大南庄十字路口，人员是越聚越多，党新建站在一块大石头上，拿一个手持喇叭喊道：“博大集团的马总是我们大南庄的大功臣，让我们以最热烈的掌声表示感谢。”话音未落，掌声响起。晓强领着几位年轻人给马总披红戴花，党新建为博大集团赠送锦旗：“致力乡村振兴，情洒果乡百姓”。周书记和马总都被蒙在鼓里，事先没有这个安排，党新建算是给了大家一个惊喜。

原来昨天晚上，照例一群年轻人又聚在党新建那里聊天，王晓强给出了个主意，大伙儿一致赞成，今天便分头准备，订锦旗的订锦旗，甭说周书记和马总，连党新建也没多操心，一切都是自觉自愿，一切都是顺其自然，一切都是发自内心情感的真实流露。

大南庄群众的举动太感人啦，周书记在乡镇工作了近二十年，这样的场景还是第一次遇到。

马总，虽是走南闯北，历经沧桑，也被感动得两眼发红。他也是一位性情中人，抢过话筒，站到一辆农用拖车上，大声喊道：“感谢大南庄！感谢你们！果品公司是博大集团和大南庄合作的第一步，我真诚地希望我们有更多的合作。在第二次合作之前，博大集团为大南庄再提供五十个工作岗位。”在场的村民高兴得把手都拍红了，也停不下来。

转眼间到了中午，王小栓将周书记、马总叫到一边，恳切地说道：“已经有好几家村民为我们自发准备了午餐，是不是就在这里吃过饭再走？”

周书记眼光转向马总：“听马总的吧！”

马总爽快答应："柱哥和乡亲们这么热心，咱们不吃，怕寒了大家的心。"

周书记马上吩咐道："柱哥，那就准备吧，你辛苦点吧，尽量卫生一点。"

党新建和王小栓安排了五户人家，每家五个人，还特意安排几个年轻人挨门逐户检查卫生，不干净的马上清理。马总从后备厢里拿出烟、酒、油分成五份，让司机送到中午负责接待的五户人家，镇政府干部也每人交了十元伙食费。

当天在大南庄村民微信群里就发出了一首打油诗：

书记姓周又姓党，
踏实工作操劳忙，
放弃小家顾大家，
群众欢迎又鼓掌。
博大集团名头响，
马总投资大南庄，
老板热心又豪爽，
乡村振兴有希望。

第二十章

黄土高原的夏日，昼夜温差大，不管白天是多么烈日炎炎、酷热难耐，到了晚上，温度总会很快降下来，吹来阵阵凉风，让坐在门墩上、槐树周围纳凉的人们惬意舒服。

党新建站在窗户前，吹进来的风将他的头发吹乱，但他仍然站在那里,凝视着夜幕下的农村。乘凉聊天的人们都回家休息了。静谧的村庄，日出而作、日落而息的传统生活，随遇而安的质朴岁月。

党新建触景生情，不由得想起刚刚离他而去的梁芷昀。多少年远隔重洋，聚少离多。现在想来，海誓山盟，不如日夜厮守甚至吵架拌嘴实在；甜言蜜语，更顶不上早上的一杯热咖啡，晚上的一盆洗脚水。梁芷昀太难了，娇弱的女孩儿在异国他乡，怎能没有烦恼、忧伤、痛苦、无助。哪个女人不想有个依靠的肩膀？两个人为了各自的事业，长期忍受着分居两地的痛苦。斯人已离去，空留叹息声。

这段时间，党新建白天拼命工作，晚上挤时间看书，以此来排解内心的悲痛和对亲人的思念。他身体明显瘦了，颧骨突起，脸色黝黑，好像胡子也比以前重了。不过，经过这次磨炼，他变得更加成熟刚毅。

《像对待领导一样对待父亲》这本书，引起了他的深刻思考。文中主人公为进城给他送大白菜的父亲习惯性地倒了一杯茶水，递了烟，开了车门，用手挡了一下车门框。这些动作，对于领导司空见惯，熟视无睹，只能算是程序性、礼节性的动作，却让父亲激动不已。回了农村老家，逢人就夸儿子，将儿子给他倒茶、点烟、开门儿、用手挡住车门框护他上车的动作，一遍又一遍地演示给他见到的所有人。

群众路线是党的三大法宝之一，是中国共产党克敌制胜、从胜利走向胜利的秘密武器。党中央决定全党开展“不忘初心，牢记使命”学习教育活动，正是久旱遇甘露，活动正当时。

戴月香由多年的上访户、难缠户，转变为主动工作、为党分忧的积极分子，主要原因是党新建为她儿子牵线搭桥，找了一个与她儿子学识能力匹配的工作。真心帮他们一次，就能使她们全家对党新建感恩戴德，这和被儿子像接待领导一样接待了一次就念念不忘的父亲，何其相似。

党新建曾在日记中写下：“不忘初心，就能赢得党心民心；牢记使命，老百姓就会跟上你拼命卖命。淳朴善良的农民，你只要对他稍微好一点，他就会对你感恩戴德。今后我一定会像对待亲人一般对待村民，像办自己家里的事儿一样为他们办事，争取在工作中培养和农民朋友的深情厚谊。”

“七一”即将来临，大南庄党总支搞些什么活动，党新建心里还没有想清楚。但是，他想借“七一”活动，将大南庄村的党建工作抓一抓。他找到林凡副书记请教。

林凡办公室在二楼东面，到底是女同志，房间里虽然朴素简单，但布置得很有情调，有一股淡淡的清香。这两个年轻人志向一致，情趣相投，前段时间为了避免闲言杂语，故意走得远了点儿，今天相见还有了点儿生分，多了点客气，似乎少了点儿什么。

党新建将心中的疑惑，向林凡提出来。林凡结合大南庄的实际，耐心地讲出了自己的意见。她给党新建分析道：“大南庄村三个村合并为一个村，自然村改为三个组，虽然都有党支部，但班子不全，党员老龄化问题严重。特别是闫家堡党支部，连续十年未发展党员。峪道沟党支部没有一名五十岁以下的党员。大南庄发展党员存在厚朋亲友的问题。”

就说大南庄吧，这么大的村子，竟然选拔不出一名合适的支部书记。

林凡说：“大南庄党总支，今年可以不受指标限制确定入党积极分子，三村合并，班子不稳，人心不顺，‘七一’期间搞一些活动，加强融合沟通。资金允许的话，可以组织党员、村民代表到先进典型的地方参观学习。”

党新建是个急性子，说干就干，白天整理好三个组的党员和村民代表花名册，当天晚上就组织召开党总支支委会议，三个党支部支委成员全部参加，专题研究讨论“七一”活动。

党总支的第一项活动就是走访慰问七十岁以上的老党员。每人一份慰问品，一百元慰问金。两委班子成员分组进行，他们根据情况结伴而行或单独行动。村干部也都很忙，都是早晨或晚上抽空跑几家。党新建走访了几名有代表意义的老党员。在老支书吕世昌家，老人很高兴，聊了一上午，从“大跃进”的时候他担任青年突击队长讲起，如何入党，怎样当支书。党新建听到了许多见所未见、闻所未闻的故事，很新鲜，也很受启发。

老党员冯志祥家还是老支书带他去的，院子是新翻修的，黑漆大门，金色铜钉，厚重大气，进门对面是照壁，一溜正房瓷砖贴面，铝合金门窗。老人住在靠东两间，家里摆得还是几件以前的旧实木家具。老冯是抗美援朝老战士，腿不方便，很少出门，客人来了，很高兴，从柜子里拿出儿子孝敬的一盒中华烟，又泡了一壶铁观音。

老冯的老伴儿过世了，有一个儿子，儿子大学毕业后分配到西安工作，是一名工程师，全家都在西安。本来儿子想接老人去西安家里生活，老冯死活不肯，没办法，就将旧宅子全部翻盖装修，将水引进屋内，在卧室给配套了卫生间和厨房。尽管这样，老人也是饥一顿饱一顿。特别是年龄大了，一个人住，有个三长两短也没人照应。见到老人，党新建就像见了自己爷爷，让老人家给他讲讲抗美援朝的故事。

讲起和美国佬打仗，老人特别兴奋，他给党新建讲：“美国佬武器先进，还有飞机掩护，吃的穿的都比咱们好，咱们志愿军条件太艰苦了，就是咬住牙跟美国佬打，打得美国鬼子也够呛。”

讲到动情处，老人站起来比画。

老冯接着说，和他一块儿赴朝鲜作战的老乡牺牲了一大半。战争太残酷了。退伍的时候，老冯毫不犹豫地选择回乡务农。“三十亩地一头牛，老婆孩子热炕头”就是很多老兵的最高心愿。

老冯的情况一直挂在党新建心上，经县领导协调，由民政局将老人安排进全县条件最好的敬老院，为此老冯儿子专程从西安回来，握住党新建的手，激动地说：“党组织真的是老百姓的依靠啊！”

“七一”这一天，两辆大巴车满载大南庄三个村的党员和村民代表到平顺县西沟村参观学习。党员和村民代表第一次统一活动，有熟悉的也有不太熟悉的，刚开始还有些不适应，大家都比较拘谨。在导游的指挥下，唱晋剧，数来宝，猜谜语，车内充满欢声笑语，一下子拉近了距离。

西沟村是农业战线的一面旗帜，涌现出了两个全国劳动模范李顺达和申纪兰。申纪兰更是国宝级人物，全国唯一从一届到十三届的全国人大代表，共和国勋章获得者。改革开放以来，西沟村与时俱进，办工厂，开公司，创品牌，谋发展。艰苦奋斗是西沟永远的景观。

党员和村民代表一路看一路感叹，在穷山恶水的小山沟，创建出了文明富裕的新西沟，我们大南庄三个自然村，生产条件优越，多少年发展并不理想，原因何在？有人在反思。

党新建一行在西沟村会议室听取了西沟村党总支副书记的经验介绍。西沟的发展，给了大家启发。党员和村民代表都表示，说一千道一万，不如一心一意抓发展。

大南庄的党员、入党积极分子站在党旗前面，举起右手宣誓。

通过这次参观学习，大家找到了差距，看到了希望。返程途中，党员和村民代表热烈讨论党书记“同村未必同姓，同姓未必同宗，同心才能同向，同向才有发展”的理念。村委看门的贾老师激动地说：“我每天和党书记住在一个院子里，党书记情商智商都是杠杠的，像这样的人才能来咱们村，不知道咱们是哪辈子修来的福。”

老支书被大家热烈气氛感染得兴奋起来，他说：“党书记确实是个好后生，让他领上大伙儿干吧！”

一路上，车里歌声嘹亮。

第二十一章

夏天的太阳毒辣辣地晒了一天，空气变得更加干燥闷热，庄稼叶子都卷起来了，狗也热得伸长了舌头，有些男人们干脆脱了背心光膀子，女人们从地里回来就赶快换上凉快的裙子。

墩子和街坊邻居的男人们端上碗，借着路灯的光，围成一圈圪蹴着吃饭。吃完以后，顺手放在地上，点上一支烟，开始聊天。婆姨们将碗筷拿回去洗涮了之后，也搬个小凳子出来坐。

党新建也热得受不了，他出来，顺便到小卖部买了一包烟，和乡亲们一块儿在街边纳凉。

墩子眼睛特别贼，老早就看见党新建，远远地就打招呼："党书记，过来和乡亲们坐坐吧！"

墩子老婆还给党新建搬来了小凳子。

党新建客气地说："不需要，我也圪蹴一会儿。"墩子将他按着坐到凳子上，然后大大咧咧地说："还是坐到凳子上吧，你比不了我们。我们农村人从小就圪蹴着吃饭，习惯了。"

党新建掏出烟给抽烟的每人发了一支。二狗两只手在衣服上不停地擦着，不好意思地说："我怎能抽党书记的好烟呢？"

旁边圪蹴的黑蛋骂道："不识抬举的东西！烟酒不分家，党书记叫你抽，你就抽，说那么多废话！"

男人们继续海阔天空地侃大山，女人们也凑成一圈儿，东家长西家短地说着闲话。

不知怎么就聊到洗澡这个话题上，党新建好奇地问道：“大南庄有多少户能洗澡？”

墩子说：“全村六百来户，大概有二百多户安装了洗澡设备，有太阳能的，有电热水器的，实际用起来太不方便，好多人家都是闲放在那里。”

“为啥不用？”党新建追问道。

二狗解释：“村里吃水定时供应，不像城里二十四小时有水，用起来很不方便。人家墩哥管着水塔，我们还是用水缸存水，买上那些洋东西也没用。”

墩子听了有点不高兴，瞪起眼骂二狗道：“你屁也不懂，尽瞎说！”又转过头来给党书记解释：“党书记，供水问题好解决，最不得劲的是没有下水道。洗澡水没地方排，这是问题的关键。”

党新建听明白了。

要不是今天说起来，党新建压根儿不会想到农村连洗澡也这么困难。看起来，乡村振兴任重而道远，建设小康社会，农村还有很多急需补齐的发展短板。

夜深了，有了一丝凉风吹来，女人们先回去收拾睡觉了，男人们继续聊了好一阵子才散了，忙碌了一天的他们也回屋休息了。

党新建和村民们告别回到住处，峪道沟的一个叫大愣子的村民打来电话，反映浇水的问题。

进入夏天，气温上升，连续有一个多月没有下雨了，旱情十分严重。小麦快成熟了，倒也罢了，玉米已经半人高，正是需要水肥的节令，庄稼人都着急给干渴的玉米痛痛快快浇一次水。地里的水泵昼夜不停，一家一家轮着浇，问题也层出不穷。有渠道漏水，多余的水淹了别人家地的，有偷改水道插队的，村干部每天调解处理这些事情，忙得焦头烂额。

党新建出生在省城高干家庭，虽然在大学学的是农学专业，毕业后在省农业农村厅工作，但农村这些具体的琐碎小事从来没听说过，更是无法插手解决。每次村干部处理，他都在旁边悄悄地观察，一言不发，事后慢慢琢磨，实在琢磨不出道理来，他就抽空请教处理这件事的村干部。经过一段时间揣摩，自己也觉得有了点长进，但仍然感觉不得要领。

早一天晚上，大愣子给党新建打电话反映浇水问题，还没等党新建了解清楚情况，峪道沟就有十几户农民跑到镇政府上访，反映浇不上水的问题。

党新建到地里一看，水泵静静地杵在那里不工作，却有一百多亩玉米急需浇水还没浇上，玉米个头比其他人家的矮了一截，叶子也蔫得卷了起来。有认识党新建的村民，看见党新建，立即冲其他村民喊道："大伙儿都过来，党书记来给咱们解决问题了！"正在地里干活的村民都围了过来，男人们、婆姨们七嘴八舌，叽叽喳喳。大家说了一会儿，党新建也听了个大概。

这里有个无赖小混混，因其排行老四，小名叫四铁儿，脑袋又圆又大，前额突出，绰号"老寿星"。四铁儿好吃懒做，欺软怕硬。他娶了两房媳妇儿都没留住，跟父母生活在一起，没有正常经营收入。年轻时到县城里混过几年，挨了几次毒打，肋骨被打断了两三根，还住了一年班房。从那里出来后就回到了村里，却恶习不改，尽干些偷鸡摸狗的事情，村民是惹不起还躲不开，谁沾上他谁倒霉。四铁儿是大错不犯，小错不断，好几次闹到派出所，派出所也没什么好办法。

四铁儿家在村北叫作"北洼"的地里种着两亩玉米，轮上他家浇地，应该到承包水泵的大愣子家购买水卡。四铁儿没有钱，就要无赖要先赊上卡去浇水，大愣子不干，俩人就在大愣子家一来二去扭打在一起，大愣子媳妇儿就报了警。派出所的警察过来，发现双方嘴角出血，脸上、胳膊上都有挠伤。过来的警察是两个年轻人，非常专业地拍了现场，做了笔录，然后让双方各自到医院看病，根据伤情再行处理。大愣子开上自家的微型小车去了医院，老婆陪侍，水泵也就关了闸。四铁儿没钱住院，在村卫生所输液。

他两家打架不要紧，害苦了庄稼地在那一片儿的村民，眼看玉米要歉收，就去找村支书狗蛮。狗蛮书记特别会算计，人称小诸葛。狗蛮对三村合并本来就不满意，对党新建担任党总支书记心里更是不服，想趁机看这个下派书记的笑话，便交代："我也主不了事儿，你们去找党书记吧！"村民们一听就气炸了，干脆一不做二不休跑到镇政府告状，林凡副书记分管信访，好说歹说才将告状的村民劝回村里。

林凡对峪道沟的情况也稍微了解一点，她担心党新建处理起来比较棘手，就在通知他的同时找李副镇长商量此事。李副镇长是分管电力水利的领导，基层经验丰富，特别善于处理疑难复杂的工作，是镇里有名的消防队长。

李副镇长看着林凡恳求的目光，满不在乎地说："不要担心，先让党书记试一试。如果不行，咱们马上过去！"

党新建玉树临风，有一股超凡脱俗的气质，是林凡理想中的白马王子。俩人第一次见面，林凡就怦然心动。遗憾的是人家已有留学美国的女朋友，她只能退避三舍。当得知党新建女友出事后，她就在工作和生活中都主动关心照顾党新建，把党新建宿舍整理得干干净净，还经常从家里带好吃的给党新建，工作中更是出谋划策，倾力帮助。

镇村干部都看出了端倪，也想撮合。但是人们知道党新建是个有情有义的男人，谁也是干着急，说不出口。党新建妈妈也给他张罗对象，女方父亲不是省部领导就是大老板。不管是谁，党新建是一个未见。他妈妈急了，干脆电话里提出严厉警告，"我介绍的人你不见就罢了，可你坚决不能找当地的女孩子！这是老爸老妈的底线！"

说实话，党新建对林凡也很中意，在学习、工作中，培养起了很深的感情。但慑于家庭的压力，他克制感情，加倍努力地投入到工作中，以分散自己的注意力。

面对浇不上水焦急万分的村民，党新建使出浑身招数也不行。两家谁也不让步，大愣子两口子声称为了集体挨了打，要村里为他做主。四铁儿则口口声声地说，小康路上不能有一户落下，为什么浇水就因为没有钱落下他。派出所的同志也是因为双方厮打后果不严重，不好处理，只能叫到所里训诫一下。

大学里学过的知识，进村后见过的场面，想来想去都用不上。跟村里一老人请教，老人说，党书记，峪道沟几个难缠的主都让你遇到了，村里人有句顺口溜："狗蛮不蛮小诸葛，四铁儿不硬大倭瓜。愣子不愣弯弯绕，海灵不灵算不清。"这几个人任何一个都不好对付，搅在一起，怕是够你喝一壶。

党新建着急上火，可感觉仍在云里雾里，实在没办法，只能向林凡求救。林凡马上将李副镇长请上自己的车，风驰电掣地冲出镇政府大门。李副镇长坐在美女书记车上，闻到一股沁人心脾的清香，干脆闭目养神，尽情享受了，直到汽车进了村停下来，他还一脸惬意。

林凡清脆地喊了一声："李副镇长，到了！"他才不好意思地笑了笑，翻身下车，点上一支烟，让站在跟前的一名村民叫四铁儿过来。

"锁哥，锁哥，你可要为我做主啊！"四铁儿和李副镇长很熟悉，还沾点亲。李副镇长小名叫锁儿，四铁儿就一直叫他锁哥。听说锁哥来了，四铁儿心中暗喜，趾高气扬地跑过来。

没想到，在场的人都没想到，李副镇长突然转身就近拿起一把笤帚朝四铁儿打去，一边打还一边骂："为啥浇地不交钱？不争气的东西，每天给我惹事儿。"

四铁儿被打得像霜打了的茄子，一下就蔫儿了，呆呆地站在那里，低着头，哀求道："锁哥，你说咋办？"

"你给大愣子赔个不是，交钱浇水不就没事儿了吗？"李副镇长命令道。

见李副镇长态度强硬，四铁儿只能唯唯诺诺地答应：“行，我听您的。”

李副镇长厉声说道：“今天下午三点之前，必须开泵浇水，否则别怪我不客气！”

这事很快就传到大愣子耳朵里，他也知道李副镇长不是好惹的主。万一碰上他不高兴，查一查他大愣子浇水的猫腻就得让他出洋相，所以大愣子也就顺坡下驴。等四铁儿来医院说了两句下情话，交了水费，大愣子就马上出院开泵浇水，下午三点前，清凉的井水浇到干涸的玉米地里。

党新建自己束手无策的难题，在人家李副镇长手里，轻而易举就解决了。党新建将李副镇长佩服得五体投地。这就是道行、经验和魄力，更是多年在群众中建立起来的深厚感情和人脉资源。以此为蓝本，党新建还写了篇短篇小说《浇水记》，发表在《乡村文学》上。

狗蛮书记听说李副镇长来村里了，硬是赶过来把李副镇长拉到他家吃午饭。书记家就是不一样，楼房高大气派，黑漆大门配上圆铜钉，特别牢固结实，院落很大，有一亩左右，栽着柿子树和山楂树，空地辟成菜园子。正房是一套二层楼房，欧式风格，设计得很先进，屋里有客厅、厨房、卫生间，装修豪华气派，与城里比毫不逊色，他们一群人进去，刚坐了一袋烟工夫，饭就弄好了。

一桌子农家菜，绿色环保，卫生可口，馋得党新建直流口水。大家都不敢喝酒，直接上主食——拖叶儿。拖叶儿是汾东县的一种主食，有豆角的、茄子的、土豆的，绿叶菜、野菜都能做，大家吃了都赞不绝口。不一会儿大家都吃饱饭，便从餐厅又转回客厅聊天。半晌才发现四铁坐在屋角欲言又止的样子，像是有什么事儿。

李副镇长便问道：“四铁儿，还有事吗？”

四铁儿像受了委屈的小孩跑到他锁哥面前说：“锁哥，今天的事情，我太冤枉了。”

李镇长很平和地问他：“你说说怎么就冤枉你了？”

四铁儿看见锁哥不像刚才那样板着脸，才鼓起勇气说道：“锁哥，不是我四铁儿背后告状。大愣子故意将水泵的叶轮下了两片，水只有半管子，浇一亩地应当四个小时就行，现在八小时还不行，大家是有苦难言。你如果不相信，到村里问一下。”

李副镇长扭头问狗蛮：“这个情况是真的吗？”

狗蛮支书无可奈何地说道：“差不多吧。可水泵和水井，都已经卖给了个人，村委也管不着人家。”

李副镇长嗯了一声，沉思半天后，问狗蛮书记：“这个事情是你处理，还是我处理？”

狗蛮书记因为和大愣子媳妇有一腿，平时就睁一只眼闭一只眼。现在见李副镇长要动真格的，赶忙自己揽过来，说“我能处理好，就不用劳您大驾了。”

当天晚上，狗蛮书记就去了大愣子家，刚进门就喊道：“谁在家？”

“狗蛮哥呀，大愣子去小卖铺买烟去了。”大愣子媳妇儿穿着薄纱睡衣在里屋躺着，听到狗蛮书记进来，就坐起来娇气地说，“快坐下吧，他一会儿就回来了。”

狗蛮顾不上说其他，直接吩咐：“告诉大愣子，村民们反映到镇里，看来是糊弄不下去了。明儿起早，将水泵的叶轮全安上。现在不比过去，不是我一个人说了算的年代了。”

听他这么说，大愣媳妇就妖里妖气地把话接过去，没遮没掩地说道：“我说大支书，你可变得真快！提起裤子就不认人啦？”

吓得狗蛮书记赶紧阻拦：“别乱说！我是好心好意为你家着想！不要狗咬吕洞宾，不识好赖人。要听就听，要不听就随便。”狗蛮书记说完，一句再没多说，扭头就走。

大愣子媳妇儿赶紧下地一把抓住他：“你别跑，快拿主意吧！一会儿大愣子就回来了，你直接交代他怎么办。”

“行！你们要清楚，以前村里，是我一个人说了算。现在下派一位年轻书记，人家可是有大背景的，你们不要给我添乱！”

还没说完，大愣子从外面回来，见狗蛮书记在，就赶紧打招呼：“狗蛮哥，有啥事？”

狗蛮书记又将刚才的话给大愣子交代了一次。大愣子也不傻，就痛痛快快地答应了，第二天就全部改过来。这一改，其他人是高兴了，他家可是每年得损失好几万。

夫妻俩算账算了一个晚上，只能唉声叹气，自叹现在不比以往了。

第二十二章

夏苹果也已经上市。夏苹果也叫嘎啦苹果，酸甜清脆，汁多可口。产量不多，不能长期保存，只能现熟现卖，现买现吃。

红星苹果、丹霞苹果、红富士、金元帅、国光等秋苹果会很快成熟。博大果业公司正在做收购苹果的准备，计划抢在苹果采摘高峰期前投产。王总被博大集团正式任命为果业公司总经理，业务经理小张是一个年轻小伙子，人事经理小黄是一个文静贤淑的女同志，工地经理老王是个瘦高个子的中年人。

果业公司暂时没有办公场所，党新建就安排在刚刚撤并了的学校教学楼上占了几个房间，分文不收。王总就在村里安营扎寨，每天加班加点，全面负责各项工作，重点督察工地质量和进度，发现的问题得到了及时解决。生产设备已经签了合同，只等车间完工即可安装调试。

现在看来，土建工程能否按期交工是各项工作如期开展的前提和关键，安装设备、申请生产许可证、环境评价、消防验收、安全验收等都在等土建工程。王总也很着急，工地经理老王更是吃住在工地，戴着安全帽在工地上跑来跑去，又要督促进度，又要检查质量，还要协调各种关系。

大南庄村的老百姓对果业公司，就像对刚娶来的媳妇儿，知冷知热，倾力支持。党新建对果品公司是有求必应，戴月香老公主动提出要免费看护工地，妇女主任翠英家为公司几名管理人员提供三餐，两委干部轮流值班，为公司协调周旋。公司雇了十名本村村民，大家也都自觉服从公司管理规定，无一人搞特殊。

工程需要土方，村委协调了一个属于村集体的土疙瘩，免费提供。有一天下大雨，电闪雷鸣，工地上几十吨水泥眼看就要泡到水里。工地上就那十几个人，人手明显不够。王小栓在广播里喊了一嗓子："工地水泡了，所有的男劳力自带铁锹，赶快到工地抢险！"一下子来了成百号男劳力，搬运物资，挖渠排水，挽回经济损失几十万元。工地运输车辆在村里刮了树，擦了墙，压坏路，村民们都表现得异常大度。

工程进展非常顺利，围墙已经完工，钢结构的车间主体已经完成，办公室、化验室、宿舍、餐厅均已完成，成品仓库即将封顶，冷库已经动工，厂区的硬化绿化也开始同步进行。

博大果业公司为全村开发了一个富民项目，不仅可以增加集体收入，还扩大苹果销售渠道，提高了产品附加值，还能解决一部分剩余劳动力。全村将这个项目视为财神爷，唯恐供奉不周，所以全村上下都将公司的事当成自己的事来办，项目进展异常顺利。在设备调试成功的日子，大南庄彩旗飘扬，锣鼓喧天，村民们自发祝贺，博大马总到公司视察工作，碰到这个场面，激动地说："博大与大南庄的合作，算是找对地方了。"

党新建使了个眼色，林凡副书记就接过话来："马总，我想请你到闫家堡参观一下。怎么样？"

"行！"马总爽快答应。

三辆小车一溜烟就到了闫家堡。闫家堡依山而建，村前有一潭水池，是极佳的风水宝地。马总一进村就被吸引住了，赞叹不绝。会计老唐是一位博学多才的文化人，对全村的历史和现状都了如指掌，每次有客人来，都是老唐讲解。他家就住在附近，很快就赶过来。党新建介绍双方后，老唐带着大家在村里村外绕了一圈。

老唐为马总带路，一路上，他侃侃而谈，从闫家在东北的发家史到村庄修建的风水传说，从现存古迹介绍到传统古村落的申报过程。风趣的谈吐、美丽的传说、厚重的历史、精美的建筑、独特的自然风光，让马总听得如痴如醉。

党新建和林凡一左一右陪着马总参观，谈到高兴时，他适时向马总介绍闫家堡的发展思路，诚恳地表达了邀请博大合作的意思。马总迟疑了一下，答应回去考虑。送走马总后，俩人连夜赶制了闫家堡总体发展思路的小册子，第二天早上，他俩将小册子送到马总办公室。马总被俩人的精神打动了，当即安排边总负责对接。

边总将他俩领到小会客室，边看资料，边听介绍。边总是和党新建年龄相仿的同龄人，清华大学博士毕业，原在中国证券工作，是马总不惜重金挖过来的优秀人才。三个同龄人有太多的共同语言,越谈越投机，索性三人又跑到闫家堡。党新建将边总带到村南坡的制高点，照了几张闫家堡的鸟瞰图。闫家堡依山傍水，留下来的一个堡门巍峨挺立，村南的太岳山脉层峦叠嶂，悬崖峭壁，苍松翠柏，草木茂盛。从山沟里蜿蜒流淌出来的十八里河波光粼粼，南山水库美如画，横跨两岸的大南庄大桥车辆穿梭。边总看着这么丰富多姿的景色，惊叹道：“啊！山美水美，美不胜收，各美其美，美美与共。”

党新建和林凡看到他陶醉的样子，扭头相视，会心地笑了。党新建跑了几步，从树上给他摘了一个紫红色小果子，果子娇艳欲滴，香沁心脾。林凡告诉他，这果子叫小槟果，不要着急吃。放回家里，屋子里的香气能保存好几个月。边总像孩子一样,将小果子放到鼻子上闻了又闻，高兴得手舞足蹈。

三个年轻人在山上转了小半天，一块不规则的石头、一棵叫不上名的小草、一朵或红色或黄色的花、一个野果子，都能勾起他们的兴趣。不知不觉，已过中午，肚子提出了抗议。

他们返回村里，到全村唯一的小卖部，每人煮了一碗方便面，还加了腌鸡蛋、火腿肠。

边总将闫家堡的情况了解得差不多了。他回到公司，在网上查阅了开发传统古村落、乡村旅游、民俗客栈、农家乐等的相关政策法律，结合先前的一些思路和博大集团的企业文化内涵，撰写了有数据、有厚度、有超前思维和先进理念的考察报告文案，交到马总手里。

博大集团马总对开发闫家堡产生了兴趣，召集各部门负责人开了几次会，全面分析了开发乡村旅游的利与弊。大家认为，博大集团将果品加工、乡村旅游打造成博大的又一品牌，投资不大，风险不高，回报不快，但社会效果明显，完全符合党中央以工补农、以工促农、城乡协调发展的乡村振兴战略。

马总不愧是全省著名企业家，说干就干，组建筹备专班，由边总牵头，马上聘请同济大学古建研究所做整体开发规划和民居维修导则。请北京文化创意公司对公司名称、logo、文创、宣传语、广告词进行了全方位的策划。

闫家堡村委会是一个四合院，党新建力主让给筹备组办公。一时间，这个山区小村沸腾了起来，各位专家、教授、工程师、艺术家都来了，各级领导隔三岔五也过来。本村有位叫有林的中年人，自己是厨师，常年在各村做席宴，被人称为“流动厨房”。他看到了商机，在自家院子开了农家乐。这可解决了大问题。因为博大公司刚过来，还没有食堂，每天吃饭很不方便，要么得点外卖，要么得去好几公里外的饭店。

农家乐开张时，党新建给送去一副对联，上联是：“聊备村醪谢嘉宾，欢迎尝尝”，下联是：“巧借民宅迎宾至，常来坐坐”，横批：“乐农乐家”。有林饭店每天都是宾客盈门，营业额能有几千元，夫妻俩高兴得合不拢嘴。

博大集团投资果业公司和闫家堡古村落的事情惊动了县委韩书记。

在一个阳光灿烂的上午，一辆考斯特旅行车开到了大南庄，韩书记带领财政、发改、交通、住建、工信、农业、环保、市监、文旅、电业、银行等部门负责人来现场调研。一行领导径直去了建在大南庄的果业公司，详细了解项目进展情况和市场前景分析。马总在汇报中提出需要政府协调解决的几件事情，如环评和生产许可证等等。韩书记马上将环保局局长、市监局局长和供电公司经理叫过来，详细询问办理的流程和要求，并且让各部门定下时间表。各部门负责人都留下马总联系方式，表示马上安排，保证按时完成，绝不耽误企业生产。

党新建还是第一次看到县委书记现场办公的场面。有了县委书记的鼎力支持，党新建顿时感到信心百倍。

一众领导到了闫家堡已经快中午了。随行的马总和镇党委周书记请示韩书记，午餐能否就在村里农家饭店解决，韩书记迟疑一下说："可以，每人一碗面，弄点咸菜，不要上酒和饮料。"县委书记带领大家在村里走了一圈，就来到有林饭店。

吃饭的空当，文旅局的杨局长、古城镇的周书记、党新建和马总都做了汇报。饭后，韩书记等讨论研究决定：一是将大南庄村列为全省首批乡村振兴示范村，投资额一亿元左右，主要解决三个自然村的村庄上下水改造、文化广场硬化绿化等基础设施；二是县交通局将大南庄三个自然村整体旅游道路列入今明两年的重点项目；三是财政、发改、农业、文旅从不同角度为博大公司和大南庄村争取资金支持；四是博大公司在果业公司和开发闫家河的基础上，将峪道沟玫瑰园也盘下来建设大南庄文化旅游园区；五是作为全省首家企业和农村合作发展的典型，财政和银行要积极争取国家乡村振兴专项贷款；六是宣传部门、广播电视要及时总结宣传报道。

局长们心里都在嘀咕，这个挂职的毛头小子有啥背景，搞出这么大的动静来。

县委韩书记离开后，财政局局长问农业农村局局长：“李局，这小伙子是你们省厅的，有啥特殊背景？”

李局说：“小党在省厅是副处，听说他爷爷是老革命，当过地委书记，他爸爸是一位文物专家，和马总熟悉。我听说他爸厉害了，在北京有硬关系。”

局长们意味深长地说：“怪不得。”

韩书记的考斯特刚走，镇里的领导陆续来到闫家堡。原来，周书记听了韩书记的安排，欣喜之余倍感责任重大，赶快打电话让办公室通知党政领导来这里开会，周书记认真传达了县委书记的调研讲话，围绕六条意见，镇党政领导也组成了六个专班，书记、镇长、人大主席、副书记、副镇长牵头，抽调得力人员，组织强有力的专班，积极主动与上级部门对接。

韩书记调研后，各部门都行动神速，党新建感到应接不暇，多亏林凡副书记帮忙，修复关帝庙和古戏台的施工人员来了，交通局勘探测量道路的来了，农业、发改都来了解情况，积极申报项目，已经上报了“乡村振兴示范村”的申请。党新建想起上次邵杰处长说他可能去省乡村振兴局，他抽空回了一趟省城，邵杰已经上任省乡村振兴局局长。他向老领导汇报了近期的工作。

县里各部门的头头们经常过来，马总也得抽空陪同，跑来跑去挺麻烦，干脆在闫家河布置了一个办公室，找马总的客人一拨一拨往这儿跑。过去沉寂的小山村成了全县的热点。党新建也成了汾东县的一颗新星。

周书记负责玫瑰园的转让一事，他将贾大发叫到办公室听取他的意见，贾大发倒是痛快：“县委政府定了的事，我没啥说的，只需将银行的一千万贷款转到博大公司名下，再给我二百万元现金就可以。”周书记让镇农经站同志对玫瑰园做了初步评估，应该是八九不离十。

马总算了一笔账，接手玫瑰园花一千多万，看起来并不划算，但是如果将玫瑰园、古村落、苹果基地深加工形成方圆四平方公里的文化旅游区，对于博大集团的整体实力和品牌建设都是飞跃提升，特别是对博大集团上市也有好处。况且博大集团对该项目的实际投入资金也不到一个亿，可以引进政府各类投资三个亿，得到银行贷款一个亿，撬动社会资本投入一个亿，加上原有的资产，博大文化旅游园区经济体量起码在十亿元以上。马总暗暗称奇，县委书记布了一个大局，用博大这个平台汇集各方力量，打造一个集乡村振兴、文化产业、景观旅游为一体的乡村振兴示范区。

周书记摸清了玫瑰园业主贾大发的底线，和马总认真分析具体情况。然后双方经过几次谈判达成转让协议，博大集团接手在信用社的一千万贷款，再付贾大发个人一百五十万现金作为经营补偿，两千亩的玫瑰园及其设施转到博大集团名下，每年农民的土地流转费用由博大集团支付，贾大发作为博大集团聘请的部门经理，年薪十万，继续管理玫瑰园。

镇长和其他领导牵头的项目都有进展，古戏台和关帝庙的修复已同时开工，交通部门也抓得特别紧，交通规划图已经出了好几轮征求意见稿，同时上报省厅争取资金。据县交通局局长讲，用两年时间可以完成二十四公里旅游公路的修建，包括三座桥、二十个隧洞、四公里护坡、两侧的路灯、绿色景观，总投资超亿元。

一个月后，县委县政府召开大南庄文化旅游园区项目推进会，韩书记、县长、人大主任、政协主席及分管副职悉数到场，各部门主要领导及古城镇、大南庄村、博大集团的负责人参加会议。会议第一项，集中签约。博大集团与大南庄签订果业公司占用土地协议，博大集团与闫家堡签订整体开发框架协议及几个配套租赁协议，博大集团与贾大发签署转让玫瑰园协议，博大集团与省文旅集团签署战略合作协议。

会议第二项，各部门表态发言。县乡村振兴局汇报正在协助大南庄申报全省“乡村振兴示范村”称号。交通局局长汇报了前期工作及今明两年安排，财政、发改、银行等部门都在协助博大集团申请资金支持，争取尽快落实。文旅局长汇报了古建修复进展，住建局长汇报古村落下拨三百万资金的使用计划。最后县委韩书记做了总结发言，一是充分肯定大力扶持博大集团与大南庄全面合作的新举措，二是县委县政府同意将省下派干部党新建选为“扎根农村基层的先进典范”，三是文旅局和古城镇组建工作组，局长带队，选硬人，硬选人，三天内进驻闫家河，为企业提供保姆式服务。

文旅局杨局长也是一位老资格，担任过好几个乡镇的党委书记，是从财政局局长转任过来的，在汾东县是说一不二的硬干部。他带队进村后，一项工作一项工作检点，一个项目一个项目落实，人不早睡，事不过夜，每天的工作进度通过微信直报书记县长。他的认真直接加快了各项工作的进展。古建维修进度加快，景区规划几易其稿，各部门配合更加密切，形成了县、镇、村三级联动，企业与政府共同发力的运行机制。

党新建给大南庄带来的巨变，林凡始料未及，她打心里崇拜得五体投地。镇党委让她负责宣传报道，不管是出于热情还是感情，她真是拼了。建起了公众号，开了专用信箱，每天组织文章发在微博上，拍摄视频发到抖音上，主动联系电视台和报社的记者采访报道。

铺天盖地的宣传，加大马力的工作，鼓舞士气的目标，大南庄沸腾了，闫家堡沸腾了，峪道沟沸腾了，弯弯的十八里河唱出了快乐的歌声，博大集团更是做了一次免费广告。

第二十三章

十八里河出了山口的拐弯处，古色古香、保存完整的闫家堡，掩映在一大片苹果树当中。堡门、堡墙、庙宇、戏台、十几处古院子以及碎石街、照壁、石磨、拴马桩、石水槽，原汁原味的明清古村落，由于地理位置偏僻，没有遭到太厉害的破坏。这么一处弥足珍贵的历史遗存，多少年来藏在深闺人不识。

县委书记调研之后，文旅局杨局长带队的工作组马上进驻闫家堡。工作组的办公地点就设在老唐家院子里。老唐家是一座七间正房的大院子，两个女儿都已出嫁，儿子大学毕业后在省城安家，空房子很多，这次就派上用场了。

工作组进驻后，各项工作明显加快了进度。

杨局长表情严肃，不怒自威，额头上有三道粗粗的皱纹。他穿着休闲服、旅游鞋，戴上太阳帽，一个工地一个工地转悠，一项工作一项工作询问。他要是感到满意，说句“好好干”，工程队负责人就能长舒一口气。要是被杨局长发现拖延工期、偷工减料，那问题就大了。

杨局长在一个工地发现松木大梁有质量问题，一根指头戳住工头的鼻子破口大骂：“吃了豹子胆，敢糊弄老子，快点滚你 M 的吧！”

一整天，杨局长都黑着脸，吓得工头们倍加小心，自觉地检查质量，督促进度，生怕撞到枪口上。

关帝庙修复场地已经清理干净，党新建过来检查进度，河北施工队的尚队长汇报：“党书记，工人们正在拆除残损的房顶、门窗。古戏台整体建筑完好，瓦房顶已经重新安装，缺损的兽脊等装饰品也已铺装好，墙壁需要重新抹灰，彩绘工人已经进驻，有两个工人开始打磨。你放心，我们保证完成任务！”

“尚队长，辛苦了！一定要严把质量关。”党新建热情地说。

尚队长认真回答道：“没问题，党书记放心吧！”

其他几个修复工程都在加班加点，按照工作组的要求抓紧施工。

县文联主席提出为闫家堡出一本古村落的宣传册。老唐非常积极，组织了几位村里的文化人，收集整理村里的历史典故、人物故事以及美丽传说等。村民们都积极配合，纷纷取出家里珍藏的家谱、地契、古董、账簿、照片、书信。老唐他们还走访了几位上年纪的老人和曾在外地工作过的人，听到了以前从未听说过的奇闻逸事。这些文化人每天都在加班加点地干，已经出来样本。县文联已经和出版社签约协议，争取早日出版。

通过文化人的梳理，闫家堡的历史脉络更加清晰。闫家一支是在明朝万历年间从河南洛阳迁徙过来的，不知什么原因落脚于此，村庄也故此得名。

老唐是闫家堡少有的外姓人，他是在村小学做代课教师和本村姑娘结婚落户的。因为老唐能打会算，办事周全，村支书选中他做了村会计。

老唐虽然是个外来户，因为做会计多年，对村里的一草一木了然于胸，对闫家堡的文化也产生了浓厚兴趣。在申报省级文物保护单位和传统古村落的争取过程中，老唐发挥了很大作用。博大集团参与村庄开发以来，他觉得是千载难逢的好机会，每天都像上足了发条的钟表，一刻也不肯停歇。

居住在村口的闫浩文家办喜事，儿子结婚，红对联、红标语、红绸子、红地毯、红拱门，喜气盈门，热闹非凡。迎亲车队一长溜，帮忙的人们有大几十号人，婚庆主持、摄影摄像、唱歌跳舞的，连亲戚带朋友，还有女方送亲的，足足开了五十多桌酒席。闫浩文院里坐不下，酒席摆到了隔壁对门好几家院子里。女方送客、村里头面人物、主要客人和长辈，总管就安排到屋子里，其他客人都在临时搭的帐篷里就餐。

在一张屋子里的桌子上，有个城里来的客人，在酒酣面红之时，问大伙儿："听说博大集团帮助开发闫家堡，真的还是假的？"

"有这回事，听说还是下派蹲点的党书记的关系。"

"你们不要瞎高兴！博大集团的钱难道是刮风刮来的，怎么可能支持你们闫家堡。我告诉你们，纯粹是糊弄老百姓，实际上将闫家堡卖给博大集团了。哎，你们啊，被卖了还跟上人家数钱呢！"说到这儿，那人还爬到邻座耳朵上悄声道："党新建和老唐每人得了十万元好处费。"

他又嘱咐道："你们出去了可别乱说，我也是听别人说的。"

事情就是这么奇怪,越不让说就越要说。一传十,十传百,话说三遍,谬言变成真理。起初村民还不太相信，后来见说的人越来越多，有鼻子有眼的，人们也有了七分相信。

老唐将这一情况向党新建汇报时，村里已经传得沸沸扬扬。两人面对诬告和诽谤，肺都快气炸了。他俩起早贪黑做工作，想不到竟然有人背后捣乱，到底是谁呢？动机又是什么？

党新建和老唐坐在家里沙发上，聊了一晚上，抽了两包烟，也猜不出到底是谁在使坏。第二天，老唐摸了一下底，给党新建打电话："党书记，我在知根知底的几户人家走访，都说是现任村主任三喜捣鬼。在闫浩文家胡说八道的那个人叫冬儿，是城里的小混混，跟三喜是结拜兄弟。"

闫家堡自古就是闫家一大户，村支书奴小则姓闫，论辈分是三喜的爷爷。奴小则生性懦弱，凭借其父亲担任多年村支书的优势，接了村支书。不承想是个扶不起的阿斗，担任了三届村支书，只是白领工资不主事，就像一个牌位，谁当村委主任谁主事。他是每天进城跑电瓶三轮车。

三喜三十来岁，高个子，短头发，小眼睛，大嗓门。他当过兵，打过工，经过商，后来给当地一个有名的黑老大开过车。在闫家堡也算见过世面的人物。

他虽然狂妄不羁，做事也心狠手辣，但是他的嘴却很甜，在村里遇上年长的，就大爷大娘地叫。

上次村委换届选举时，在外面欠了一屁股债的三喜，突发奇想回来竞选村委主任。由于他家在村里是最大的家族，五个亲兄弟若干堂兄堂弟，又给每位选民发了二百元现金，就当选为村委主任。

三喜本来就债台高筑，贿选又借了不少。上任后，将权力抓得紧紧的，近乎疯狂地捞钱。根本不把支书和其他干部放在眼里，从来不开会，一人说了算。他也轻易不回村里，电话也经常不通，群众盖一个公章都得跑上好几趟。镇里干部找他也不容易，有好处的工作，他就紧紧抓在手里，其他工作让村里他的一帮小兄弟给料理，两委干部包括支部书记都是形同虚设。

村内供水管道严重老化，经常漏水，村民家里接的自来水老有泥沙，地里缺两眼井，三百亩地浇不上水，垃圾围村，等等，他都不放在心上。这次引进博大集团和上级各类项目，他本以为是一次个人发财的好机会，但由于项目严格按照规定进行，在村里又是公开的，他看到无利可图，就凭个人臆想编成故事，让他的亲信在村里散布，蒙蔽了很多村民，还有村民向纪委写了举报信。

县纪委来了两名同志核实情况，中年男人是信访室吴主任，另一位是年轻人小秦。老吴工作严谨细心，在村里见了不少人，都做了笔录，连续工作了三天。调查期间，闫家堡乱了套，各种消息满天飞，有的人幸灾乐祸，更多村民是替党新建担忧。

大南庄的各项工作如火如荼进行，党新建本来就感到分身无术，应接不暇，面对纪委的调查和村民中弥散的谣言，他不得不停下手头的工作，先过了这个坎。他主动找到镇党委周书记，如实汇报了自己的工作和思想。周书记给了他坚定的支持："新建，身正不怕影子斜，开弓没有回头箭，你要积极配合纪委调查，我马上找县纪委包书记汇报，很快就会水落石出。至于村里的工作，就先放一放，我会安排其他同志去顶一阵子。"

从周书记办公室出来，党新建心里的郁闷消了一些，但还是感到非常委屈，家人至亲都不在身边，他也不想让亲人徒增烦恼，刚坐到车上，电话就响了起来，是林凡打过来的。党新建有些急不可耐地按下接听键，里面就传来林凡清脆温柔的声音："新建，在哪里？干啥呢？"

"刚从周书记办公室出来，正不知道该去哪里呢？"

"我在县城，你过来散散心，好吗？"

听到林凡体贴的话，党新建心里也有了希望和力量，马上回道："好的，你发个位置吧，十分钟赶到！"

林凡已经买了两张票，等候在电影院门口，两人也没有多说话就进入了放映厅，今天的电影是谍战片，故事惊心动魄，特别是男主人公作为一名地下党员，虽遭到敌我双方的怀疑但对党忠贞不渝，直到革命成功。跌宕起伏的剧情，演员精湛的表演艺术，让两个人看得如痴如醉。

从影院出来，党新建释然了很多，老一辈革命者忍辱负重，赴汤蹈火，遇到那么麻烦的事都坚定自己的信念，毫不动摇，自己遇到这么点麻烦，怎么就能想不开呢？他和林凡在人民公园的人行道上走了好几个来回，谈了好多心里话，包括儿时的记忆、和芷昀的恋情都一股脑儿讲给她听，林凡则像一位姐姐似的耐心地听他倾诉。林凡怜爱地看着党新建，用自己娇弱的手抚摸他。她安慰他，鼓励他勇敢地面对，告诉他前途是光明的，道路是曲折的，顶过去，前面就是金光大道。

在汾东县，关心他的领导很多，支持他的村民也不少，但能倾吐衷肠、抚慰心灵的却只有林凡。在夜深人静的公园，俩人拥抱在一起，说了很多话，流了很多泪，俩人的泪水交织在一起，分不清是谁的。过了好久好久，心里的苦闷消失得一干二净，党新建才发现自己搂着林凡，立即像触电了似的松开双手，还一个劲地道歉，说太不合适了，实在对不起。他的多此一举反而羞得林凡脸红心跳。

时间不早了，党新建将林凡送回家，自己找了一家能住宿的浴室，洗了桑拿，在澡堂美美地睡了一觉。他梦见和林凡结婚，场面宏大，人山人海，正要入洞房时，突然醒了。林凡的心思，他怎能不明白，他对林凡也是情真意切。奈何家里母亲的警告言犹在耳。知道如若冒犯，后果不堪设想。心里很纠结，不知道该如何才能解开这个结。

第二天，两人在村里见了面，都有点不自然。党新建心里总是放不下，就在微信上约她吃饭，林凡发了个笑脸。他又发了时间、地点，林凡又回复了个笑脸。

晚上两人坐在肯德基的一个角落，各自点了一份套餐，静静地吃着，谁也没有多说话。在送林凡回家的路上，两人也是各自低头走路，不时看一下对方，双目一对，又瞬间分开。一直送到她家楼前，两人都没有开口说话。默默站了好一会儿，林凡一声不吭扭头走进楼门，党新建站在原地足足待了半个钟头，这一幕林凡透过楼上的窗户上看得清清楚楚。她也在窗户旁站了足足半个多钟头，一直到党新建离开，一直目送党新建的背影走出好远，好远。

党新建想开了，他又惦记起工作，不知老唐如何，能不能顶住。想到这儿，他给老唐打过去电话："老唐，你没事吧，村里工作如何？"

老唐爽快地说："我好着呢，为人不做亏心事，不怕半夜鬼敲门。碰见几个小人，咱们就不做工作，岂不称了他们的心！我还怕你年轻想不开呢。"

"那就好，我尽快回去工作。"党新建心里突然敞亮了。

老唐却告诉他："党书记，不要太着急。你太累了，大伙儿都想让你休息两天，村里的事不用操心，周书记每天过来，林凡副书记也一直在村里盯着。"

党新建激动的泪水在眼眶里打转，多好的同志呀，低微的待遇，如火的热情，真像鲁迅先生说的孺子牛，吃的是草，挤出来的却是奶。

纪委调查结论很快出来了，这是一件子虚乌有的诬告案。周书记连夜找到县纪委书记，谈了一个多小时。临出门时，纪委包书记握住周书记的手说："你回去组织吧，我让纪委的同志配合你。"

镇党委周书记在闫家堡亲自主持党员和村民代表会，为党新建和老唐澄清事实，洗涮不白之冤。县纪委信访室主任老吴介绍了调查情况，还宣布经过组织调查，举报党新建和唐会计受贿一事纯属诬告，县委常委会决定在一定层次的会议上还两位同志清白。同时，建议公安机关对诬告事件立案调查。吴主任铿锵有力的声音在会议室上空回荡。

周书记特别表扬了党新建和老唐两位同志，他在会上还通报了一件影响全县投资环境的事件。博大集团在大南庄投资果业公司，县委书记责成环保局尽快办理环评手续，局长没将此事放在心上，安排执法大队长畅有理去办理。畅有理原来是公安局的临时工，主要负责整顿小摊小贩。他身高马大，加上霹雳手段，是县城四大恶人之首。由于惹人太多，不好开展工作，转正之后，调到环保局任执法大队长。他今年已过五旬，提拔超线，退休还得几年，啥也不想，退休前能捞多少捞多少。在局里，有利的事霸住不放，没利的事情则是一推六二五。

畅大队长带领两位随员来到果业公司，王总热情接待，又是递烟，又是倒茶，人家就是黑着脸不吱声。王总看见队长不高兴，赶忙说："畅队，咱们中午吃个饭？"

"吃顿饭就打发我们了，别仗着县委书记说话了，你们就觉得了不起。我不给你办，照样办不了！不信，咱们试试！”

“好说，你说咋办就咋办！”王总小心接话。

畅有理脸不红心不跳地张口就吩咐：“先给弟兄们拿上十条软中华！”

王总一听，也不好说什么，赶紧一边说着“好的！好的！”一边安排手下快去准备，心里却嘀咕，唉！真是阎王好见，小鬼难缠。

畅队长一行在县城刚开的一家火锅店，酒足饭饱后，将王总送来的十条中华放到后备厢，一溜烟儿到朋友处打麻将去了。千算万算，没有算见送烟的过程被吃瓜群众拍了个正着，放到抖音里。不到两小时，网上舆论已经乱成一锅粥。县委韩书记听到消息非常愤怒，立即召集县委五人小组会议，责令环保局局长停职检查，县纪委对畅有理立案调查。

另一方面，派出所常所长带队的另一个工作组，也查出写诬告信的人是村委主任三喜的亲弟弟闫贵相。明白人一看就知道怎么回事。党新建为了今后的工作，向镇党委书记说情，希望点到为止。镇党委接受党新建的建议，让派出所对闫贵相予以训诫，并让他在村广播喇叭上做检讨。

这两件事情在社会上震动很大，不仅没有影响各项工作顺利开展，反而优化了社会环境。村里说三道四、传播小道消息的少了，各部门更是主动为企业服务，果业公司的城建、环保、消防验收、生产许可等手续办得很顺利。市监局局长亲自将营业执照送到企业，委派专人住在省局附近宾馆，加班加点拿回了食品生产许可证，还委派专人主动为企业提供申报商标、安装地磅、食堂布置等服务。

交通局、农业农村局、乡村振兴局、文化旅游局都派了一名领导常驻闫家堡，镇领导周书记亲自协调各部门与企业、村的对接，林凡副书记、党新建书记更是为大家提供全天候服务。党新建发挥自己特长，亲自拟写古戏台和关帝庙的两块修复碑文，并用标准的颜体写在纸上，刻成石碑。

博大集团马总过来检查果品公司、闫家堡、玫瑰园的进展，非常惊奇，激动地握住党新建的手说："小党，好样的，没想到三个村都能动起来！如果这样干下去，一定能做出名堂来，我可以考虑再追加投资。"

党新建却对马总说："马叔叔，我给你介绍一个人。"他拽住老唐的衣服给马总介绍："要不是老唐支持，我是寸步难行，闫家堡的工作，幸亏老唐同志苦苦支撑！"

党新建、马总和老唐的手紧紧地握在一起。

第二十四章

金秋八月，风高气爽。大南庄一带好几万亩果园硕果累累，沁香扑鼻。红彤彤的红星和红富士，黄澄澄的金冠，绿油油的国光，像挂在树上的小灯笼。苹果树伸展的枝条结满了苹果，果农心里乐得开了花。

果农们忙着摘苹果，或站在地上，或踩在凳子上，或爬在梯子上，将大苹果分门别类装在箱子里。大红苹果上有“囍”字、“福”字、“寿”字等吉祥用语的，已经属于艺术品，按照客户需求包装好，发往全国各地。一等品全部存放到果窖，二等品卖给苹果零售商，残次品则卖到果品加工厂。残次品，放在往年就半卖半送处理掉，今年可不一样了，果品公司对大南庄的村民敞开收购，不克扣、不压价，不拖欠。

果农们看着堆成小山似的苹果，点着一沓一沓钞票，掩饰不住喜悦，都高兴得闭不住嘴。这段时间，果农们完全顾不上洗脸打扮，坐在十字路口，端着碗吃饭时，个个都是大花脸，脸上还有树枝树叶划的血道子。

村里有个规矩，无论家里还是地里，无论什么苹果，外面来的客人都可以免费吃，但只能吃，却不准往出带。党新建无论走到哪儿，村民们都热情地让他吃苹果，党新建入乡随俗，也不再讲究什么洗没洗，削皮没削皮，直接从树上摘下来或从村民手中接过来，用手揉搓几下，就往嘴里送。还有一个原因，是他知道这儿的苹果都是套袋的，无农药，无虫害，个大皮薄，汁多味甜。可惜肚子就那么大，大点的苹果，吃一个就饱了，再想吃却吃不下。

党新建还在苹果园里转悠，就接到县委巡察组的通知，说是将对大南庄等四个村进行延伸巡察。

县委巡察组一行六人，组长潘志刚是一位在当地很有威望的正局级领导干部，长期担任审计局局长，精通财务管理，作风过硬，工作严谨。副组长是巡察办副主任王小燕，一位三十岁出头的女同志，也许是长期从事纪检工作的原因，给人的感觉就是气质高雅，不苟言笑，再加上办事认真，人们背地里都称她“冷美人”。其他几位都是从各单位抽调的业务骨干和精兵强将。

巡查组在大南庄专项巡察的公告，在三个自然村贴出去之后，全村风声鹤唳，沸沸扬扬。村民们胡乱猜测，说什么的都有。十字路口聊天的，棋牌室内打麻将的，三朋四友的，没事儿串门儿传闲话的，都围绕巡察这个话题。有的说，这就是古代的八府巡按、钦差大臣，有的说上面派下来抓村干部的，也有人说自古就是官官相护，下来吃点儿拿点儿就没事儿了。特别有些不怀好意的还背地里散布谣言，说什么“巡查组主要是查党新建来的，很快就要将他调走了”。

老支书敏锐地认识到，这次进村巡察不同往常，既不是轰轰烈烈的群众运动，也不是水过地皮湿的走过场，但这次巡察到底是什么样的，他也想不明白说不清楚。为此他将党新建找过来，提醒他一定要注意把控好村内局势。

从老支书家出来，党新建到了果业公司。王总告诉他：“党书记，你几天没有过来，大门修好了，土建工程已经全部竣工，机器设备正在进行最后调试，包装纸、包装袋、包装箱正在紧张设计，等定稿后要抓紧印制一批。马上要试运行，生产一批产品，如果没有问题，就要正式生产。”

“最近有啥困难？”党新建关切地问。

王总高兴地说：“没有，自从县委查处环保局执法大队畅有理之后，各部门的服务好得不能再好了。”

党新建说：“县委韩书记要求我们就是要心甘情愿做企业的店小二，为企业提供全方位保姆式的服务。”

巡察组进驻大南庄后，各职能部门更是倍加注意，对县委确定的重点工作，主要领导经常抓，分管领导具体抓，承办人员认真抓，各项工程进度明显加快。在实际工作中没有吃拿卡要，少了推诿扯皮，更多的是主动介入、积极配合。

三个自然村大街上均设立了举报箱，每天有专人开箱收取。村民对巡察组的职能不了解，反映的问题也是五花八门，有反映婆媳不和的、不赡养老人的、医生看病收红包的、彩礼过高娶不上媳妇儿的，竟然还有一位大专毕业的孩子要求巡察组安排工作。

巡察组对凡是实名反映问题的都一一做了答复，不属于巡察组职责范围的，也尽量予以解释，给他们指明反映的部门和解决的渠道。

巡察组经过一段时间的了解，得知村民反映的问题主要集中在公款管理和土地使用两方面，有些问题是深层次的，隐蔽性很强，也有一些一目了然的问题。

巡察组同志们的工作很辛苦，每天关在一间大办公室查阅资料。五年的财务往来，以及四议两公开会议记录，一摞一摞堆得满满的。他们一行有会计、审计部门的专家、多年从事乡镇工作的行家，看问题一针见血，好似长着一双火眼金睛，谈情况是一语中的，直指要害。

潘组长平时不抽烟，看资料的时候，却是一根接一根地抽，男人们不说啥，“冷美人”王小燕一再抗议：“老潘，你们要是这样抽烟，我就不干了！”

潘组长觉得有点不好意思，连声说：“接受抗议，我另外找个办公室吧。”

在冷美人的高压统治下，想抽烟的就跑到潘组长另找的那间办公室，慢慢地，巡察组就分成两部分。

潘组长有意安排抽烟的同志们现场巡查，不抽烟的在办公室查看资料。各得其所，不亦乐乎。

巡察组发现大南庄有五十亩地撂荒，责令村里立即整改。原来是一家企业自行与村民协商流转回五十亩土地，已经交了财政局三百万元保证金，可手续迟迟办不下来，弄得是种也不对，不种也不对。党新建找到企业老总商量，老总也是痛快人，答应在占用手续未批准之前先种上庄稼。果真第二天就开垦耕地，十天后，玉米苗子就露头，绿油油一片。

党新建看到其他人家的玉米已经半人高，这儿的玉米才露出尖尖角，不无担心地问："种得晚了能有收成吗？"他是怕由于自己的工作，让老百姓白白浪费投入而没有收成，果若如此，罪莫大焉。

老板回答："要是计划收玉米就晚了点，做青储饲料就不晚，无论是肉牛还是奶牛，还特别喜欢吃青储饲料，营养丰富，美味可口，价格也不低。"

"效益如何？"党新建好奇地问。

"牛场收购青储饲料，连玉米秆带棒子，按吨计价，每亩毛收入在两千以上。"

"嗯，效益还不错。想不到农业上，还有这么多门道。"党新建自言自语。

"我们生在农村，长在农村，这些农业上的事儿再寻常不过了，你们城里长大的，对农村的人和事自然感到新鲜。"老板说完爽快地笑起来。

党新建与老板道别后，到三个自然村又走了一遍，检查了一下环境卫生，也顺便查看了一下庄稼长势，免得老走在巡察组后面。

三个村表面上看起来干干净净，但村庄周围还有不少卫生死角，田间小道也存在很多问题，两边杂草丛生，路面破损严重。虽然上级给修了不少水泥路，因为缺乏维护，有水冲坏的，有货车压坏的，还有个别村民为了一时方便破坏的。

他在闫家堡村口碰上会计老唐。老唐告诉他，以前，每个劳动力都有十到二十个义务工，村集体可以用这些义务工修路、除草、清渠、打扫卫生。自从取消了义务工，村委会无论干啥都得花钱，而村集体经济非常薄弱，只能勉强维持村委会运转，好多事情也只能放任自流，导致各级财政投资的项目，有钱建，无钱管；前头修，后头坏。

巡察组又检查出几个问题：玫瑰节期间收的车辆停车费、农村杂工使用混乱、理财小组长履职不力、农村合同不规范等几项问题，要求及时整改。

村民反映最强烈的问题是机井浇水费用高，人家其他村每亩四十元，在大南庄就得六十元，闫家堡低些，也得每亩五十元。巡察组专门向村干部核实情况，也对电管站进行了调查并形成书面汇报材料。因为水井在二十年前农村三项体制改革时，拍卖给了个人，村委对机井灌溉失去了管理权。公共服务产品一旦为个人资本所控制，又没有配套制约办法，提高服务价格，降低服务质量，就成了不二选择。

有些村发现了这个苗头，陆续赎回机井水泵，村集体统一管理，水泵出水量也大了，浇地效率也高了，综合费用也降下来了。巡察组建议大南庄村委也采取根本措施，解决这一群众反映强烈的问题。党新建代表村两委向巡察组表了态，下一步一定学习兄弟村委的好办法，尽快筹措资金，将三个村六十八眼机井全部赎回集体，让公共服务产品姓公而不姓私，让群众得到实实在在的实惠。

老支书在和前来家里走访的巡察组领导谈到水价过高的问题时，气不打一处来："水利是农业的命脉，我们却将水利设施拱手相让，让少数人发财，大多数人受害，这和共产党全心全意为人民服务的宗旨不是背道而驰吗？当初卖水井时，我就不同意。现在看来当时的做法确实不对。当务之急是赶快将机井从个人手上收回集体，这是大快人心的事。

至于惹少数人不满意不要紧，只要行得正，不怕半夜鬼敲门。”

听老支书一席话，巡察组一行人深受教育。后来在巡察总结反馈会上，潘组长还特别提到老支书仗义执言的例子。

巡察组还将焦点放在闫家堡村的个性问题上。

一是村理财小组组长形同虚设，据他本人讲，村委主任每天给他记些杂工，他就不管三七二十一，在报销单据上签字。巡察组工作人员在查账时发现，理财小组组长每年都是杂工最多的，有一年他一个人就记了四百九十八个杂工，不得不让人怀疑，顺藤摸瓜发现了财务监督制度的漏洞。

二是村委有一个小卖部承包给个人经营，多少年没有交过承包费，财务往来也没有体现。当巡察人员到商户家核查时，女主人躲躲闪闪，将问题推到她男人身上，而男人拒不配合调查，人们估计其中必有猫腻。

三是近几年来村里“一事一议项目”“扶贫项目”存在套取资金、贪污受贿的重大嫌疑，涉案在数十万元。

就在巡察组从各方面了解情况的时候，闫家堡村委主任闫三喜有点坐不住了，找了好多关系，向潘志刚组长求情，又是送礼又是请客，潘组长一概婉言谢绝。

三喜本来是社会混混，生性顽劣，通过贿选当选为村委主任，一朝权在手，便把令来行，无视党纪国法，胆大妄为。他不认真反思自己的错误，主动配合调查，争取宽大处理，反而是上下活动，企图掩盖事实真相。巡察组工作人员秉公办事，他就认为是和他作对，迁怒于人。

平心而论，巡察组也是遵循惩前毖后，治病救人的原则，将事实弄清楚，向县委汇报。在这个过程中，如果痛定思痛，积极整改，不是没有挽救的余地。但是，三喜却剑走偏锋，恶人先告状，将巡察组告到县纪委，以图混淆视听，缓解自己的压力。

不想聪明反被聪明误，搬起石头砸了自己的脚。当纪委对此事调查时，发现他是狗急跳墙，对坚持原则的巡察人员栽赃陷害，根据巡察中发现的问题以及他的现实表现，县纪委监委决定对他采取留置措施，同时抄了家。

不查不知道，一查吓一跳，连办案人员也惊讶不已。闫三喜除了经济问题外，还涉嫌私藏枪支弹药、寻衅滋事等违法犯罪行为。

三喜落马之后，县监委召集了三个自然村的两委干部及财会人员、理财小组长等干部开会，通报了闫三喜的违法犯罪事实，指出各村存在的实际问题。望大家认清形势，主动交代过去的问题，争取从宽处理。

会后，三个村都有人到巡察组主动交代问题，占用的公物都主动交还给了集体，多领的钱也主动上缴给巡察组。

闫家堡小卖铺女老板，小名叫美英，长相妖娆，有一双勾引男人的大眼睛。她主动找到巡察组交代问题，她家的承包费是和三喜拿的香烟顶了账，她拿来了好几年的顶账票据。

在巡察组，她一直哭哭啼啼，十分委屈的样子。工作人员问："你还有啥需要说明的？"

她哽咽着说："闫三喜不是人，霸占了我好几年，他是想吃就吃，想睡就睡，我是啥好处也没得上。光是拿走的烟和酒，就还欠我一万三千块。你们给评一下理，这些年我是图了个啥？"女老板是越说越受屈，最后趴在桌子上呜呜呜地哭起来，哭得一把鼻涕一把泪。

巡察组人员劝也没法劝，男人们一个个都溜出来，让"冷美人"一个人陪她吧。

巡察组用一个月时间，理顺了大南庄三个村的财务管理，规范了各类合同，纠正了不少错误。他们清正廉洁、公开公正公平的工作作风，给村干部做了很好的榜样，也在党员群众中树立了党和政府工作人员的良好形象。有一位老党员感慨地说："十八大以来，八路军的好传统又回来了。”

潘组长一行结束巡察工作，离开大南庄时，不知道谁透露了消息，村民们给巡察组送来了刚刚摘下来的苹果，正好六箱，每人一箱。巡察组的同志们再三说明，他们有巡察纪律，不能接受任何人的礼品，包括土特产。老百姓执意要送，巡察组婉言谢绝。村民们不由分说地将苹果塞到车里。盛情难却，巡察组只好接受下来，潘组长回头将苹果钱给了党新建，让他转交给村民。

第二十五章

闫三喜被留置调查之后，古城镇镇长张宗礼就像热锅上的蚂蚁，坐卧不宁，放下手头的工作，到处托关系找人活动。不知情的群众觉得这位领导体恤下情，保护下属，可谓有情有义。其实不然，原来是闫三喜为了在一事一议项目中结算得痛快，给他送了五万元好处费。

张宗礼看到风声不对，开始四处活动，到处打点，想蒙混过关。纪检机关在证据确凿之后找他谈话，他心里顿时明白，侥幸过关已经不可能了。在强大的压力下，他心力交瘁，茶饭不思，辗转反侧，胡思乱想，经过一天一夜激烈的思想斗争，他终于下定决心，鼓起勇气，在一天下午走进纪检委，主动投案，向组织上交代了受贿一事。

张宗礼主动交代的事实与组织上掌握的线索完全一致，并且积极退赔了赃款。组织上认定他的行为符合悔过自新从宽处理的政策规定，给予开除党籍处分，不予追究刑事责任，保留公职，按一般工作人员安排工作。根据其学历和专业特长安排到县畜牧兽医局上班。

张宗礼还算觉悟得早，没有一条路走到黑，虽然丢了乌纱帽，但保住了饭碗。闫三喜在里面抱着“我受罪你们也不要好过”的心态，将和他有瓜葛的其他公职人员一五一十全都供了出来。有两个局长企图扛过去，拒不交代自己的问题，被“双开”处理，移送司法机关追究刑事责任。

古城镇镇长一职空缺，组织部贾部长来到古城镇，听取镇党委周书记的意见。

周书记向贾部长坦诚地表达了个人意见，请组织上参考。他说：“从古城镇的实际出发，最好配备一名基层工作经验丰富，能开疆拓土的实干家，副镇长李志胜就是一个合适人选。”

县委五人小组会议上，就古城镇镇长人选问题展开了激烈争论。县委组织部部长介绍了各位常委提出的预备人选的基本情况和优缺点。计划下派的几位干部都是正科级干部，有着比较丰富的领导经历和较强的协调能力。而李志胜则长期在乡镇工作，视野不宽，级别长期停留在副科级，在竞争镇长这一职位上明显处于劣势。

韩书记最后发言，他指出：“古城镇的发展态势有目共睹，大南庄作为全县乡村振兴、文化旅游、招商引资的重点，正在如火如荼地建设当中，急需要有经验、有胆识、有群众基础的干部到那里扛重活儿，而不是论资历，搞平衡。我认为，组织部提出的人选是合适的。我们提拔一个李志胜，能调动一大批基层干部的积极性。”

组织部贾部长表态：“韩书记站在工作角度考虑，没有私心，完全符合党政干部任用原则。我同意。我建议任命党新建为古城镇挂职党委副书记。”

其他常委也说不出什么不同意见，对组织部的提议一致通过。

县委的任命文件很快就传达到古城镇。镇党委召开全镇领导干部大会，县委常委、组织部部长贾文涛同志宣布了《县委关于古城镇人事调整的决定》：李志胜同志任古城镇党委副书记，提名镇长人选；党新建同志任古城镇党委副书记（挂职）。

党新建挂职镇党委副书记，只是有利于工作，对个人升迁没有实质性作用，所以淡定无奇也在情理之中。李志胜提拔为镇长，却是迈过了副书记、人大主席两个台阶，属于破格提拔。他将近五十岁，赶上了政治生涯的最后一班车，如果不是这次破格，大概率是副职干到头。

千里马常有，伯乐不常有。而李志胜就是一匹有点个性的千里马，碰巧遇上了韩书记和贾部长两个伯乐，给他提供了驰骋疆场的机会。

李志胜清醒地认识到，党新建给他创造了一个机遇，大南庄正是他施展拳脚的平台。所以，一上任，就到大南庄调研，理清工作思路之后，去博大集团拜访了马总。

十天后，大南庄文化旅游园区建设规划效果图矗立在三个村的中心位置，毗邻国道，也就是规划中的游客接待广场。

李镇长上任以来，每天守在大南庄工地上，现场办公，指挥调度。有一天下午，他与交通局的同志步行勘探了旅游线路，全程十几公里，李镇长一行走了好几个小时，一路步行，上坡下坡，过河跨沟，走得灰头土脸。劳累了一下午，掌握了第一手资料，确定了工程分两期进行，一期主要修建游客服务广场连接玫瑰园的道路，平地二十四米宽，山地十二米宽，全长十二公里，八个绿化景观，三个观景台以及行道树、路灯，主干道要在上冻前完工，全部工程赶在明年四月份玫瑰节前完工。工程队很快入驻工地，热火朝天干起来了。

另一方面，闫家堡古戏台的修缮工作也如火如荼地进行着。李镇长、林凡、党新建正在古戏台上与古建人员讨论如何能做到修旧如旧的问题时，果业公司王总赶过来了，他兴奋地说："试产成功了，省食品检验所的检验合格证回来了，你们先尝尝咱们生产的产品。"李镇长拿了一块果片嚼了一会儿说："这个产品名称是啥？"王总回答："这叫苹果脆片，它不含色素，无防腐剂，富含纤维，是纯天然的休闲食品。"

"大伙儿都过来，尝尝咱们生产的苹果脆片，吃起来又脆又香，快点过来尝尝！"李镇长招呼附近的工人。

王总将带来的苹果脆片全部倒到一个纸箱子里，大伙儿每人拿几片，一会儿就分完了。大家吃过之后，都是赞不绝口，还念叨以前咱们这里办过罐头厂，生产苹果、黄桃、山楂、梨等水果罐头，还生产过山楂片、果丹皮、果酱，可从来没吃过苹果脆片，听也没听说过。

王总就趁机做起了广告，说："苹果脆片采用最新生产技术——真空焙干工艺，营养丰富，品相好，口感好，欧美、日本、东南亚国家需求量大，市场前景非常好。”

“咱们本地苹果能不能用？”有位家里种有苹果的中年人忍不住问道。

“可以，新建果品公司就是为当地苹果增加一条销售渠道的，主要生产苹果脆片，可以收购果农平时不太好销售的过大或者过小的等级外苹果。”王总耐心地给大家解释，惹得跟前的村民热闹地议论起来。

“以前也办过罐头厂，可惜没办多久就倒闭了。”

“那就是个小作坊，你去人家果品公司看看，简直是一个天上，一个地下，没得比。”

“那时候罐头厂也风光过，每天接待的领导一拨又一拨。”

“你们还不要说，那时候罐头厂名气大哩，有一回，外甥女儿从北京回来看我，给我带了一包从北京副食商店买的各种好吃的，我拆开一看，嗨，有一包咱们村里生产的果丹皮。”

“好啊，到北京绕了一圈又回来了。”

大伙儿你一言，我一语，海阔天空地聊天，无拘无束，讲的都是大实话。

党新建听得入神，好多事他都是头一回听说。他从这里得到启发：了解村民真实想法，最好的办法就是和他们打成一片，听他们聊天抬杠，甚至吵架顶嘴。只有这样才能知道农民的所思所想。

李镇长也坐在一块石头上静静地听，一边听，一边用树枝在地下划道道。他在等王总说话，因为王总肯定是有事而来，绝不会单纯给大伙儿尝苹果脆片。

果不其然，王总找了个空当，开腔道：“李镇长，苹果马上下来了，企业如何收购果农的苹果成了当前最大的难题。”

“详细说一下。”

“果业公司需要收购苹果，如果放开收购，大南庄村民不答应，如果限于只收购大南庄村的苹果，又不好把关。这个矛盾在其他地方也出现过。”

李镇长进一步追问：“你们考察其他地方的做法了吗？有什么最佳方案可供我们借鉴。”

“办法倒是有，需要政府出面协调。”

“政府出面没问题，你说说有啥好办法。”

“目前，解决这种矛盾的办法有两种，一种是委托村委负责收购苹果，村委按照各家苹果种植面积，树龄长短，管理好坏，确定收购数量。企业给村委支付一定的中介费用。另一种办法是与一家收购公司签订合同，让它作为第三方，收购苹果。”

王总喝了口水，又说道：“从目前来看，委托公司来收购，容易出现垄断经营，如果处理不好，容易造成公司、收购方、果农之间的矛盾。村委负责收购比较出于公心，不以营利为目的，缺点是管理粗放，浪费大，成本高。”

李镇长问党新建：“党书记，你说说情况。”

“这个情况，我还没有考虑成熟，村委抓紧研究，尽快拿出一个理想的方案。”党新建一字一板地回答。

“好的，王总，你先回去，咱们抽时间去企业专门碰一次头。”

王总还有其他事忙呢，开上车走了。李镇长、党新建和老唐、古建工程队继续研究闫家堡整体修复方案。

闫家堡原来是支部书记不作为，村委主任乱作为。原村委主任闫三喜被查之后，支部书记奴小则也知道混不下去了，向镇党委递交了辞职报告。镇党委经过研究，决定由会计老唐接任闫家堡党支部书记。老唐上任后，充满工作激情，白天陪同各位领导调研、检查，晚上召集干部开会，走访群众。村民很快编出顺口溜：“逮了一个贪污的，免了一个混的，来了一个省里的，用了一个能干活儿的。”

老唐自从上任以来，将村里公共建筑、公用空地、道路以及个人宅基地都做了详细登记，对每家每户的意愿和期望都做了调查，根据现有国家法律和乡村振兴新的政策导向，提出了自己的思路。老唐请党新建帮忙整理成文字资料，分送周书记、李镇长和马总、边总，以征求意见。

乡村整体开发涉及农村宅基地流转、省保县保重点文物的保护等各方面的政策，李镇长专门拜访了县国土局的李局长和文旅局的杨局长，按照现行土地政策和文物保护的规定，拿出了实施方案。马总、边总对实施方案又做了几处修改。实施方案在上报相关领导审核把关的同时，提交全村党员大会和村民代表会议讨论通过。

根据实施方案，博大集团与大南庄村委、闫家堡经济合作社签订了整村开发协议书。两处省级文物保护单位——古戏台、关帝庙，以及村委大院、旧学校、古堡门由博大集团托管。

全村住宅分几种情况：村民愿意出售转让的旧屋子，由村委用古村落建设资金收购，价格由评估公司按照市场价格评估。不愿意出售转让的，自行维护，要按照规定做到修旧如旧，经村委验收合格，每间房子以奖代补五千元。

村内有两处院落属于县级保护文物。一处是闫茂斋故居，古色古香的四合院。闫茂斋是著名的抗日英雄。百团大战时，他带领一个排的战士下山，营救被关在炮楼的战友，结果他在冲进炮楼的瞬间中弹牺牲了。另一处是票号大掌柜闫增德在清末修建的一所宅院，是全村最好的里五外三四合院。院里修有一座牌坊，大门是高挑的门楼，坐北朝南，比周围民房高出好几米。这两处宅子现在均是其后人居住，经协商，由博大集团出资修复经营。在闫茂斋故居开办抗日英雄纪念馆，介绍、展出以闫茂斋为主的本村五位抗日英雄的事迹和遗物。在闫增德故居开辟闫氏茶商会馆，不仅可以宣介闫氏祖先经商史，还提供茶饮服务，里面修了八个民俗客房，还能提供便餐。这两处宅子均是产权不变，老宅主人愿意在此工作的，都能留在本宅从业。

闫家堡的开发兼顾了集体和个人、企业和集体、企业和个人的利益，保护了原居民，留住了乡愁，引来了企业，增添了活力，形成了政府补助、企业投资、村民自我投资共同发力的新模式，全村很快就热火朝天地干起来了。

政府确定的古戏台、关帝庙的修复工程年底完工，全村上下水改造工程和道路硬化工程于第二年完成。博大集团今年完成投资两千万，一千五百万用于游客接待中心，五百万用于修复十个院子，以后每年修复十个院子，村民看到了希望，各家都召集在外面工作、经商的子女回来，商量老宅该如何处理。

短短一个月，先后有十户村民与村集体签订了修复合同。同时，村委将闲置宅基地和倒塌无人管理的院子依法收回集体（共十二处）。

一招好棋，满盘皆活。闫家堡全村上上下下男女老少都动了起来。党新建和老唐决定在此基础上再加一把火，经过讨论做出两个决定。一是为全村六十五岁以上老人每人每年发放一千元养老金，以后每两年提高一次标准；二是组织党员干部、村民代表到袁家村参观学习，三十多人在袁家村住三天，大家吃小吃、逛市场，和村民聊天，实地感受和学习袁家村的经商氛围和管理方法。

袁家村是全国闻名的乡村旅游示范村，乡土气息浓厚，经营模式独特，对大南庄有很好的借鉴作用。

李镇长也参加了考察，每天和党新建吃住在一起，两个人的发展理念越来越接近。国庆节晚上，两个人在袁家村最偏僻的小酒吧，边喝酒边聊天。李镇长动情地说："党书记，我是泥腿子出身，对你们大学生有一种天生的排斥，我原来也看不惯你，觉得就是满嘴假大空，办事不靠谱。你的一言一行征服了我，我是打心眼里佩服你。没有你，大南庄就没有今天的发展局面；没有你，我也当不成镇长。”

党新建听了李镇长的一席肺腑之言，非常感动地说：“我党新建有何德何能？如果没有各级组织的关心支持，没有周书记和你李镇长的出手相助，没有大南庄村民的宽厚淳朴、鼎力相助，我党新建屁都不算！”

两个年龄相差悬殊、出生迥异、不同气质的基层领导，从不理解到理解，从排斥到欣赏，最后结为知己。

第二十六章

大南庄的苹果又丰收啦。丰收能否增收，成了汾东县委政府、古城镇领导们重点考虑的问题。

县委韩书记带领县委政研室、农村农业局、乡村振兴局的负责人，深入苹果主产地的乡镇、农村、企业调研，为苹果业发展把脉问诊，制定了汾东县《扶持苹果业发展，促进农民增收工作的意见》。

古城镇作为苹果大镇，该怎么办？周书记作为古城镇的当家人，也在苦苦思索如何破解题目，有效落实县委的重大部署。他作为一名老乡镇，知道农民增收工作始终是三农工作的重中之重。无论是脱贫攻坚，还是乡村振兴，农民增收都是核心问题。

他对大南庄村的发展进行了深入思考。现在，苹果大丰收，果业公司正式投产，闫家堡古村落综合开发和峪道沟村容村貌改造也已动工，旅游公路施工现场如火如荼，博大集团建设的旅游综合服务中心主体完工。

目前，博大集团和大南庄村的全面合作是有力推动乡村振兴的一次大胆实践。但是，总感觉思路不够明确，在全市、全省的影响还不够大，可复制可推广的经验还没有来得及总结。周书记琢磨这个问题，好几个晚上睡不好觉。

周书记想了好几天，在纸上写了撕，撕了写，猛然间，他豁然开朗。只见他站起来，大笑不已，自言自语道："让年轻人费脑筋去吧，或许人家已经有好点子了。"周书记将林凡和党新建请到办公室，给他俩交代了任务，一个礼拜完成。

党新建接手任务后，马不停歇地干起来。他在网上请教了自己的导师、同学，查阅了很多资料，做了好几本读书笔记，提出在大南庄搞一场乡村振兴高峰论坛的建议。他的这一大胆思路,林凡非常认同。但是，林凡还是有点担心周书记不认同。两个人又推敲了一些细节，党新建干了一个通宵，形成工作方案。他将写好的工作方案发给林凡。林凡一上班，将文件又修改了几个地方，打印出来送给周书记。

周书记看了方案，拍案叫绝。他们三个人又字斟句酌，反复推敲。古城镇党委召开会议，委员们发表了各自的看法。经过几番研究讨论，党委会一致同意将这个工作方案上报中共汾东县委。

县委韩书记在办公室听取古城镇周东方书记和大南庄村墩苗村支书党新建关于举办“乡村振兴战略高峰论坛”的汇报。他高兴地说：“你们这种敢想敢闯的精神值得表扬，县委会认真考虑这项活动的，回去后按照你们的思路好好准备吧！”

韩书记陷入沉思，举办“乡村振兴战略高峰论坛”的确算一步好棋，全省还是第一家。想到这里，他将县委办主任、宣传部部长、分管农业的副县长叫到办公室，进行认真讨论，进一步修改完善古城镇提交的文本。

韩书记将最后的定稿文件提交汾东县四大班子联席会议讨论。在县委会议中心，县委韩书记主持会议，周东方和党新建列席，专题研究关于举办“大南庄乡村振兴战略高峰论坛”的事项。大家在会上讨论得很热烈，对召开“高峰论坛”都很赞同，具体如何操作，以什么名义去搞，却有不同看法。

县人大主任提出不同意见：“我认为乡村振兴战略是党中央的一项重大决策部署，放在大南庄村，不合适！其他村会怎么想？我个人意见是，由县委政府主办，兼顾全县各个乡镇、村。”持这种观点的以县人大主任为代表，大部分是本地干部。

组织部部长、宣传部部长、主管农业副县长支持韩书记的意见，他们认为将大南庄村树立成全省的乡村振兴战略示范村，也是对全县工作的肯定和促进。

韩书记汇总了大家的意见，谈了他个人的想法和县委的考虑。他感慨地谈道："党中央提出乡村振兴战略以来，具体配套政策还没有出台。怎么干？标准是啥？上级领导鼓励我们先行先试，有的地方已经干得风生水起，还有不少地方仍在等待观望。县委正考虑这个问题时，年轻的墩苗村支书党新建同志在大南庄村勇于亮剑，办成一些事情，这种精神难能可贵。这一次活动也是党新建向镇党委提出的建议，这是他勇于实践、深入思考的结果。我觉得县委县政府应该对这种首创精神予以鼓励，应该对大南庄这个先进典型大树特树。在座的领导，你们也去鼓励村支书勇于思考，大胆尝试，提出他们的主张。县委政府如果认为合理可行，也会大力支持的。"

韩书记的讲话深深地感染了大家。在表决时，齐刷刷举起了手。

汾东县委县政府联合省农业农村厅、省乡村振兴局举办的"大南庄村乡村振兴战略高峰论坛"在汾东大酒店开幕。来自全国的部分农业农村专家、省市县有关领导、部分优秀农村党组织书记、新闻媒体共计一百二十人参加。省农业农村厅张少伟厅长、省乡村振兴局邵杰局长、省委党校校长、省农业大学校长、省农科院院长、市委书记、市长以及汾东县四大班子领导出席。

"乡村振兴战略高峰论坛"会期两天，主题是"从大南庄展望乡村振兴的未来"。另外召开三个座谈会，即"大南庄万亩优质苹果基地座谈会""行政村合并之后如何有效融合座谈会""大南庄乡村旅游座谈会"。

汾东县委韩书记在开幕式上高兴地说："邀请全国的专家学者，集中精力对一个村的发展进行研讨，在汾东县历史上，是绝无仅有的，在全国，也是少见的。最初提出这个建议的，是大南庄村党总支书记党新建同志。党新建是省农业农村厅的处级干部，按照省委‘墩苗计划’下派到大南庄村。他上任以来，在社会稳定、产业发展、综合开发、增加农民收入诸多方面取得突出成绩，得到了干部群众的广泛认可。”

韩书记最后动情地讲道：“我作为一个汾东县人，真诚地欢迎各位领导、各位专家和新闻界的朋友们光临指导工作，恳请大家给大南庄问诊把脉，传经送宝。您的到来，就是对我们的支持；您的建议，就是留给我们的宝贵财富；您的行动，将永远得到汾东县人民的尊重。”

专家学者在“高峰论坛”上的发言，高屋建瓴，催人奋进。特别是“三农”问题专家李三平的发言。他是理论界有名的李三炮，曾经担任过县委书记，因为向中央领导秉笔上书，为农民鸣不平。他的演讲大胆直率，针砭时弊，旁征博引，引经据典，博古通今，事例生动，数据翔实，思想深邃，语言犀利。他在演讲中，能紧紧抓住听众的心，他的思想能启发听众。

下午，主办方组织大家参观了大南庄苹果园、博大果业公司、闫家堡古村落、峪道沟玫瑰园。参观结束之后，李三平接受了采访，给大南庄村综合开发提出来不少锦囊妙计。他对大南庄和村支书党新建非常感兴趣，给党新建赠送了几部亲笔题名的著作。

党新建在这次活动中出尽风头。县委韩书记在“高峰论坛”上高调推出他这个墩苗村支书，又安排他做了汇报发言，让他脱颖而出，引起了领导和专家的关注。

第二天，三个座谈会同时举办，县委韩书记安排有关县领导和局长分别列席与工作关联的座谈会，听取领导和专家的意见。座谈会上，讨论得非常激烈。

在大南庄万亩优质苹果基地座谈会上，专家们围绕老果园改造方法展开讨论，气氛热烈，坦诚直率，各持已见，针锋相对，辩论得面红耳赤。有的主张渐进式改造，一户一策，一村一策，充分考虑果农的意见，调动镇村干部的积极性，科学规划，精细管理，避免引发社会矛盾。另一种观点认为，渐进式改造周期长、见效慢、难管理，甚至会出现有些地方年年改造不变样，年年投资不见效的问题。一次性改造，一次投资，当年见效，只要管护到位，可以保证果农三十年的收益。

在大南庄乡村旅游座谈会上，专家们主要围绕大南庄的整体规划展开讨论，各抒已见，各有妙招，各有所长，一人一个观点，一人一个方案。固守一地的县乡村干部听了这么多新名词、新概念、新思维，开阔了眼界，拓宽了思路。

在行政村合并之后如何有效融合座谈会上，由于涉及法律和政策方面的问题，大家的发言比较严谨，专家们从乡村治理的历史沿革、目前面临的困境、解决办法等方面提出来各自的观点，也有不少解决问题的真知灼见。

这次“高峰论坛”非常成功，取得丰硕成果，来自全国全省的专家学者留下宝贵的真知灼见，新闻界的朋友也大力宣传汾东县、大南庄、党新建。

“大南庄乡村振兴高峰论坛”刚结束，学界、业界就展开了热烈的讨论。报纸杂志长篇讨论“大南庄”现象，对“墩苗计划”和“下派村支书”也展开讨论，预约采访党新建的记者多得排不过队来。

微信、抖音、今日头条也都参与讨论。讨论观点明确，表述直接，不同意见也很多，反对的、批评的、讽刺的文章越来越多，越来越尖锐，百花齐放、百家争鸣，说起来好听，真放到自己身上，那滋味实在不好受。

党新建在这段时间里，经历了享受、难受、痛苦、崩溃的过程，周书记几次找他谈话，帮他分析舆情走势，给他出主意想办法。特别让党新建欣慰的是，林凡副书记每天抽时间陪他，替他收集消息，找朋友们在网络上发表一些正面引导的文章，给他讲一些励志故事，陪他打扑克，喝酒聊天。林凡和其他朋友们帮他度过了最艰难的日子。

一段时间后，党新建终于走出困惑，迎来曙光，大南庄村各项工作进展顺利。果品公司生产的苹果脆片供不应求，国际国内的订单雪片般飞来，公司加大马力组织生产，村委干部帮助企业收购苹果。果品公司投入生产以来，昔日的苹果残次品，今天成了香饽饽，水涨船高，一级品、二级品也都涨了价，今年的苹果是丰收又增收。十里八庄的老百姓都在说，党书记就是果农的财神爷。

“高峰论坛”不仅火了大南庄，而且捧红了博大集团，投资的、合作的项目接踵而至，可把马总高兴坏了。他决定增加投资金额，加快投资进度，拓宽投资渠道，明年玫瑰节前，确保旅游设施基本完成，争取三年时间将玫瑰园建成4A级景区。

省委组织部领导了解到党新建和大南庄的事迹，委派组织部调研室副主任武守亮带队，一行三人来大南庄调研考察。

汾东县委对这次调研特别重视。县委韩书记亲自组织召开了座谈会，对党新建和大南庄的工作给予了充分肯定。县委常委、组织部贾部长全程陪同调研。

调研组进村庄、访农户、看企业、听汇报、查资料、找差距，特别注重收集反对的声音。

几天下来，调研组看到了大南庄的巨大变化和勃勃生机，听到了对省委墩苗村支书党新建的一片赞扬声。老支书吕世昌握住贾部长的手说：“小党真是一个好苗子，组织上好好培养吧！”曾经的上访户戴月香找到调研组下榻的酒店，送来一面表扬党新建的锦旗：“党的好书记，农民贴心人”。

调研组离开汾东县之前，武守亮副主任约见了党新建，对他说：“党书记，你的表现太优秀了，你为墩苗下派干部争了光，我一定会将你的工作表现原原本本向领导汇报，好好干吧！”

“谢谢组织关心！”党新建激动地回答道。

县委组织部贾部长给党新建说了一件事：汾东县农村两委换届工作马上开始了，你要做好党支部书记村委主任一肩挑的准备。

调研组刚走，全县农村两委换届选举大会在县政府会议中心召开。县委韩书记在讲话中强调，全面推行农村党组织书记村委主任一肩挑。书记的话音刚落，出席会议的农村两委主干一片唏嘘声，骤然感到压力山大。会后，周书记找党新建谈话，告诉他，组织上希望他积极参加选举，实现一肩挑。

“其作始也简，其将毕也必巨。”党新建原来考虑得简单，既然下来了，就为群众办点好事，结果声势越搞越大，自己也有点找不到北的感觉。

党新建一个人在村委院子里走过来走过去，只有天上的星星眨着眼睛陪伴他，也帮不上什么忙。

午夜时分，党新建才进屋睡下。他梦见自己变成孙悟空，看不懂西天取回的真经，急得抓耳挠腮，一个筋斗，翻上了云端。

第二十七章

党新建当选大南庄村党总支书记兼村委主任，成为省委墩苗干部中第一个一肩挑的村支书，这一消息迅速传遍了汾东县。

省农业农村厅党组给党新建发来贺电，省委组织部电话打到县委组织部，了解党新建一肩挑的情况。

博大集团马总第一时间给党新建打电话表示热烈祝贺。周书记、李镇长都发来祝贺的微信，林凡有感而发，写了一首长诗。

党新建忙着处理选举后的各种事务，晚上对祝贺的微信一一回复，很晚才躺下仔细欣赏林凡写给他的长诗，这首诗情感丰富，笔法细腻，婉约动人，紧扣心弦，不乏励志豪气，一个大男人被感动得泪流满面。

早上醒来，第一件事就是给林凡打电话表示感谢，林凡告诉他，写好这首诗，兴奋得一晚上也没有睡好，索性坐起来，又写了一首古体律诗。党新建说，赶快发过来。林凡淡淡地说，以后才能给你看，现在还不到时候。

党新建挂了电话，自言自语道："小丫头，给我卖关子，看我以后怎么收拾你。"

桌子上的手机又响了，平时他也忙得顾不上这些信息，今天不知咋了，马上拿起手机，是林凡发来的图片。党新建嘀咕，林凡是要什么花招。

党新建给林凡打过去电话："你啥时考的，我怎么不知道？"

林凡不满意他的这种语气，便怼道："你是我什么人，凭什么要让你知道。"

党新建听出林凡生气了，马上口气柔和起来：“别生气，我是说有好消息要分享！”

“我这不是还没来得及告诉我妈，就告诉了你？没良心的东西！”林凡委屈地说。

党新建连忙自责：“我的大小姐，都怪我！你可千万不要生气！”

“省委党校招考博士研究生，乡村治理方向，我完全符合报考条件，对今后的工作也有帮助，就报了名。我想给你个惊喜，就没提前告诉你。没想到你是这态度！”林凡说到伤心处，话里带着哭音。

党新建为了活跃气氛，他说：“林凡啊，我太佩服你了，祝贺你金榜题名。”

“俗话说，宁可相信世上有鬼，不要相信男人的嘴。原来我还将信将疑，今天我才信了。一会儿凶神恶煞，一会儿花言巧语。你还是别给我灌迷魂汤了。”党新建听出了她的语气虽然冷嘲热讽，情绪已经从委屈转到半生气半玩笑的状态。

党新建继续哄道：“迷魂汤就不灌了，今晚请你喝杯祝贺酒吧！”

“看你的表现吧！”林凡还算满意地答道。

上次采访过党新建的省电视台美女记者章小婷给党新建打来电话，告诉他一会儿就到大南庄了。党新建不敢懈怠，收拾了一下办公室，将村里的一些重要数据写出来，近期的工作在心里过了一遍，胸有成竹地走到门口等候。

章小婷一下车就握住党新建的手，祝贺他顺利实现一肩挑。进了办公室，章小婷说明来意，原来，汾东县作为农村两委换届选举试点县，他们跟踪采访，已经来了好几天了。县委推荐重点宣传党新建，他们过来做一个人物专访。

摄像记者悄悄告诉党新建，一般情况，省电视台人物专访必须台长批准，报省委宣传部备案。

领导如此重视，党新建自然没有理由不去认真对待，采访就在村委办公室进行，面对美女记者的提问，他在镜头前娓娓道来，好几个问题都是一次成功，干得太漂亮了。

党新建在镜头面前没有一点怯意，表情自然，气质优雅，字正腔圆，逻辑条理。坐在他对面的美女主持人被他的出色表现征服了。她暗暗下决心，一定要尽最大努力将这次采访做好，争取得最佳新闻奖。她和采访组就题目、镜头、背景、文字都反复推敲，修改了好多次，直至满意为止。

章小婷父母都是高级知识分子，本人是名牌大学的高才生，学历高、颜值高、条件高，多少名副其实的白富帅追求者，她是一概入不了法眼。今天，她才发现党新建就是她理想中的白马王子。

回到宾馆，她坐也不是，站也不是，口干舌燥，心乱如麻。在吃饭的时候，她有过几处暗示，可那小子好像没有开化。是不是看不上她？不可能！这一点自信还是有的。那又是为什么呢？

而在这个时候，党新建正和林凡在一起吃饭呢。党新建要了几个林凡喜欢的菜，开了瓶进口干红，酒喝到一半，林凡已是脸发红，眼神迷离，党新建拿出刚买的最新款华为手机送给她，她推托说无功不受禄。党新建说是她读博士的礼品。林凡马上反驳，理由不准确。

党新建专门买的礼品送不出去，急得抓耳挠腮，林凡是醉眼蒙胧，充满期待。

俩人心里都清楚对方想说什么，但又不明说。

党新建拉住林凡的手说："为了我们的感情，请接受我的一点心意吧！"

林凡不好再推辞，接过手机，说了声："谢谢！"。

党新建送林凡回家后，发现章小婷好几个问候微信，他礼貌性地回复。马上收到章小婷一个语音，"党书记，你在哪里？我想见你。"

党新建还以为采访节目还有啥补充，没有多想，马上答应："好的，我马上过去！"

章小婷可不一样，对党新建那是芳心暗许。"芳心未必全羞涩，犹恨东风用力轻。"她是敢爱敢恨的女人，给多少男人吃过闭门羹，让无数少年痴迷不已。在她眼里，党新建就是自己可以托付终身的男人。

换了好几身衣服，最后还是穿了一件白色真丝连衣裙，临出门披了一件黑色大衣，化了一个淡妆，配上高跟鞋，真是风姿绰约，英气飒爽。两人相约在酒店的咖啡厅。美女要了一杯苦咖啡，党新建要了冰水。两人闲聊了半天，也没谈正事，党新建是丈二和尚摸不着头脑，小心地问了句："今天还需要我干啥？"

"真是二愣子，还要我明说吗？"美女记者侧过脸来盯着他说。

党新建这时候才感觉有点暧昧，他的心早有所属，只能装糊涂。

章小婷看出他的心思，直接问他有对象没。

党新建脱口而出："有了！"

章小婷又问："没有结婚吧？"

党新建点了点头。

章小婷咄咄逼人地说："既然还没结婚，那我就还有机会！"

党新建坐在那里脸红得猴屁股似的，不知怎么回答。

章小婷站起来，说了声明天见，飘然离去，留下一丝淡淡的香水味。

不寻常的一晚上，三个人都在床上辗转反侧，难以入睡。

第二天党新建刚一醒来，就收到两条微信，一条是林凡的问候，含情脉脉。一条是章小婷的，火辣辣的直白。

两个都是好女孩，俩人风格各不同。他给回复了早上好的图片，就开始了忙碌的工作。

换届选举之后，三个村变成三个组，还有很多事需要办，许多关系需要协调。镇党委考虑到林凡考上脱产博士研究生，周书记委派李镇长专门负责大南庄村的工作。

李镇长在大南庄村组织选出新一届村民代表、理财小组长、村民小组长，还改选了三个小组的经济合作社理事长、监事长，明确了村委和小组的职责分工，村委和合作社的财务管理办法。

姜还是老的辣。早两天，党新建还在发愁换届之后如何运行的问题，李镇长没费多少劲，就理了个清清楚楚，将竞选村委主任的王志高，也就是墩子，选成理财小组长，其他人也都安排得恰到好处。

李镇长将党新建和墩子叫到一起，三个人谈了一下午，选举的隔阂也消除了。墩子倒也痛快，拍着胸部表态："李镇长，党书记，我姓王的说一不二，坚决支持党书记的工作！"

组织框架搭好了，平衡了村内各种势力。三村有分有合，是一种艺术。如果处理不好，将会矛盾百出，狼烟四起。不要说谋发展，连基本的稳定也保证不了。

党新建想起来都有点后怕，幸亏周书记、李镇长未雨绸缪，大南庄村才能政通人和，保住了换届前的良好发展态势。

立冬之后，天气变冷了，人们都穿上了厚衣服，旅游公路正在抓紧铺油，工程队晚上挑灯夜战，必须在下第一场雪之前完工，闫家堡古建修复工程也加了人手，古色古香、厚重大气的古戏台和关公庙全部竣工，十几户民宅修复工程接近尾声。新建的游客服务中心气势宏大，设计新颖，工人们正在加紧内外装修和美化绿化。

博大集团马总非常关注工程进度，隔三岔五过来检查。党新建更是守在工地，每天步行二十公里，脸黑了，人瘦了，林凡到党校报到也没有去送，十来天没有发微信。章小婷则加大了进攻的力度，好几次来村里看他，真是惹又惹不起，推也推不掉，现在正在工程的最紧要时候，他是什么也顾不上。

峪道沟玫瑰园旅游路铺油成了重中之重，周书记、李镇长和县交通局长亲临工地沟通协调，督促进度，

马总也很着急，带上慰问品看望一线工人，鼓励工人师傅们加班加点，早日完工。在这关键时间节点，党新建动员村里的干部群众像战争年代支前那样，为工程队做好后勤保障，为工人们烧开水，送热饭，买零件，搞维修，工人师傅们非常感动，克服资金不到位、施工条件差的重重困难，加快施工进度，终于在冬季第一场雪之前完工，十二公里长的沥青油路像一条黑色油亮的缎子，在层峦叠嶂的玫瑰园蜿蜒盘旋。

天空飘起了雪花，最后一铲沥青铺平，小山村沸腾起来了，威风锣鼓响起来了，秧歌扭起来了，鞭炮齐鸣，歌声嘹亮，工人师傅们也按响喇叭，唱起了号子。博大集团送来了菜和酒水饮料，在工人们平时住的工棚里，办起了庆功宴，豪情万丈，热火朝天，李镇长、党新建和马总挤到人堆里，和大家敬酒干杯。

党新建掩饰不住高兴,高歌一首《咱们工人有力量》,现场掌声雷动。不知谁喊了一声："党书记，再来一个吧！"大家全喊起来。党新建又和特意赶来的美女主持章小婷合唱一首《夫妻双双把家还》，送给修路的工人师傅们。现场气氛推向高潮。

省委党校宿舍，林凡在抖音上看同事们发的视频。看到党新建和章小婷合唱的视频，脸色马上晴转多云，继而抽泣，后来就号啕大哭起来。

同一时间,党新建正在给章小婷发微信,"小婷,你好！我临时有事,明天不能送你，改天我和女朋友到省城拜访你！"

"不劳相送，谢谢你的坦诚！但是，我保留我的权利。晚安！"

瑞雪兆丰年。初冬的这场大雪，太好了。

党新建在雪地里深一脚浅一脚，走到村里最高处，放眼望去，有种"千里冰封，万里雪飘"的感觉，令人心旷神怡。好久没有这般亲近大